我的高考 我的大学

——遵义师专一九七七级中文班高考四十年纪念文集

主　编　周帆　金泽坤　彭一三

副主编　戴林　潘辛毅　姜华修

编　委　周帆　金泽坤　谌世昌
　　　　戴林　陈红　姜华修
　　　　彭一三　刘勇　兰永平
　　　　刘汝林　潘辛毅　吕桂
　　　　佘安勇　王明析

西南交通大学出版社
·成都·

图书在版编目（CIP）数据

我的高考　我的大学：遵义师专一九七七级中文班高考四十年纪念文集 / 周帆，金泽坤，彭一三主编. — 成都：西南交通大学出版社，2017.12
ISBN 978-7-5643-5946-1

Ⅰ. ①我… Ⅱ. ①周… ②金… ③彭… Ⅲ. ①回忆录－作品集－中国－当代 Ⅳ. ①I251

中国版本图书馆 CIP 数据核字（2017）第 303595 号

我的高考　我的大学	主编	周　帆	责任编辑	武雅丽
——遵义师专一九七七级中文班高考四十年纪念文集		金泽坤	封面设计	原谋书装
		彭一三		

印张：14　　字数：214千　　　出版发行：西南交通大学出版社
成品尺寸：170 mm × 230 mm　　网址：http://www.xnjdcbs.com
版次：2017年12月第1版　　　　　地址：四川省成都市二环路北一段111号
　　　　　　　　　　　　　　　　　　　西南交通大学创新大厦21楼
印次：2017年12月第1次　　　　　邮政编码：610031
印刷：遵义天健印务有限责任公司　发行部电话：028-87600564　028-87600533
书号：ISBN 978-7-5643-5946-1　　定价：110.00元

图书如有印装质量问题　本社负责退换
版权所有　盗版必究　举报电话：028-87600562

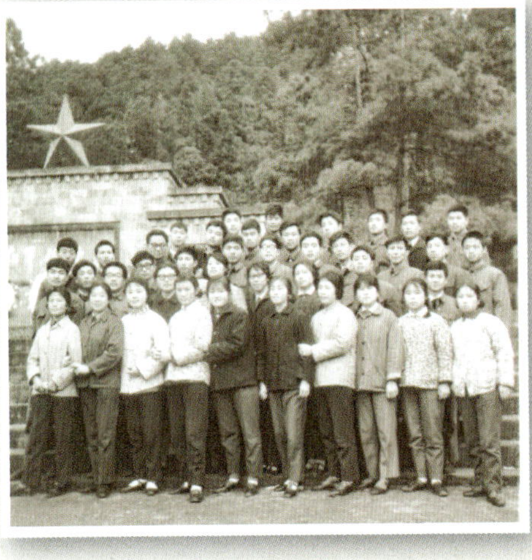

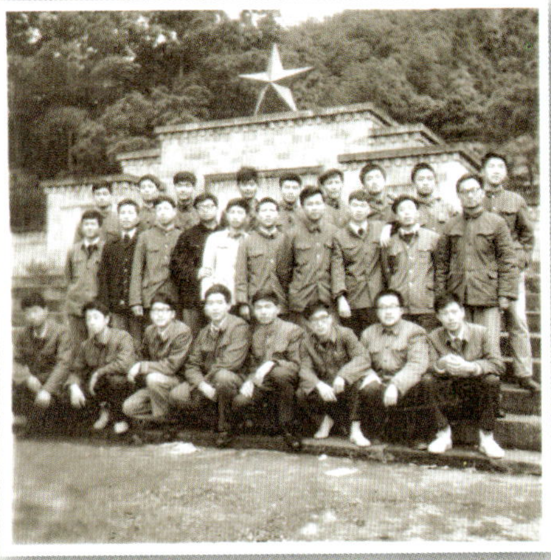

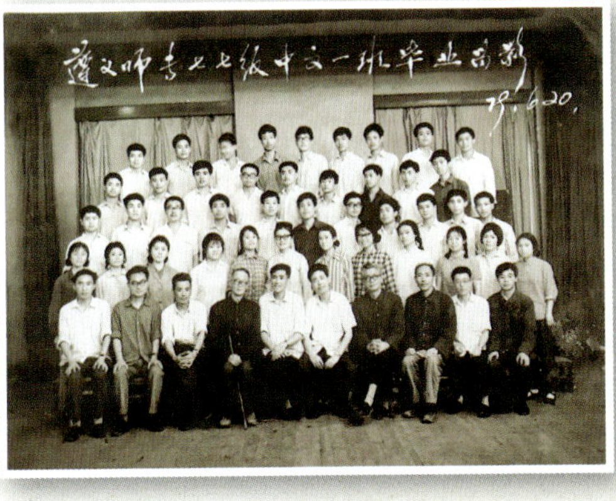
遵义师专七七级中文一班毕业留影
79.6.20.

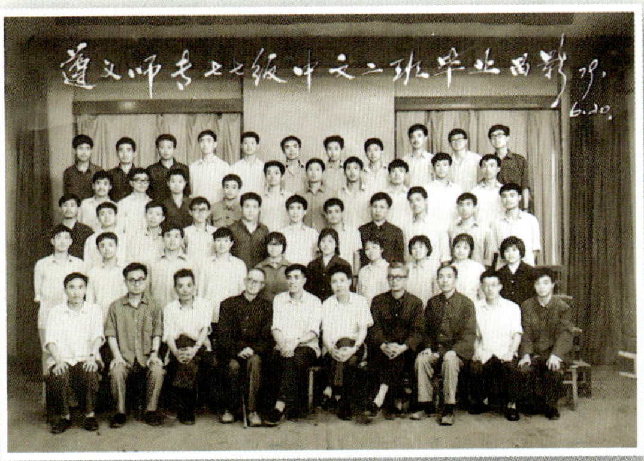
遵义师专七七级中文二班毕业留影 79.
6.20.

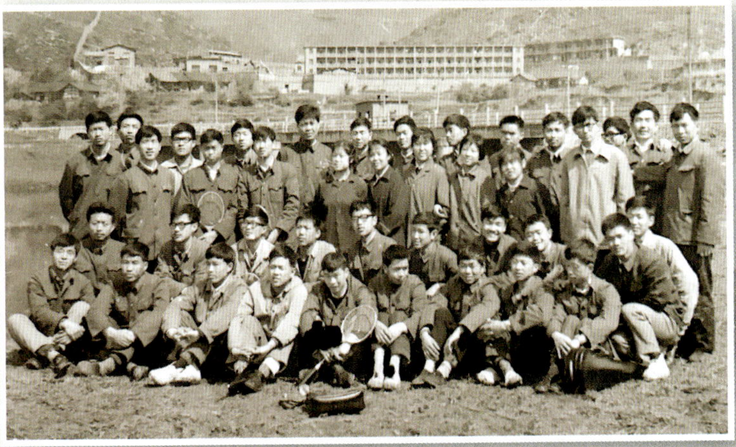

毛主席语录
只在到了遵义会议（一九三五年一月在
贵州遵义召开的中央政治局会议）以后，党
底地走上了布尔什维克化的道路……。
遵義會議會址 留影

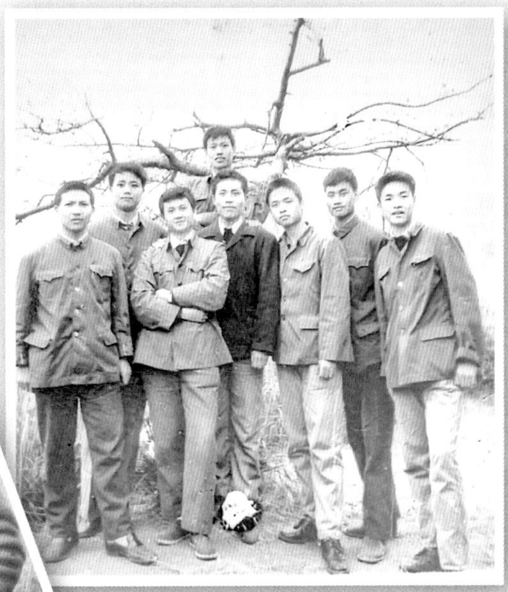
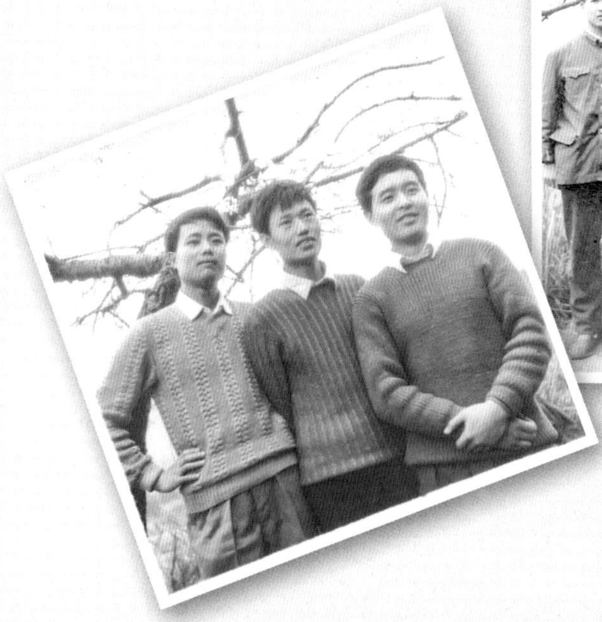
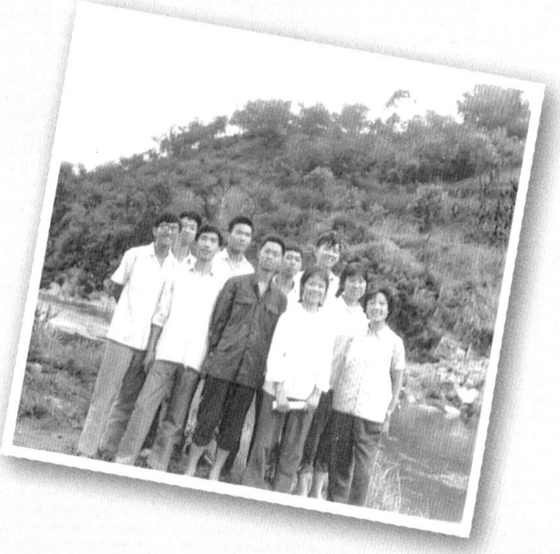
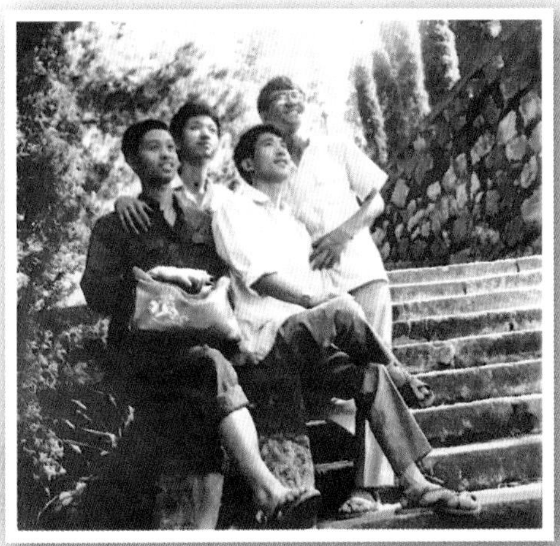

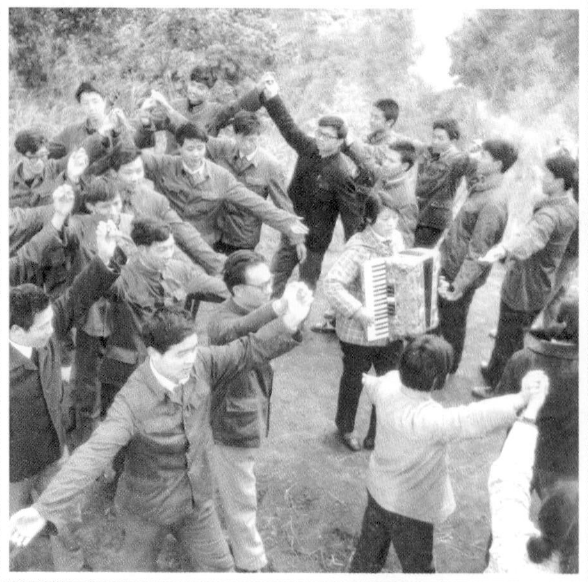

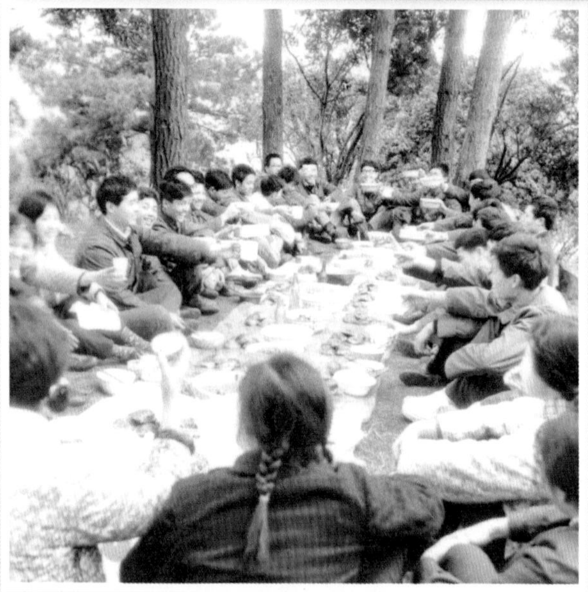

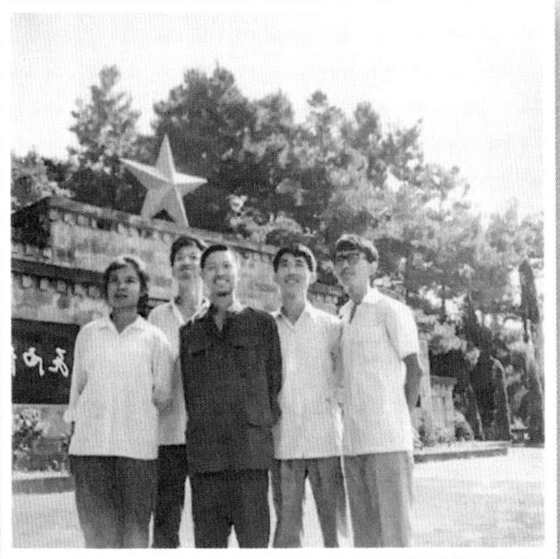

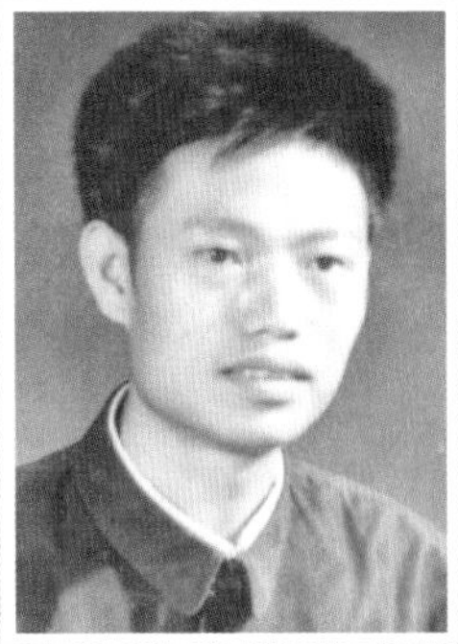

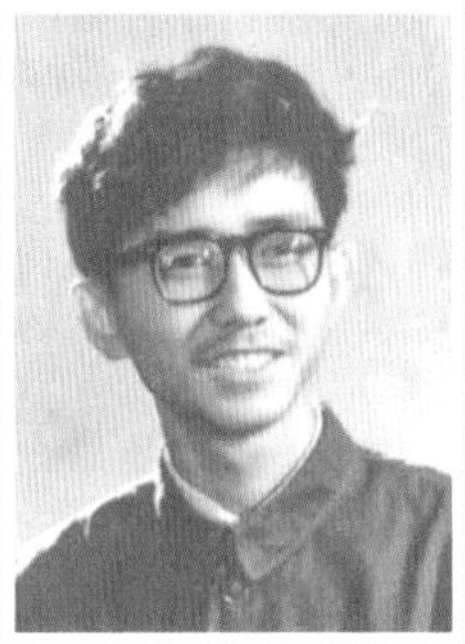

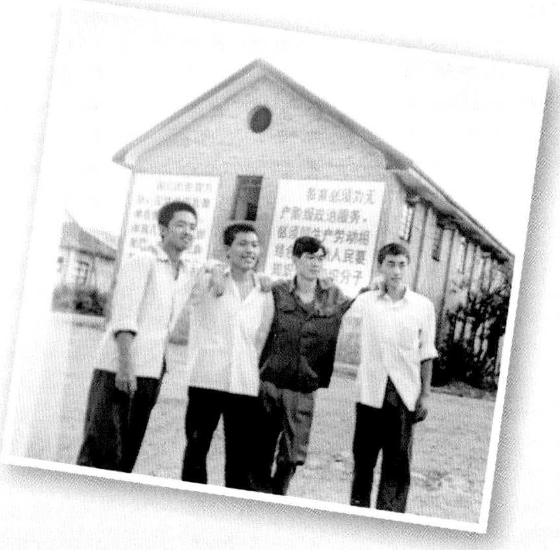
产阶级政治服务，

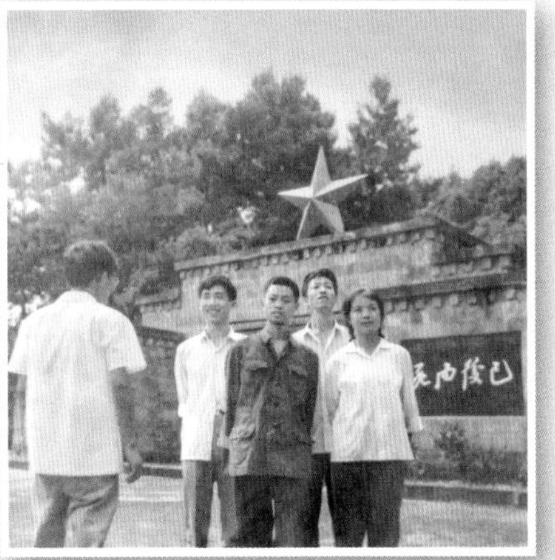

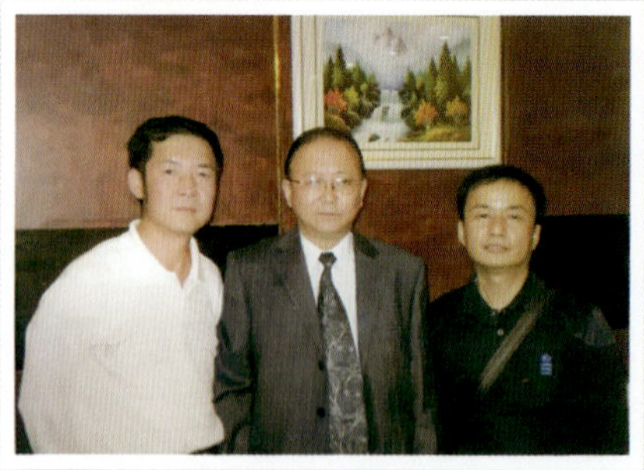

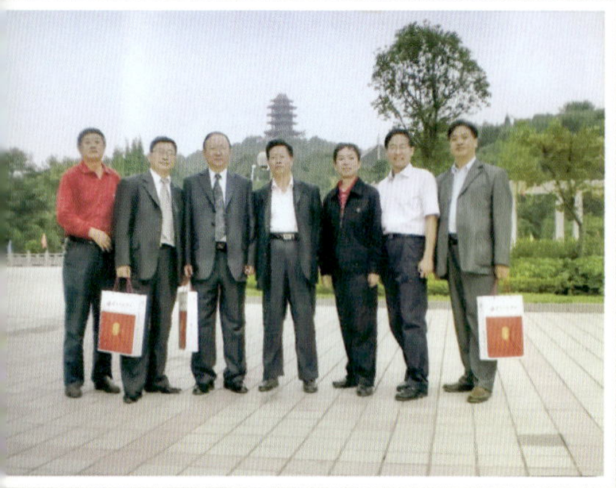

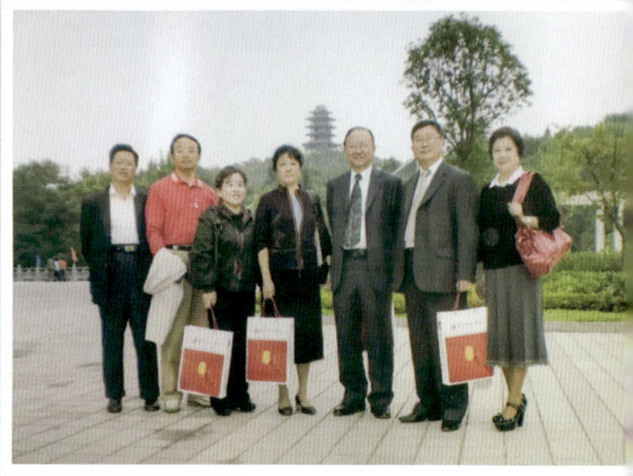

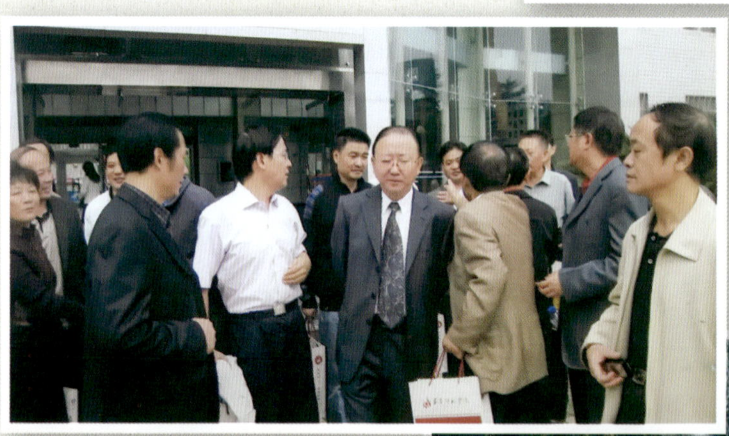

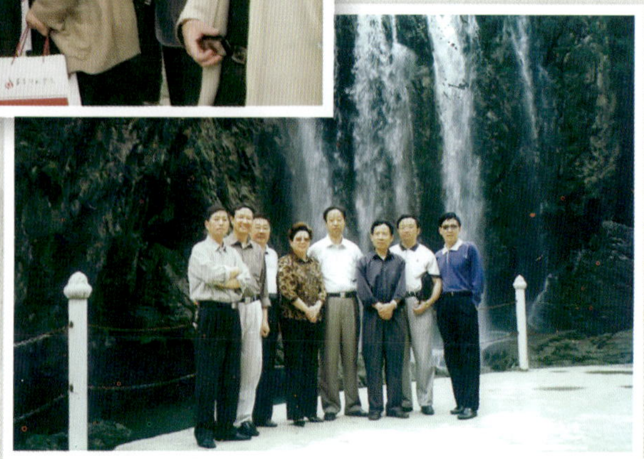

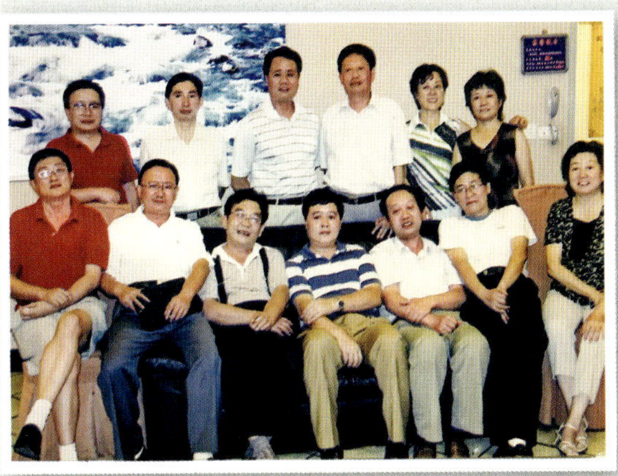

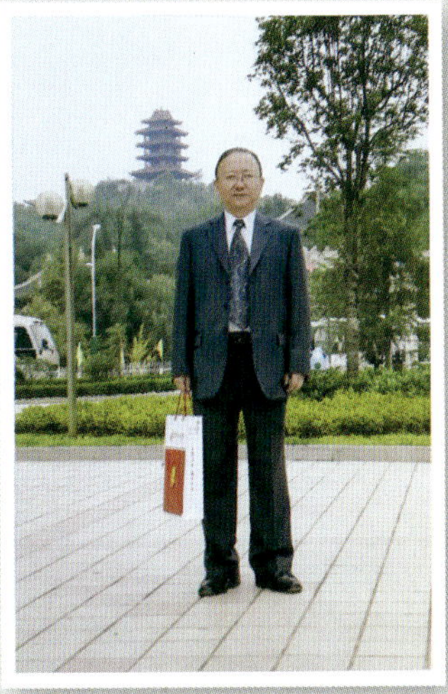

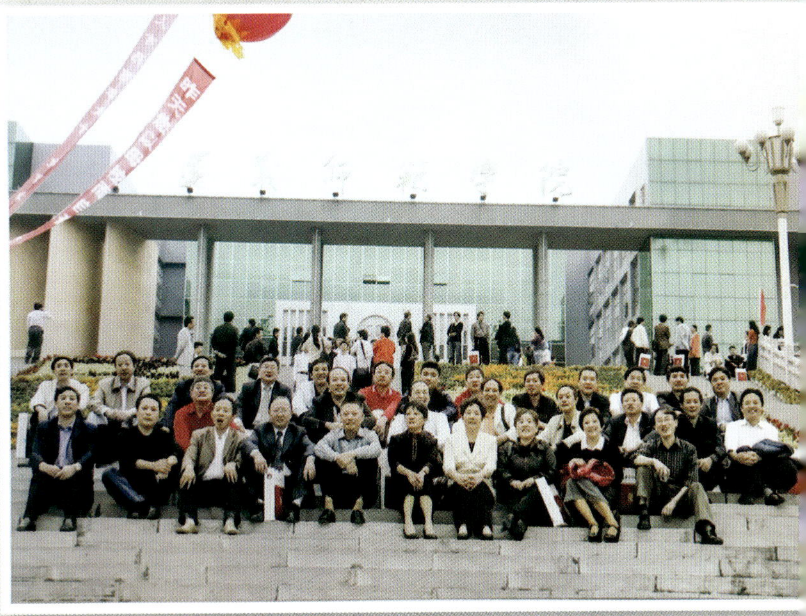

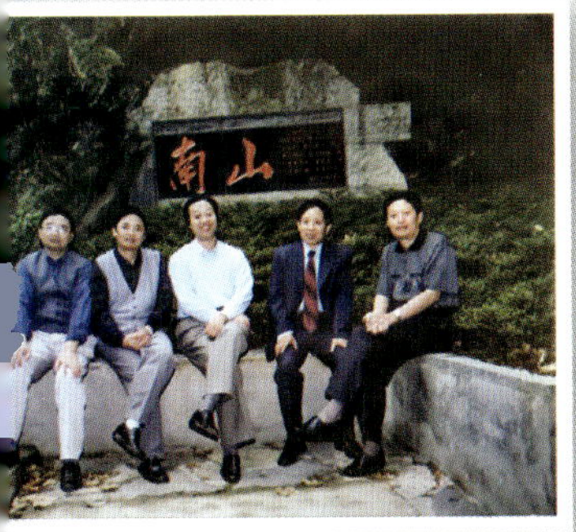
南山

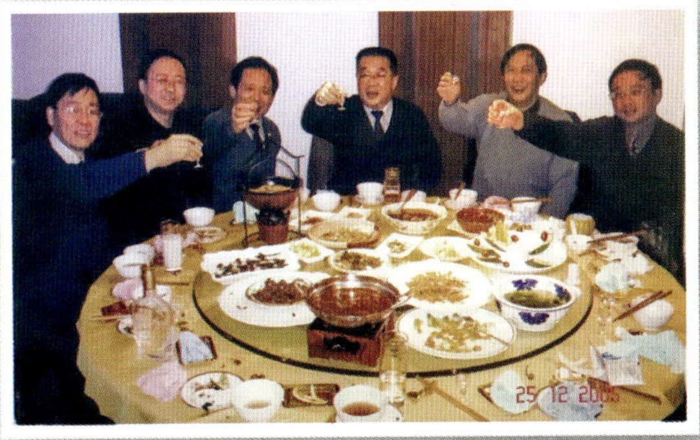
25 12 2005

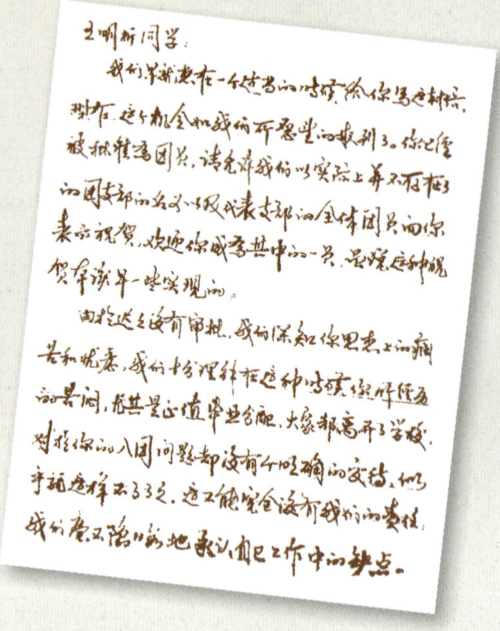

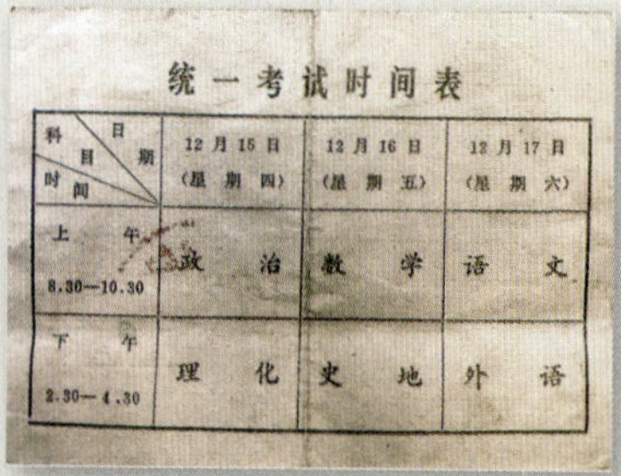

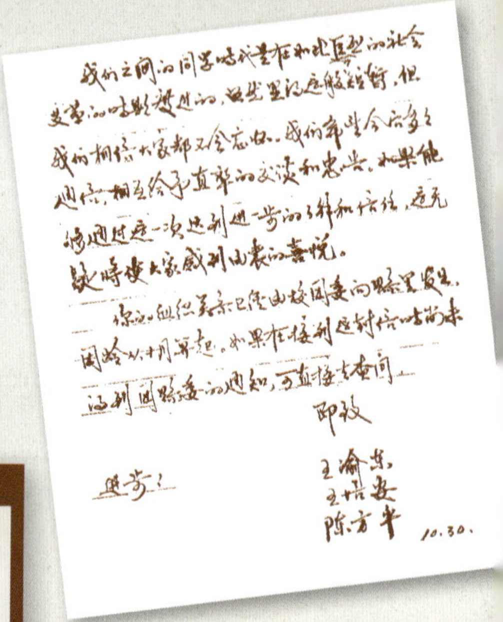

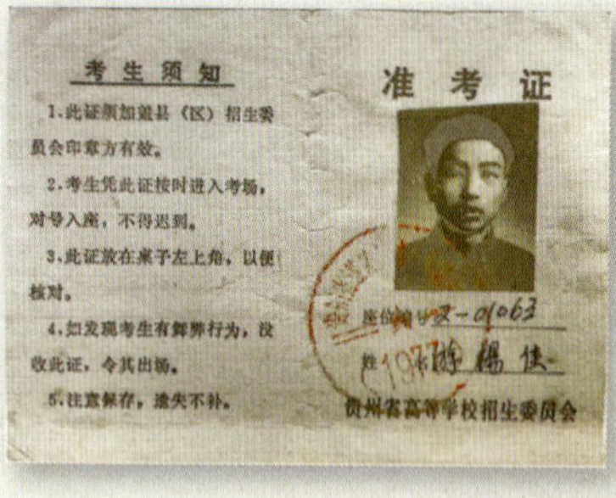

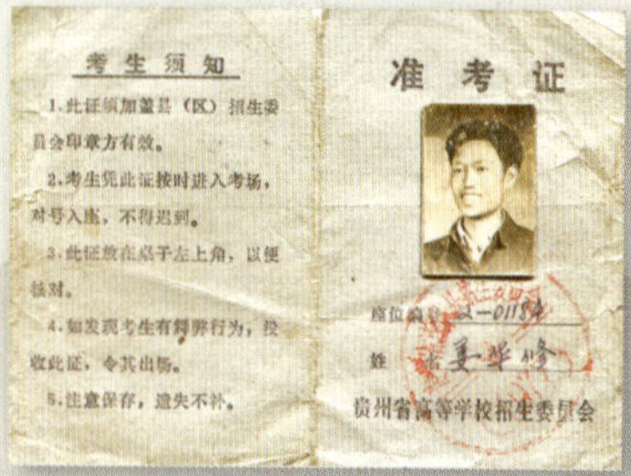

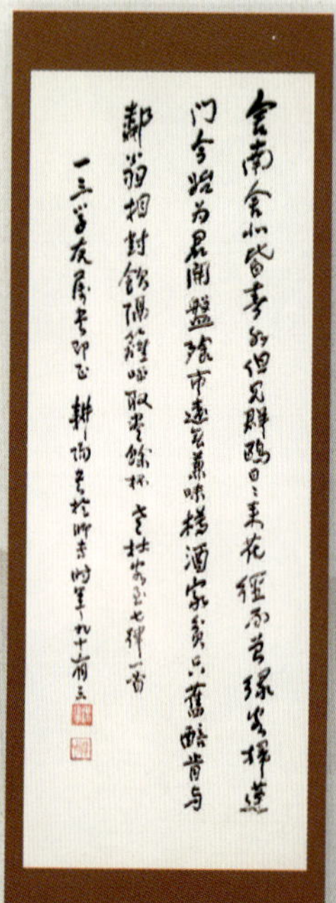

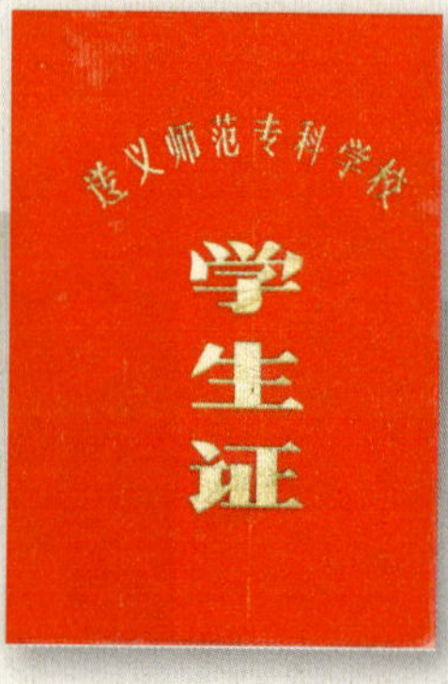

序

◎杨大庄

这是一本中文系一九七七级（以下简称七七级）同学入学四十年的纪念文集。读着这些深情而老成的文字，不自觉回到从前，为他们每个人的幸运而高兴，为整个中文科七七级的"特质"而自豪。其实，中文七七级对我而言也是特殊的。在我的教书生涯中，与我感情最深，也最使我自豪的是七七级、七八级同学。说到七八级同学，从进校门到出校门，他们的古代文学都是我教的（中间曾短暂易人）。我教他们的时间长，感情也亲密无间。几十年来，他们对我的尊重、信任和谬爱，使我感激和惭愧，深情厚谊终生难忘。我教七七级不如七八级时间长，但我与七七级的交往有两点是很特别的。第一，是我教书生涯中接触正规大学生的开始，当时很兴奋、很期待。但毕竟荒废十年，说是教书，实际是和同学们一起学习、温习。所以开始时无论在课堂上还是平常接触中，我常自警，常怀戒惧之心。名义上是师生，但"敬而无失""恭而有礼"，实际上也就是孔夫子所说的"四海之内皆兄弟"的关系。不鄙俗，不逾矩，但不亲。之后逐渐熟悉，才比较亲切。第二，七七级同学毕业后，成为我同事的多，与我共事的时间都较长。这些人与校外同学联系多，因此我也与七七级很多人联系不断，受益不断。且不说同学们过去对我的种种帮助，即如这次，读了同学们的回忆录便大受启发，尤其对恢复高考意义的认识，可谓豁然开朗。

我的高考 我的大学
——遵义师专一九七七级中文班高考四十年纪念文集

这是一本改革开放的颂歌集。所有这些纪念文字的主题是共同的，即恢复高考改变了自身的命运，使人生光明起来。人们由衷地感谢改革开放。我一生只参加过一次高考改卷工作，那就是七七级的高考语文试卷评判。七七级同学进校前，中文科教学方面筚路蓝缕的开启工作我也经历过，但我终究没有经历过同学们那些苦，没有切肤之痛，对恢复高考的感受自然没有那么深切，认识那么深刻。现在看来，恢复高考，在民族科技文化的传承与发展方面的意义自不必说，即政治方面的意义也是深刻的。改革开放，不仅需要大量的科技文化人才，同样需要大量有知识有文化的政治人才。恢复高考在他们眼里是一次社会公平公正的重塑。这种公平公正，能使受惠者迸发出巨大能量，进而给整个社会带来巨大的前进动力。而国家，是大量"得人""得士"，而这千千万万的"士"，给选拔大量的政治人才提供了坚实基础。比如我们中文七七级同学们毕业后，无一不成为其所工作地方的骨干，为国家为社会撑起一片天，有的还担负起了国家和人民赋予的更大的责任。

读着这本书，一种自豪之气扑面而来。这种自豪的底气来自同学们几十年工作的实绩。他们毕业于师专，毕业于当时高校中最底层的学校。但实践证明，他们的知识他们的能力不逊于任何名牌高校毕业生。这犹如在贫瘠的园圃里长出来名品桃李。用时髦的话说，这可叫作"七七级现象"。岂止同学自豪，作为教师的我们更为自豪，为七七级以后的几级同学自豪。由中文七七级现象，我想起今人常常引用的名言："大学者，非有大楼之谓也，乃有大师之谓也。"我理解，今人引

序

用这句话，意在针砭时弊，为教育着急，讥评一些大学只着意于硬件建设，不注意高水平教师队伍的建设，还有质疑这么多年总培养不出大师的意思。我也理解大师在大学里向上的号召力和凝聚力：有大师自然会引来英才，有利于建设高水平大学。也有例外，例如当时的遵义师专中文科，不但没有大师，甚至所有教师都来自中等学校，他们的学生也都是特殊的。第一，1977年恢复高考前社会积累了大量中学毕业生，参加考试的570万人只是这些毕业生中的一部分，而这参考的570万人中又只录取了极少数。从某种角度来说，这些大学生算是精粹中的精粹，其获知能力及至禀赋大体上悬殊不会太大，于是师专录取的同样是精英；再加上当时的招录制度不健全，很多高分甚至地区最高分都被录取到遵义师专中文科了，这和当时名校的录取分数并无多大差别。第二，他们进校后有良好的自学习惯，并不多依赖教师。七七级同学进校前大多经历过社会捶打与磨炼，社会这个老师早就教给他们很多经验，赋予他们坚韧的精神。他们进校前向学之心不泯，利用一切时间"饥不择食"地读书，读一切可以读到的书，文科的理科的，中外古今的，读后在生活中体味消化；生活中也懂得利用一切机会向别人学习请教。他们进校后又对于课堂上的知识有比较、有参照，不囿于教材、不囿于教师。这其实是绝佳的为学之道。孔子曾多次介绍自己的学习经验和方法，他的不少学生也曾不停探讨和总结老师的为学之道。弟子之一子贡曾指出两点：一是"夫子焉不学"，即孔子什么都学。二是"无常师"，即孔子并不是从一大师而终。后人好像很赞成子贡的话，也常说"圣人无常师"。

七七级同学们的学习经历恰巧暗合子贡之言。没有大师的耳提面命却能暗合大师的为学之道,同学们怎么能学不好,我又怎么能不为他们自豪?

师专总有始终,七七级也不可复得。所谓七七级现象,是特殊历史时期的现象,假如时光能倒流,无论对个人还是对国家,七七级现象还是不出现为好。历史不可复制,历史又何必复制,焉知来者之不如今也。这是自慰,也是希望。

最后,我感谢同学们没有忘记我们这些老师。回首四顾,当年教过同学们的老师已所存寥寥。那些在七七级进校前与我共同紧张而忙碌过的人,那些"敏于事而慎于言"、宅心仁厚的人,那些共经风雨的老前辈、男女兄长们,都已到了另一个世界去了。当年我年纪最小,而今我已年过八旬,年华石火,一叹;而同学们,除个别英年早逝令人痛惜外,其余都春秋正富,保重,珍重。

2017年9月

目录 | CONGENTS

润物细无声	金泽坤 /	001
我们这一级	潘辛毅 /	009
啊，我的遵义师专七七级	周　帆 /	015
我的高考，40年前那个冬天	戴　林 /	018
成为同学四十年——写在遵义师专中文班七七级同学四十年聚会之际	谌世昌 /	021
我的高考，我的大学——纪念恢复高考四十周年	姜华修 /	024
我艰难的求学路	刘　勇 /	036
我的大学不是梦	彭一三 /	042
书香盈怀品自高——高考恢复四十年随笔	陈　红 /	047
师专生活琐忆	王明析 /	049
高考，我一生中难忘的记忆	周泽军 /	054
十年苦辛，求学梦圆	陆昌友 /	056
赵世迦老师给我们上课	彭一三 /	060
到师专去	刘汝林 /	063
大学原来不是梦	赵家镛 /	071
而立之年进大学	金泽坤 /	076
高考改写我人生	李　莹 /	081
那两年的文艺生活	杨承毅 /	084
师专那些点滴的记忆	兰永平 /	089
在不断追求中成全人生	鲁远蓉 /	092
不期而至的高考　匆匆离去的大学——纪念恢复高考40周年	钟乾元 /	096
学中文的设计师	杨　松 /	100
那一年	吴晓燕 /	104

目录 | CONGENTS

岁月随想——我的一九七七	佘安勇 / 107
我的高考，不敢做的大学梦	邱　侠 / 112
高考，我生命里最深的记忆	张永泉 / 114
泰山崩而色不变——我和刘耕阳先生的师生情谊	彭一三 / 118
记忆碎片	李凌康 / 121
往事并不如烟——永远怀念我最亲爱的同学、丈夫陈方平	王渝东 / 124
不忘耕读	蒲元强 / 130
高考回忆	甘应龙 / 132
汇川记忆	张志禄 / 134
蒙昧中的成长	张永强 / 137
我的老师我的同学——师专求学趣事	杨贵平 / 140
朝花夕拾	张思良 / 143
湘江水流长	张思良 / 147
享受秋之静美	王培安 / 149
万岁1977	邹书贵 / 154
历经四十载　再叙师专情	吴宇平 / 159
往事钩沉	涂永强 / 162
追忆大转折	严大奎 / 168
最忆那两年	吕　桂 / 173
Mang哥往事	潘辛毅 / 176
记忆1977	王明析 / 180
三代人的师院情结	彭一三 / 182
学在七十年代	王明析 / 184
在遵义师专九十周年庆典大会上的发言	田习龙 / 198
从高龄高分说起	张　杰 / 200
我的高考，我的大学	杨贵平 / 202
望海潮	游锡嘉 / 206
后　记	彭一三 / 207

金泽坤

润物细无声

经师易遇，人师难遇。我在文化小学念了6年书，在遵义四中又学了6年：运气不错，两所名牌学校。两校的教师人才济济，有的来历不凡，有的学贯中西，有的深刻睿智，有的诲人不倦，当然也就不乏"经师"或"人师"了。

1965年我的求学道路戛然而止，断了上大学继续念书的梦想。十多年混迹社会，或打短工，或揽零活，后来又进了一家小工厂聊以度日，无缘接受老师的训导，遑论瞻仰经师人师们的迷人风采了。

云开雾散，1977年国家恢复高考！"鬼使神差"，我被录取到从未听说过的"贵阳师范学院遵义大专班"中文科，进了一所名称都看不大懂的学校。幸运的是这里遇到了一批很好的老师，很优秀的同学。他们走进了我的生活，走进了我的人生，更扎根在我的心灵。

学校肇始于清末，有丰富的积淀，名师自然不少，出过晏怀新、赵洒康、李道坤、李次乾、黄齐生、牟贡三、朱穆伯、蹇先艾、付梦秋等大家。几经沉浮，当尊重知识、尊重人才的新时代来临时，我们惊喜地发现，数学科尚有翘楚学界的周树农先生掌舵，物理科有治学严谨的唐智光先生坐镇，化学科有机敏睿智的孔繁一先生绾纽……各科名师不少，后又陆续调来了不少教坛高手。我虽然没有机会得到他们教诲，但是在校园散步，能碰见温和儒雅的周先生悠闲地踱着方步，个儿高挑的唐先生在篮球场上纵横驰骋，和颜悦色的孔先生跟学生亲热地打着招呼。那一刻，往常陈旧灰暗的校舍好像也变得光鲜亮丽，食堂的粗糙饭菜似乎也不那么难以吞咽了，连凹凸不平的小道也觉得比较坚实宽阔了。

中文科的名流不少。与其他师范类学校一样，国人自古看重人文科学尤其是国学，传承到20世纪70年代，自然集聚了不少博古通今的老师。他们身上的某种精神总会闪射出光芒，像严冬季节里的暖流；某一方面的学问总在展示知识的力量，逼迫你在学海里奋力前行；某种个性总会让你陷入沉思，让你认真地品味人生——最后又巧妙地汇聚一起，让你惊讶让你服膺让你震撼，顿生高山仰止之感。英国大教育家纽曼在其名著《大学的理想》中说过："任何一门学科的一般原理，大家可以足不出户通过书本而获得，可是细节、色彩、口吻、氛围、生气，使得一门学科融入我们血脉的那股生机，凡此种种都要从师长那里捕捉，因为学科已经在他们身上获得了生命。"郑板桥有诗"新竹高于旧竹枝，全凭老干为扶持"，新竹倒不一定高处扶摇，但是老干的扶持却是必不可少的。

想不到讲授中国古典文学的是父亲的故交、年过古稀的刘耕阳（字庚扬）先生。或许是受《陋室铭》中"谈笑有鸿儒，往来无白丁"的影响吧，父亲交友苛刻，刘先生却是常客。父亲经常说刘先生学问很好，又精于诗歌书法绘画。每逢先生大驾光临，我必恭恭敬敬地奉上一杯热茶。可惜的是他们几乎不谈学问，几个老人聚在一起打一种规则极为复杂的叫作"大贰"的纸牌，完全没有什么物质刺激，却乐此不疲，我在一旁却颇为失望。但时间长了，细细观察，却发现纸牌飞来飞去之间，先生不时蹦出一句妙语，多半是文言语句，意蕴隽永，发人深省，然后又淡淡一笑，复又投入打牌中去。现在终于有机会聆听先生的教诲了，果然是大家风范！先生授课，极少看书，也没有带什么教案资料，一边用特有的声调背诵古诗文，一边赏析，时而借题发挥，讲点修身齐家治国平天下的大道理。老夫子处江湖之远仍忧国忧民，不时见缝插针以古喻今，家国情怀丝毫不亚于风华正茂的学生。古诗文的讲授更是让学生们津津乐道。一次读到《资治通鉴》中《赤壁之战》一则，文中有"到夏口，闻操已向荆州，晨夜兼道，比至南郡，而琮已降"一句。先生斜靠于一把旧藤椅上，缓慢转过头，在黑板上画出一幅清晰准确的"军用地图"，且不厌其烦地补充说，夏口、南郡属于现在的某处某处，刘备、诸葛亮一行走陆路多少华里，几日可达，经水路又要行多少华里，又是几日可达……学生们听得目瞪口呆："天啦，先生如此之大的学问哪里来的？在大专班教我等真是大材小用了，干脆调到名牌大学中文系开一门《资治通鉴》的专题课罢。"《项羽本纪》乃《史记》名篇，鸿门宴上，兵多将广的项羽因妇人之仁而放走对手刘邦，亚父范增狠狠骂了一句"竖子不足与谋"。先生突然发问："孰为竖子？"我不假思索答道："应该是指项羽吧？"先生不轻不重地盯了我一眼，不紧不慢地说："虽有暗讽优柔寡断的项羽之意，但还是直指不堪大用的项庄，骂项羽岂不失人臣之道？"我极为难堪，从此读书求知再也不敢囫囵吞枣了，也深深领会王安石之言"此学者不可不深思而慎取之也"。

　　一位见习青年教师来听课，不知素来温和宽容的先生是否有意在告诫他，竟然挑选了刘勰《文心雕龙》里的"神思""风骨"两节，文字之艰难，意蕴之复杂，理论之深奥，先生讲得旁若无人大气磅礴，那位青年教师却如坠五里云中，下一节课就不见踪影了。一天下午，坐在藤椅上的先生正在授课，突然"轰隆"一声，年久失修的天花板垮塌下一堆石灰泥土，正砸在先生脚下，全班惊呼，前排的两个女生尖叫。先生却正襟危坐曰："怕什么呀，泰山崩于前而色不变！"一边轻轻抖落衣服上的灰土，一边授业解惑。身材瘦削、看似手无缚鸡之力的先生真有一颗强大的心脏，一种惊人的定力。我只能说，先生非常人也，我辈难学先生之万一，难望先生之项背。难怪先生辞世时，遵义历史文化研究会会长曾祥铣老师作悼念诗曰："文史书画黔中俊，笑步期颐巨橡倾。淡泊名利名自重，睥睨尘世世益增。"

　　在中文科说得上与刘先生双峰并峙的要数赵世伽先生了，他讲授的《文选习作》广受推崇。一是赵先生皓首穷经学问精深，教学语言行云流水中多机趣幽默；其次是这门课最自由开放，我们尽可在作文时天马行空地乱写一通，再来欣赏咀嚼先生的精彩评语；三是先生编印的讲义——当时各门课都没有正规教材——美文扎堆，先生精选的文章除了《郑伯克段于鄢》《左忠毅公轶事》《与韩荆州书》等古文名篇外，想不到还有刚发表的《伤痕》《班主任》《哥德巴赫猜想》等脍炙人口的作品，让我们大饱眼福。讲古文，先生抑扬顿挫，引经据典，大发思古之幽情；讲时文，先生针砭时弊，娓娓道来，妙语连珠，50多岁的人同样激情四射。坦率地说，听人讲解现代小说、报告文学，我从未有过如此盎然兴趣，获得过如此美好的精神享受。这一切皆源于先生丰厚扎实的学问，源于他隽永睿智的修养。一次写作考试，命题是"文章之道，有开有阖"，不少同学面面相觑，"开"是何意，"阖"又是何意，有点犯难。我沉思良久，回想先生平时阐述的文章义理、考据与辞章的关系，总算有了点感觉，找到了方向。但这是闭卷考试，无资料可翻阅，从何引证例证？最终勉强成文交卷，这才懂得了古人说的"博观而约取，厚积而薄发"是读书做学问的途径，领会了先生时常教导的"读书不厌百回看"意义何在，明白了先生于课堂上谈天说地纵横捭阖，乃是因为"坐得十年冷板凳"。一天，我因有事求教于先生，来到穆家庙巷内先生居所。先生书桌上放置一套已经发黄了的《左氏春秋》，正捧着一本研读。我早知先生酷爱此书，随口说了一句"老师肯定是倒背如流了"。先生微微一笑，摆了摆手说道："'背'或许背得，这'流'却谈何容易！"一句话使我悚然。毕业后教书育人，偶尔取得点小成绩，断不敢沾沾自喜——赵先生的眼睛在盯着呢！

最让学生敬畏的是讲授"文学概论"的李自强先生了，而且"畏"远胜于"敬"。因为李先生责人甚严，课堂上从来不苟言笑，学生回答问题稍微不合道，先生则全盘否定，弄得学生诚惶诚恐甚而胆战心惊。先生阐述一个问题，如果有四个要点，学生若将某一点细分为二变成五个要点，或者将某两点合二为一变成三个要点，先生则大不以为然，以致考试不及格需补考者不少。但是先生可敬之处即在于把这门当时非常死板僵硬的课讲解得深入浅出，让一个个枯燥乏味的概念清晰鲜活起来。先生的课堂语言逻辑性强，不重复芜杂，不拖泥带水。欧阳修曰："古之学者必严其师，师严然后道尊。"偏偏就是这门课迷住了两位高才生：毕业不久刘鸿庥同学考上了兰州大学的文艺学研究生，周帆同学考上了北京师范大学文艺学研究生。前者后来被任命为主管文教卫的贵州省副省长，后者是升为本科后的遵义师范学院院长，算得上同窗中出类拔萃者，无愧于先生的得意门生称号。毕业后先生曾邀我回母校给学生讲话，主题不外乎"刻苦学习服务社会"一类。去学校的路上，先生一直给我打气鼓劲，礼堂上又端坐一旁为我压阵。面对下面黑压压的一群大学生，我难免紧张慌乱，开头几句胆不壮气不足音不亮，但一想不能砸了先生的牌子，不能给七七级中文科抹黑，便很快冷静下来进入状态，滔滔不绝地讲了下去，效果比预期的好，连素来不习惯表扬学生的先生也夸了两句。次年学校党委李福伟书记再次邀我回母校讲话时，我就坦然自信多了。1998年先生辞世，弥留之际不断用湖南话轻声地唤着刘鸿庥与我这两个班长的姓名，于是先生遗孀、子女登门一定要我写一篇碑文。我从未写过碑文，自认难以胜任，再三推辞，家属却不从。电话告知刘鸿庥，得知恩师西去，她十分伤感，要我一定不负家属重托，我只好遵命。碑文草拟成稿，到母校请周帆看过，又电传刘鸿庥同意后交付先生家属。他们似乎很满意。今天想来，这篇碑文应该是我们缅怀先生的最好祭品了。

　　"现代汉语"这门课在文科里很独特，理性思考多、鲜有形象思维，也不太讲究积淀熏陶，按说个性张扬、想入非非的中文科学生是不大会喜欢它的，到今天我都解释不了徐刚先生是如何激发学生的兴趣进而征服学生的。徐先生的形象、气质颇像著名主持人陈铎（电视专题片《话说长江》朗诵者），又有同学说像在联合国大会上的外交部部长乔冠华。他在部队里工作过，腰板挺直，常年穿一件海蓝色涤卡上装，领扣紧紧的，风度翩翩，举止文雅。事实上，先生并没有强调过这门课意义非凡和对于今后从教又是何等举足轻重，大家却发疯似的做练习，面红耳赤地争论，争先恐后地到图书室借来各家大学编写的相关书籍。白天还在争论一个长句的分析，晚上又不惜挑灯夜战，完全到了痴迷的程度。练习多了，先生的负担更重了，但他的批阅仍一丝不苟，哪怕一丁点小错也不厌其烦地挑出来加以修正。有趣的是学期考试，100分之外还有20分高难度的加分题，年轻同学悟性强反应快，居然攻克下来，拿着100多分的试卷喜不自禁。先生力耕不辍，学生乐此不疲，学业自然是丰收。他的高足郑华勇同学毕业后留校，执教"现代汉语"，很受学生欢迎，可惜英年早逝。潘辛毅分配到务川，一位毕业于名牌大学中文系的老师给其他教师培训语法知识，学员们都不得要领，转请潘辛毅登台，却想不到他一炮打响。他后来考进省教育学院完成"专升本"，当了两年的"学霸"。分配到其他中学的同学给学生讲起双声叠韵、单句复句，同样是得心应手，令同行刮目相看，这都应该拜徐先生之赐吧。课余时间先生常常在过道、走廊上与学生海阔天空地闲聊，一反上课期间的端庄严肃，有说有笑，师生之间可谓其乐融融。人生的幸福快乐千姿百态，我却视此为最幸福最快乐之事。

都说"江南多才子"。毕业于华东师范大学的淮安人杨大庄先生无论风流偶傥的外在形象还是雅量高致的思想境界，都是名副其实的江南俊彦。敢于同自发蒙就浸润于四书五经、二十四史的刘耕阳先生搭档，一起承担"先秦文学"的课程，可见杨先生底气十足。先生嗓音清脆动听，一口不错的普通话略微带有江浙口音，轻言细语娓娓道来，举手投足皆学者做派，有年轻同学尊称他是少年夫子。他最初给我们讲授"先秦文学"，孔孟之仁、老庄之玄、墨翟之辩、韩非之峻、荀子之约，如数家珍，俨然一位引路人，带我们神游那百花齐放百家争鸣的璀璨时代。在他的口中，每一篇诗文都传递着一种精神，承载着一种文化，叙说着一段历史。40年后，记忆犹新的是，上一个星期刘老先生讲现实主义经典《诗经》，"青青子衿，悠悠我心，纵我不在，子宁不来"的思妇怀人、吉士求爱的美丽情歌尚有余响，下一个星期少年夫子讲浪漫主义代表《楚辞》，"诚既勇兮又以武，终刚强兮不可凌"的杀伐之声又呼啸而来，可谓珠联璧合，熠熠生辉。学校地处汇川坝上，一条名叫"鸭子河"的溪流蜿蜒而下，几百米处与喇叭河汇聚成湘江流向城区。晚饭后同学三三两两，沿河边小路漫步，竹篱茅舍，炊烟袅袅，夕阳西下，投射出我们的长长身影。有人吟诵着杨先生教过的诗文，野花竞开，流水潺潺，似在应和，好一幅美妙动人的图景啊。20世纪90年代，我参加市教研室组织的语文教改实验验收活动，有幸与先生一同赴桐梓、仁怀、道真三县，多了些机会向先生请教。学识方面大有长进不说，想不到先生政治热情很高，剖析社会，一语破的，抨击流弊，入木三分，多为真知灼见，深感先生与众不同。我不禁联想起北大大师王瑶有一次问其弟子钱理群："理群，你知道什么叫知识分子吗？"钱理群愕然，心想"这还不简单，不就是文化水平高、从事脑力劳动的人吗"？又一时不敢作答。王瑶自答："'知'当然指文化水平高，'识'即追求真理，有胆有识，不惧强势，'分子'意谓不媚俗从俗，有独立之精神、自由之人格。"一通话说得钱理群醍醐灌顶。用这个定义来判定，杨先生真乃名副其实的知识分子也。顺便补充一句，某年钱理群教授曾来遵义师院讲学，中间休息时我同钱教授交谈了几句，有幸得瞻风采，果然一位博古通今的大学问家，一位铁骨铮铮的大知识分子。

"好雨知时节，当春乃发生。随风潜入夜，润物细无声。"中文科还有不少令学生们感念称道的老师。毕业于中国人民大学的王玫老师总也掩饰不住的忧郁眼神与"腹有诗书气自华""最是书香能致远"的风采并存，常常让大家好奇；一上讲台就全身心投入、把《木兰辞》讲得气势磅礴的鲁元舟老师擅长调节课堂气氛，开合自如；既能提纲挈领地梳理中国现代文学史脉络、又能将鲁迅郭沫若茅盾曹禺巴金等大家阐述得淋漓尽致的龚开国老师让学生感到有点莫测高深；王立民老师总是一副温良恭俭让的表情，不愠不火，极易亲近；出身于诗书之家、教育世家的刘庆光老师满头冒汗地抱着一大堆书进教室，恨不得把所有学问都塞给学生；夏烺寅老师疾恶如仇，爱憎分明，课堂上喜欢借古讽今；钟永玖老师老成持重，对毛泽东先生有特殊情感，写作上颇有见地；比我年龄还小的敖明庸老师讲"哲学"与"社会发展史"，对不少敏感问题敢于触及，我很有兴趣，不时与之探讨，获益良多。他还兼任辅导员，尽心尽责，事必躬亲……中文科之外，还有教"心理学"课程的方慎和老师，当时我们对于心理学方面的知识几乎一片空白，毕业于北师大的才女教起来轻车熟路，得心应手。教"教育学"的杨天星老师圆圆脸庞、慈眉善目，笑容可掬，让我自然而然地想起普度众生的罗汉诸神形象。上体育课的肖世中老师、刘竞军老师乃遵义体育界名流，教我们这些年龄参差不齐甚至相差十几岁的学生那是细心周到，"老少"兼顾，也可以说是"因材施教"吧。

　　物换星移，四十年前的贵阳师范学院遵义大专班不久就改名为遵义师范专科学校，2002年又升格成遵义师范学院。当年的老师绝大部分已经作古，尚存者也早已走下三尺讲台，告别了三寸舌三寸笔的人生，但是三千桃李犹在。学生的家里，还珍藏着老师们批阅过的练习本与编写的讲义；学生的身上，总能发现老师们刻下的痕迹，总能嗅出老师们留下的气息，总能展示出中国知识分子的个性与精神。

潘辛毅

我们这一级

  我们这一级,特指遵义师专中文科七七级,也泛指所有的七七级大学生。遵义师专中文科七七级相对整个七七级而言,是一个独特的团队。当时刚刚成立的遵义师专相对于北大、复旦等国内顶尖名校,是偏于落后的西部区域性末流大学;但其中文科七七级学子整体素养和进入社会以后的建树与表现,都体现了经过时间的沉淀和筛选后绽放的优异。所以,遵义师专中文科七七级又颇具典型性和代表性。

  在恢复高考已经40年的当下中国,七七级已成为一个专用名词。40年前那些过关斩将迈过独木桥而成为"天之骄子"的年青学子们,都已踏入花甲或古稀之年了。雪染青丝、颊印皱纹的我们,回首往事的时候,会欣欣然、怅怅然、惴惴然、恬恬然,情感思绪复杂,欷歔不已!当年的成功与挫败、收获与失落、拼搏与疏懒、颖悟与苦闷、情爱与友谊……都汇集于我们的回忆文字中。

  1977年10月12日,国务院正式宣布当年立即恢复高考。1977年冬天的中国,迎来了世界历史上规模最大的高校入学考试,报考总人数达到570万人。这570万人最终录取了24.8万人,录取率仅为4.8%。作为24.8万人中的一份子,我们遵义师专中文科七七级的86个同学分别来自当时遵义地区的13个县市。遵义市(现红花岗区)最多,29人;仁怀县最少,仅1人。我们的录取通知书是以贵阳师院遵义师范大专班的名义发送的,到1978年4月,经国务院批准,遵义师专才正式挂牌。

同学们参加高考前的社会身份有工人、教师、知青、公务员(当时叫干部)、银行职员、应届高中生等,其中知青最多。86个同学中男生65人、女生21人,男生是女生的3倍。多年以后的遵义师院中文系,女生五六倍、甚至十倍地多于男生,恐怕这背后是一个有趣而又沉重的社会、历史原因吧。86个同学进校时的年龄也有较大差距:最年长的张方杰大哥35岁,已是3个孩子的父亲;最年幼的杨阳才17,高中刚毕业,这长幼中间隔着代沟哩。我们86个同学分成两个班:一班44人、二班42人,其中二班的许多同学是补录的,但同学中不乏佼佼者。例如当年遵义地区的文科状元金泽坤,凭成绩和排位在今天大约可以稳当地进入清华或北大,可当时却因故落选,后补录而成了我们遵义师专七七级二班的班长。

1978年的遵义师专和当年的华夏大地一样,百废待兴。校园占地面积53000平方米,建筑面积9000平方米,规模只相当于今天的泥桥小学。校园中间是一大片稻田,因为之前办的是五七师范大学,强调教育与生产劳动相结合。稻田南边是一排农机研究所的办公室与厂房,校中有所,所校杂陈。校园周边和建筑的间隙中生长乱草杂树,也算有一片生机。学校的主要建筑是几列不规则的青灰色的砖木结构二层楼房,教室、实验室、图书馆、学生寝室都在其中,当时最有气势的建筑是雄踞在篮球场旁边台阶上的大会堂,这座面积有1000多平方米的砖木结构的大会堂用于师生集会,可容纳数百人。这座建于20世纪五六十年代的带有中苏合璧式风格的青灰色建筑体,至今还矗立于汇川区上海路遵义师院的老校区,已成为这个城区古董级建筑了。

1978年4月底,遵义师专正式成立后,《遵义师范专科学校中文科1977级教学计划》才草拟出台(现在查到的原始打印文件上,还有手写改动的字样)。这份计划还在按四个学期设置相应的教学内容,实际上我们只上了一年多的课,远不足三个学期。"教学计划"规定我们的学习总课时是1254学时,我们实际完成的远不足1000学时。时间紧、内容多，又是刚起步，中文科领导和老师想让我们接触到汉语言文学专业应该接触到的课程。这个教学计划给我们开了四门公共课和八门专业课，公共课是"哲学""政治经济学""教育学"和"体育"，没有"外语"；专业课除了"中外文学""古今语言"之外，排在第一的是"毛泽东文艺思想"，后来中文专业这门课都改成"文学概论"或"文艺理论"和师范相关的课程是"语文教材教法研究"。从教学计划的设置看，学校有补足我们四个学期学习时间的设想，但迫于七八级秋季进校的压力，还有各县市中学匮乏师资的急需，所以一再压缩教学时间：最终让我们1978年7月毕业，一年多就拿到了专科的学历文凭。

当时遵义师专中文科的两位副主任是李自强、杨大庄，支部书记是郁行。个子矮小的李自强老师讲授"毛泽东文艺思想"，既是科领导、所讲授的课程的内容又十分严肃。李自强老师认真严谨、不苟言笑，没有教材，李老师就要求学生们笔记要准确、仔细、完整，考试时，问答题和论述题的答案都在笔记里，记不全、记不准的同学无意间就考糊了：这门课全级两个班大面积不及格，卷面成绩59分的也要补考。杨大庄老师讲授古代文学，其气质风度让人不禁想用温良恭俭让、文质彬彬等词语来形容，杨老师随时面带微笑，一口江浙口音的普通话糯糯的、稳稳的，显现的是和而不同的君子之风，坚持和执拗隐含在骨子里。听他的课，不紧张但也少惊喜，有熏陶，更有颖悟，如沐春风、如饮佳茗。个子高高的郁行老师不上课，主业是党务和思想教育，言语不多，常露笑容。

我们的古代文学课还有一位做派老旧的老师刘耕阳。刘耕阳老师是遵义名宿，字庚扬，国学造诣深厚，尤擅古典诗词，著有《桂堂文集》《耕阳杂记》《古篆钩沉》《论语汇编》等书籍，曾点校《遵义府志》《巢经巢诗抄选》。学识渊博之外，他诗书画皆精，有《刘庚扬诗抄》存世，而今书画作品已是藏界珍品，一幅难求。刘老师当时给我们上课时，已七十有二，常穿一件洗得泛白的蓝色中山装。老先生年事已高，坐在一把旧藤椅上给我们讲授诸子，目光晶亮，语调不疾不徐、不卑不亢，语音沉细尖锐、有穿透力，俗白中透出高古、平易里引向深邃。跟着老先生的思绪，神游于先秦的文学世界，是世间至上的文化享受。斯是陋室，惟予德馨，现在细想起来，老先生不经意显现的，是一种已然绝世的文人范儿哪！

当时的遵义师专虽然简陋破败，而当时的遵义师专中文科却有不少学养深厚、尽心尽职、德业双馨的老师。除了刘耕阳老师等上述几位之外，讲授"写作"的赵世迦老师博闻强识、温文尔雅，课堂上沉稳有趣地娓娓道来，常常导引我们进入读与写的佳境。讲授"现代汉语"的徐刚老师面色红润、风度翩翩，授课时思维缜密、声音洪亮，能将枯燥的语言知识梳理得清楚明白，易于领会。讲授"现代文学"的龚开国老师睿智幽默，授课时略略秃顶的额头发亮、眼露精光，用一口地道的仁怀方言臧否历史、分析人物，往往融入自身的生活智慧，引人入胜……篇幅有限，不再一一列举了。总之，当时我们是进入了一所校园和设施简陋破败的学校，却遇上了一群好老师。

当时真是百废待兴，图书馆拘束在教学楼的一隅，书籍资料的数量远远不如后来师院时代中文系的资料室。我们开学后多门课都没有教材，就靠讲义和笔记。1978年的暑假，我和彭一三、陆昌友、王智勇等家在遵义市区的同学，就反复去新华桥边上的市人民印刷厂，去校对中文科翻印的，60年代出版的人民大学林志浩主编的《中国现代文学史》，以作为第二学期的教材。

校舍虽然破败，条件虽然简陋，但我们七七级同学们的学习热情很高、劲头很足，每天上课教室里都是齐刷刷满堂堂的。课间同学之间的交流、师生之间的讨论，此起彼伏、热气腾腾。当时的校园真是风清气正，老师们兢兢业业、学生们勤勤恳恳，那时候流行一句话："把失去的时间夺回来。"不仅老大哥们有这种紧迫感，当时二十岁左右的我们也不愿荒废青春。夜晚，教室改成的宿舍里，拥挤而不嘈杂，书页的翻动声是夜生活的主旋律；昏黄的路灯下，晃动的是苦读的学子身影。图书馆原本就不多的书籍很快就被同学们借光了、读旧了、翻破了，同学们的阅读量很快达到了三位数，有的同学读了数百本书刊，写了厚厚的三四本读书笔记。我们这一年多每个同学的阅读量，要远超当下本科大学生四年的阅读量。苦读之余，有的同学自学英语，准备报考研究生；有的同学尝试文学创作，已有作品在报刊上公开发表。

所以，才一年多点儿的大学生涯，由于老师们的循循善诱，由于同学们的一心向学，我们还是获得了相对完整的专业积累，接受了相对系统的专业训练，具备了较为稳定的专业眼光，获取了较为熟练的专业能力；更重要的是，特定时代短暂而高效的大学生活，让同学们大都形成了热爱读书、敏于探究、勤于思考的习惯，也就是说，七七级的同学，自觉不自觉地养成了终生学习的习惯和能力，这也让我们都受益终生。

跨出遵义师专的校门快四十年，我们七七级的86个同学后来多数从教，部分同学从政经商，或进入新闻出版界、金融界、司法界、美术界，现在多数都已退休。同学们离开校门，走向社会的这几十年，经历了祖国的改革开放，经历了各自不同的人生风风雨雨，我们都在自己的岗位上，刻苦奋斗、砥砺前行，谱写了人生的崭新篇章。坚守在教育战线的同学们，经过多年的栉风沐雨、辛勤耕耘，都成为各自学校的名师、各个领域的领军人物。如周帆同学，留校后最终成为教授、遵义师范学院校长、贵州大学硕士生导师、贵州省美学学会副会长；金泽坤同学，分到遵义四中后成为广受学生欢迎的金牌教师、中学语文高级教师、遵义市中学语文教学研究会会长；姜华修同学，分回遵义县（现播州区）后，后来成为中学语文高级教师、名校南白一中校长；张永泉同学，调入遵义四中后，成为正高级中学语文教师、特级教师；赵家镛同学，调入南白一中后，成为正高级中学语文教师、全国模范教师；再如周泽军、袁荻涌、王先华、潘辛毅四位同学，都是省内高校的教授、都担任过校级领导或专业学院的院长、副院长……这个名单还可以列出一长串。同学们进入政界的，王培安担任国家卫计委副主任，刘鸿庥曾担任贵州省副省长，夏一庆曾担任贵州省人社厅厅长……这个名单也可以列出一长串。同学们进入新闻界的，陈方平同学曾担任贵州教育报刊社社长，陈红同学曾担任《当代贵州》杂志社副总编，戴林同学担任遵义报业集团董事长、遵义日报社社长。其他在各级行政领导岗位上任职的还有不少，如彭一三同学退休后还出任遵义市文化市场协会会长，其家庭还被评为首届"全国书香之家"。

著名哲学家李泽厚先生在其经典名著《中国近代思想史论》中，把中国现代化进程的知识分子分为七代：辛亥的一代、五四的一代、大革命的一代、"三八式"的一代、解放的一代、红卫兵的一代、新时期的一代，我们遵义师专中文科七七级的同学应该是跨越了第六代和第七代。李泽厚先生认为第六代在饱经各种生活曲折、洞悉苦难现实之后，重获上一代人失去的勇敢和独创，这一代人是指向未来的桥梁和希望，而第七代人将引领一个全新的历史时期。应该说，李泽厚先生这部完成于1980年代的思想史专论慧眼独具，有极强的预示性和前瞻眼光。改革开放三十多年，经济建设突飞猛进、社会生活翻天覆地、文化发展生机勃勃，中国确实已经进入一个全新的历史时期。那么在这个历史进程中奠定基础、开拓局面、引领发展的，就是第六代和第七代知识分子，而我们遵义师专中文科七七级的每一个同学，都无愧于这个群体中的一员。

同学少年多不贱，五陵裘马自轻肥。我们遵义师专中文科七七级的同学，从当年的青涩学子，毕业后进入社会，分布教坛内外。虽则后来有的潜心耕耘，默默无闻；有的成为名师巨匠，声名鹊起；有的成为领导干部，服务乡梓。而我们人生起航的港湾，依旧是当年虽偏远荒芜、破败简陋，却芳草萋萋、绿水长流的汇川园！

周 帆

啊，我的遵义师专七七级

    1978年四月，西南边陲遵义城郊的师范学校虽破旧不堪，却因一群青年的到来显得生机盎然，处处洋溢着青春气息。那年的春天格外美丽，天是那样蓝、云是那样白，连随风摇曳的花草，都仿佛时时迎风呢喃着欢快的话语。怎么能不高兴啊，就在上一年的冬天，我们参加了已停止整整十年的高考，而今我们是天之骄子、社会的精英、未来的栋梁。从拿到入学通知书的那天起，亲朋好友的赞誉之词、人们投来的羡慕目光，无不让我们沉醉和自豪，让我们感到自己是幸运的。是的，我们是恢复高考后第一批凭自己实力考上大学的学子，我们是富有历史感和使命感的七七级！

    四十年过去了，在这漫长的岁月中，每当有人问起我的学习经历，我总是沉稳而自豪地回答："我是遵义师专七七级的"。尽管专科文凭在尔后早已不足挂齿，但几乎所有的人闻此无不另眼相看、肃然起敬。七七级是我生命的亮点、事业的起点、人生抗争和奋斗的支撑点。七七级学子是幸运的一代，也是开创性的一代；是自我奋斗的一代，也是与历史和国家命运相伴的一代。这一代大学生身上承载了太多的历史积淀，体现了太多对命运对生活对事业的执着精神。

    遵义师专七七级是一个别开生面的群体。与其他大学的七七级一样，学员来自工农商学兵多个方向,年龄跨度从10余岁至30多岁,几乎相隔一代人,有夫妻、师生、父子同级的现象。每一个学员都或多或少经历了特殊年代的不寻常历程,身上都承载着鲜明的时代印记。遵义师专七七级又与其他高校的七七级有所不同。一是高分多。例如被我们亲切地称呼为"老金"的泽坤同学,当年四科总分高达340余分,是全省文科状元;更令人想不到的是,他竟然是在已开学一月后才被补录进来的。我们班长刘鸿庥的考分也是320多分,大家都尊称她为刘大姐。笔者本人明明报考的是理科,可是却阴差阳错地分到了中文专业。二是年龄大。也许是当年对25岁以上的考生有一些限制条款,所以在师专层次高龄高分者居多。最突出的是化学科,全班学员大多是30上下的。中文科一位同学当时甚至已有3个小孩。如今媒体有时炒作的携母携小孩读书的新闻,那时早已有之,且不是个别现象。记得那时有一个同学为了读书,竟然拖家带口租住在学校旁。除上述的"老金"、刘大姐,班上还有许多的"老某"。当十多岁的同学也跟着叫"老某"时,我们总是调侃地纠正他们,要称叔叔阿姨。三是不少学员的基础知识扎实,因而在学习过程中"大带小"的现象比较突出。当时的师专原是中等师范学校,教师水平参差不齐,教师上课的压力较大,不少课程是师生在课内外互动的探讨和切磋中完成的。现在回想起来,正是这种开放探讨的学习方式,让我们真正领会了尊重知识的含义,给我们后来的学习与工作植下了宽容、开放和探索的基因。

遵义师专中文七七级是一个向上的群体。我们的幸运应感谢小平同志前瞻性地做出恢复高考的决定。全国录取的七七级本专科生总共仅24.8万人,而参考人员达570多万。这一方面说明恢复高考是何等顺民心顺潮流;另一方面也说明能从如此激烈的竞争中脱颖而出者,其身上一定有着某种与众不同的品质,那就是不屈不挠追求知识、追求真理的精神。每一个七七级学员的高考经历背后,都有一个动人且曲折的读书故事,当时不少考生真正的学习经历只有小学或初中,笔者就是一个初中毕业生。在入学前的十年里为生计曾四处打短工,笔者曾从事过开山放炮、修路扛木等工作,经历了难以诉说的危险和艰辛,但渴求知识的本能和勇于追求的精神未曾泯灭,这就是我们这一群人那时的"另类"品质。拥有这种品质的我们,入学之后面对敞开了的知识大门,如饥似渴地学习是必然之举。由此在美丽的汇川园发生的许许多多动人的趣事，是我们永远的七七级特殊的记忆。

　　遵义师专七七级中文班是一个与国家改革开放历程相伴的群体，也可以说恢复高考是改革开放的先声。由此也可以说，七七级是一个历史转折时期的排头兵。入校后，我们一方面进入了紧张而新鲜的学习，另一方面也融入了中国社会如火如荼的改革进程。此时的汇川园可谓书香的宁静与世俗的喧嚣共在，热烈的争辩与冷静的思考并存。记得在全国掀起实践是真理唯一检验标准的大讨论中，不同观点的同学们互不相让，从教室到操场、从宿舍到食堂，从白天到夜晚，争论得面红耳赤。继刘勇同学在《贵州日报》发表反映高考的小说后，同学们的诗歌、散文、小说等相继出现在各类报刊上。我们不仅是幸运的一代大学生，也是幸福的一代大学生。思想解放、勇于创新是我们的特质；执着探索、肩负责任是我们的使命。这一段学识与精神的磨砺过程，对以后走上社会的我们可谓是影响深远。

　　遵义师专是一所地区性的学校，因而同学中除个别人考上研究生进一步深造外，绝大多数留在了黔北，大多从事中学的教学工作。尽管我们的学业仅仅是专科，然而七七级的专科就是不一样，几乎所有的同学理所当然地成了中学教学的骨干。我的同桌姜华修就曾荣任过以高考闻名全省的南白一中校长。在学生家长"望子成龙"的期盼高压下，没有真本事是做不到的。在全国示范高中遵义四中，老金同学一直"垄断"语文教研组长的职务，其骨干成员几乎全是七七级同学。与其他高校的七七级相比，遵义师专七七级发挥的社会效应的确微不足道，但几十年来我们扎根山乡、辛勤耕耘、教书育人，将七七级的精神代代传承，在黔北的崇山峻岭中培育出了成千上万朵绚丽山花，当得赞叹。

　　如今我们的母校已升格为遵义师范学院，学生也从原来的几百人扩展到一万多人，校园也早非当年模样，但我们仍然以自己曾是那个设施简陋的师专的学生而骄傲。遵义师专七七级的校园生活虽然是短暂的，但当我们回首往事时，它依然那么鲜明动人，是我们人生中最光彩、最值得记忆的时光。

　　啊，我的遵义师专七七级！

戴 林

我的高考，40年前那个冬天

人的一生中刻骨铭心的事不多，回忆起来无非是结婚生子，至亲离世，进德修业；汇聚成点，就是那些很有分量的、颇具戏剧性的、改变人生命运的、决定人生方向的经历了。于我而言，最难忘、影响最深远的莫过于40年前那场高考。

对于当今莘莘学子，高考不过是对生活多了一种选择（重要的选择）；但对于我们这一代而言则不仅仅是选择问题，能选择于我们本就是一个奢侈的话题，意味着获得了改变命运的一次机遇。英国历史学家汤因比说，生长的衡量标准就是走向自决的进度，而走向自决进度是描述"生命"走进它自己王国的散文式公式。

最近我常与留洋的儿子就他事业婚姻等问题发生龃龉。双方争执无解时，他往往以"请不要设置我的生活"怼我结束。每遭此反驳我立即无语。是的，儿子似乎抓住了问题的要害，戳到了我的痛处。曾经的我们是消极被动无可奈何的，因此从这个意义上说，1977年恢复高考既是国家、民族的英明抉择，也是对人生自决权的一种释放，其意义大于恢复高考本身。

1977年是我下乡插队的第三个年头，国务院发文宣布恢复高考的消息传来，不啻一声惊雷，一道闪电！当然这之后我便是废寝忘食地复习，信心不足地走进考场，惴惴不安地等待发榜。看见榜单上自己名字赫然在目，确实有范进中举般的晕厥。世事难料，有时确实富有戏剧性，我的考上大学就带有偶然性。这之前我仅读过四年小学和三年中学。小时候为了逃避做家务读过《红日》《西游记》《水浒传》之类小说，后来为了排遣寂寞和获取茶余饭后的谈资，读过《第二次握手》一类手抄本，但那点油嘴滑舌的说书人本领也并不足以应对考试。从考场出来，别人掐指算分，我则一脸茫然。直到金榜题名，我仍然不敢相信。现在回想起来，之所以能蒙上线，估计是考前向著名作家李宽定老师讨教，他就作文写作面授机宜，讲了如何剪裁生活素材，表现时代变迁，体现新时期新气象。而那年我省作文题目恰好是"大治之年气象新"，我几乎原例搬上去，想来分数应该不低。戏剧性还不止这一处。榜上有名了，但迟迟不见录取通知书。1978年6月底我才突然接到贵阳师范学院遵义大专班录取通知，直到7月初才返回生产队取通知书。生产队队长茫然地看着我，说没有见过什么通知书。想了想又说，好像有一封信。于是从火炉上方烘篮里摸索出一封烤得焦黄的信封给我。拆开一看，正是那个录取通知书。我急忙赶去学校，教务处的老师说报到注册工作已完毕，我迟到了一个月，视为放弃入学资格。最后在我的哀求下总算得以入学。现在想来，我大约是七七级遵义师专中文科最晚到校的一个，也许还是分数最低的一个。以至于入学后，忝列于那些博学多才的同学中，聆听他们高谈阔论我却不敢言语，只能拼命跑图书馆以恶补落下的课程，踽踽独行于校园，暗自悔恨少年时的荒唐。

　　这就是我戏剧般的高考经历和短短一年多的"大学"生活。如果不是后来又考入贵州师范学院获得本科学历，我是羞于以大学生自居的，填写简历也底气不足。但是那一年的高考确乎改变了我的命运，决定了一生的发展方向。我师专毕业后由从教转入行政，打拼十余年后落脚新闻事业，似乎是从终点又回到起点。汤因比从文明起源的角度讨论过类似的问题，并用了一个形象的比喻来描述这种差异：每粒种子尽管是同一双手播种，但因生长环境不同而收获的结果各异。

　　刚刚看到复旦大学教授钱文忠的一个演讲视频。钱教授向听众提问：你们知道30多年来中国这些了不起的成就是靠哪些人干出来的吗？他给听众的答案，就是我们这批下乡知青中的精英分子。本人或许不在钱教授所说的范围之内，但是回顾40年前那个冬天，我和无数有志学子经历的是中华人民共和国史志上具有震撼性的一幕。我们这批特殊的考生站在时代拐点，获得了人生自决的权利，参加了一场改变命运的考试。而那次考试不只改变了我个人的命运，也让我有缘且有幸与无数同时代人一道，重新迎来了尊重知识、尊重人才的春天。高考制度的恢复，不仅改变了几代人的命运，而且为我国在新时期及其后的发展和腾飞奠定了良好基础。

四十年前那一场意义非凡的高考，四十年前那个不平凡的冬天，永远烙刻在我们的记忆深处！

谌世昌

成为同学四十年
——写在遵义师专中文班七七级同学四十年聚会之际

我常想，如果不是小平同志，如果不是1977年恢复高考，四十年前已而立之年的我，又怎么会和一群比我小十来岁的青年学子成为同学。

历史没有"如果"，只有"已经"。一切都是历史的安排，或是人们常说的命中注定。

1977年高考恢复，我进入贵阳师范学院遵义中文大专班学习（不久校名即改为遵义师范专科学校）。同班同学中，除少数几个与我年龄相仿外，其余多为20岁左右的热血青年，我在高考路上等了他们足足11年。终于，历史安排我们成为同学，命中注定了我们的同学缘分。

进入这个大专班的同学都是当时黔北青年中的佼佼者，每个人都怀才欲遇。然而理想很丰满，现实很骨感。大家迎来的竟然是这个大专班，不少人牢骚满腹、愤愤不平。的确，与当时每个人怀揣的鸿鹄之志相比，落差实在是大了些，于是当时谈论最多的是诸多"如果……那么"的故事。然而历史是没有"如果"的。所以，怨愤归怨愤，努力还得努力，毕竟当时每个同学的心中都怀有一个对美好未来的憧憬，而这个憧憬必须靠努力实现。

散落在汇川坝上的简陋校园建筑，处处显露出耕读文化的痕迹。青砖灰瓦木结构的两层教学楼旁是大块的稻田，新盖的红砖学生宿舍后面是连片的红苕地。一条小河蜿蜒而去，留下两岸的小路和石滩。小河在前方不远处与一条另一方向流来的小河相汇聚，形成一个很深的水潭，名曰官塘，汇川坝地名的由来盖出于此。官塘岸边的石滩上矗立着一座数米高的钢架跳水台，是勇敢者一显身手之处。

晚饭之后，是汇川坝一天中美好的时光。同学们三三两两地来到小河两岸，或散步，或读书。若是炎炎夏日的傍晚，则总有一群游泳爱好者来官塘戏水，一些勇敢者更是爬上高高跳台一显身手，可惜多以"立人"入水，能跳出点花样者寥寥。其中的佼佼者当数班里的体育委员喻见。当他以白皙健硕之躯登上跳台时，总能引来众多目光；当他腾空跃起舒展双臂以燕式入水时，则立即引发一阵欢呼。倘若此时有女同学正巧路过或在不远处，他的腾空跃起立即会增高好几厘米，打开的手臂也更为舒展，入水的声响也更大。可惜如此健壮的身体，在2005年竟因一场胆囊手术而英年早逝，令一众同学感慨欷歔至今。

师专的这批同学，是我学习生涯中的最后一批同学。大家入学时身逢治世，整个社会环境日渐风清气正，同学们多能以真性情示人，相处坦诚，友情纯真。成为同学四十年来，无论官职大小，无论富裕拮据，大家交往都没有障碍，同学间始终保持着质朴的友谊。

成为同学四十年来，同学之间的友谊能历久弥新，不断巩固和发展，多亏同学中出了个彭一三。一三曾任中心城区教育、文化的"副掌门"，也是遵义知名的地方社会活动家和文化名人。因为他关注的公共文化领域多，自称公共文化人，拥有众多跨界头衔：遵义市文化市场协会会长、贵州省作家协会会员、遵义市文艺理论家协会副主席、遵义晚报特约撰稿人、遵义师院中文系客座教授……但他首先是师专七七级中文班同学的桥梁和纽带。他掌握着几乎每个同学的联系信息，他知道几乎每个同学的现状及变迁，同学的大小聚会几乎都由他一手安排。某同学有事要告知众同学，找一三。某同学要联系某同学，还是找一三。同学中可以没有大哥，却不可没有一三。一三属于豪放派文人，颇有江湖豪客风范，故而同学又赠予其一个极富江湖侠士的称号：彭三爷。三爷烟瘾大、酒量佳、兴趣广，虽年过花甲而精力健旺，着实让人仰慕赞佩。

　　一晃四十年过去，激情燃烧的岁月已渐归淡泊平静。四十年前，当我们刚成为同学时，每个人心中都在吟唱"路漫漫其修远兮，吾将上下而求索"，深感今后求索道路的漫长。四十年后的今天，当我们回首逝去的日子，竟不过是历史瞬间。该吟唱的当是"人生几何""去日苦多"。四十年来，历史已经宣告同学们当年的努力并未白费，历史对每个同学都作出了应有的安排，让每个同学都拥有了值得自己回味的精彩人生。

　　作为当年同学中的老大哥，今天的古稀老者，我最该感恩的是历史安排我和他们成为同学。大家的青春活力、能力才智，始终深深地感染和激励着我，让我能常以七十岁之躯体，怀三十岁之心思，鼓足百岁之愿景。

　　再过两三年，几乎所有同学都将步入退休行列（个别除外），同学中能够规划下一个四十年者，恐不会太多，下一个四十年的同学会（2057年）也不可望不可及。历史仍将继续对我们今后的夕阳人生作出种种安排，其中说不定还有一些意外和惊喜，我们仍将面对若干的命中注定，愿同学永远怀揣友谊，携手向前，且行且珍重。

姜华修

我的高考，我的大学
——纪念恢复高考四十周年

我的高考

2017年6月3日，《遵义晚报》记者陈果女士来我家中对我进行采访。因为2017年是恢复高考四十周年。我拿出珍藏了40年的高考准考证，陈果很高兴，她说还是第一次见如此珍贵的资料。6日，高考前一天，《遵义晚报》刊登了对我的同学金泽坤和我的两个专访，并分别刊登了我们的相片。

40年过去了，但这次高考和相关的一些情形，还清晰如昨，历历在目。

我是1973年的高中毕业生，我的初中和高中都是在鸭溪中学度过的。鸭溪中学是遵义县西路片区规模最大的学校，有一批很好的老师。记得1971年9月开学不久，老师们就对我们这些学生说，等到你们毕业的时候，可能恢复高考，你们要努力学习，做好准备。我们懵懵懂懂，但就是"可能恢复高考"这个动力激励了我，各科成绩在班上都处于前列。1973年7月毕业时，学校正规地举行了毕业考试，我的数学成绩是97分，仅因写错一个符号扣了3分，其他各科也都是高分。

但非常遗憾，我们高中毕业的时候，没有"恢复高考"。

不久，鸭溪区大岚小学校长赵文渊和大队干部来找我，说学校教师不够，想请我去代课。开始我不想去，他们说，你还不想去，别人还在那里争呢。我想也是，教书是正业，我可以边教书边学习，多学点知识也是好事，有朝一日可能还有点用。于是我就去大岚小学当代课教师，第二年转成民办教师，教戴帽初中班。1976年秋，鸭溪区大岚公社革委会决定将两所小学戴帽初中班合并，新办大岚中学，派我负责学校工作。

1977年10月中旬，天气有点冷了。一天，广播播出消息，恢复高等学校招生考试，同时也登了报，说当年考试由各省具体组织实施；紧接着公布了招生简章，开始报名。其时，鸭溪区教办抽调各校负责人，分赴各公社检查中小学校工作，我被派去金山石板天旺这一路。检查工作结束后，我到区教办去报名，负责人（半文盲干部）说："你已经结婚，又不是老三届或者下乡知青，你不合乎条件。"我说简章里不是明确"有一定实践经验的"可以放宽吗？这位负责人说："你有什么实践经验呢？"我说我已经教了几年书还不算实践经验吗？他说你这个不算。旁边具体办事的辛登明老师转了个弯，说请示一下县招生办。

过了几天，也就是上报送表的前一天，辛老师找人通知我赶快把报名用的相片送过去，报名当天就要截止了。我到了教办，交了相片和五角钱报名费，考虑没时间复习，我就报了文科。填了报名登记表，事情就算办完了。没过几天，准考证办下来了，就是前文说的珍藏了四十年的这张准考证，它改变了我的命运，我将它视为宝贝。

我仍然每天上课，负责学校的工作。要参加考试，总得要准备一下。我校周治端老师是1961年的高中毕业生，他给了我一本《1961年全国高考数学复习大纲》，薄薄的小32开本，这是当年他复习备考时用过的书，其中有一些题很有代表性。在资料匮乏的年代，这是多么难得的呀！我按照这本大纲的指引，开始复习数学。我在高考前也只复习了数学这一科，政治、语文、史地就只好靠自己平时掌握的东西了。

鸭溪中学决定给参加高考的应届生补课，其他考生也可以去听。我去听了两节语文、两节数学，下课后我就拿出《复习大纲》解题。听课的这些人都没有见过这样的资料，很新鲜，围着看我解题，也有不少人拿题来问我。有人对我说："你今年考试没问题，肯定考得上。"鸭溪街上有位何旭初老师，是学数学的，兼修中医，曾经是南白中学的教导主任，不知何原因被开除了工作，遂应聘在鸭溪镇卫生所坐诊。他当年教高中数学，特别是几何课上得好，人称"何几何"。有一天我去给母亲买药，看见何老师正在给一学生讲解数学题，凑过去看了一下，觉得他的思路很清晰，讲得深入浅出。我就和他谈起来，说了我目前的准备。他很同意我的方法，还鼓励了我一番。平反冤假错案以后，何老师被安排在鸭溪中学任教，并担任教导主任多年。

　　1977年12月15日至17日是贵州省的统一考试时间。其他省的时间不知是不是这几天，没有查过。我的考场设在鸭溪中学，是双人座，不似现在的单人单桌。答卷是小密封卷，即把左上角卷起来，里面封有考生姓名考号之类信息，外面贴一张小浮签，据说内容和封内签是一样的，便于发卷收卷。交卷时撕掉浮签，就看不到是哪位考生了。答卷实际上就是几张白纸，供考生答题用。试题是印在另一张16开题单上的，每人一张，连同答卷一并交。这种卷式用了没几年，就改成大密封，即用线装。其实小密封相比还不易泄漏。因为小密封是卷在里面封死并盖上印章的，不易看见里面的究竟。这相似于科举时期的弥封卷。

　　那年高考科目文科是政治、数学、史地、语文、外语；理科是政治、理化、数学、语文、外语，其中文科史地合一、理科理化合一，外语不计入总分，仅作录取参考。每科考试时间均为2小时，上午8：30—10：30，下午2：30—4：30。每天两场，第一天政治、理化，第二天数学、史地，第三天语文、外语。我考了政治、数学、史地后，感觉还好。第三天考语文，作文题是"大治之年气象新"，这个好写。当时全国"抓纲治国"，贵州提的"抓纲治黔"，鸭溪中学张启华老师辅导学生时出了个"抓纲治黔气象新"的作文题，给学生训练，我也听了他的审题分析。拿到试题后，觉得满有底气，于是一挥而就。

　　语文题中最后一道是加分题，默写毛泽东《七律·长征》诗并解释其大意。这个我是熟悉的。1976年我结婚时，大岚学校的老师们送了我一块玻璃板，下面嵌了一张毛泽东手书《七律·长征》影印件，这在当时很时兴。我也经常欣赏这件作品，对其含义是知道的。这道加分题满分10分。我觉得答得很完美，但不知得了多少分。当时考试不公布分数，不透明。

监考我们那考场的是鸭溪中学的傅国维和枫香中学的黄守模二位老师。傅教化学，黄教语文。我交卷后他们就在那里看，他俩交流说这个一定会考中，这是傅老师后来告诉我的。

那年搞了初选，鸭溪初选上12人。初选后政审、体检、填志愿。当年政审是重在考生本人表现。那时的填志愿也很简单，实际就是一个方向性的选择，既没有公布有哪些大学招生，更不知招多少，最终也没按志愿录取。黔北当时仅有遵义医学院，这里招理科生。文科生有贵阳的院校可填，没听说什么师专之类。我考虑到已经教了几年书，和"有一定实践经验"对路，并且认为教书是好职业，为国家社会培养人才，又可以涵养自己，对今后子女教育成长有好处，于是填报了贵阳师范学院（今贵州师大）中文系和历史系。

3月下旬，录取通知书下来了，我被录取入贵阳师范学院遵义师范中文大专班。这是一个什么大学呢？当时没搞懂，问别人也不清楚。遵义师范学校20世纪50年代办过专科，称遵义师专，困难时期师专停办，办成进修学校或中师，后来又办过"五七师大"。我想，管它什么学校，读出来我就是公办教师了，增长知识、提高待遇，今后还可以争取到鸭溪中学、南白中学这样的学校去教书，多好啊。

我开始办手续，第一件事是迁户口。把户口从农村迁到学校，这算是进城了。当时人们对城市户口的欢喜程度是很高的，有了城市户口感觉很优越。当时除了升学、招工等可以农转非外，其他人是没有这个资格的。转户口时是4月，要卖5个月的口粮，每月按30斤计，应卖150斤。当时农村粮食还很紧张，粮管所的工作人员大发善心，只让我卖了30公斤大米表示一下就给我办了相关手续。我很感激他们。第二件事是移交工作。区里派辛登明来大岚中学任校长，辛校长是爽快人，几句话就说定了。没什么财产，账务、资金简单明了，相互说了一些尊敬鼓励的话，既无烟酒又无饭菜，说完就了事。

就这样，我离开大岚中学，去上大学了。

我的大学

当时报上公布，1977年全国570万人报名高考，计划录取20万人，后来扩大招生，总共录取了24.8万。与现在相比，天壤之别。

1978年4月20日，我带上行李搭长征二厂拉砖的车去学校报到。进了校园，放眼看去很是荒凉：有几栋青砖瓦房，即教学楼、礼堂、学生宿舍、食堂。教师住房既小又旧。礼堂前有两副陈旧的篮球板，球场前面是一块田，田的前面草地上还有多个水泥墩，据说是棉纺厂准备修厂房的。园内还有一个农机研究所并附带农机校。多年以来这里是校中有校，校中有所，校中有厂，校所厂杂存其间。整个校园差点被农机所和棉纺厂全部霸占，师范的师生员工"斗争"了多次才保留下了这一部分。

我到学校的第一站是去胡师母家。胡师母骆华邦是师范食堂工人，她的夫君胡性忠老师是我在鸭溪中学时的语文老师，师生关系很好，其时胡老师已到高坪师范任教。我把行李放在他们家，就去学校报到，等办完相关事情回来，胡师母的饭已经煮好了，留我在她家吃晚饭。有这样的好老师好师母，使我有个落脚周转的地方，真是感谢不尽。

学校安排我们住过去的学生宿舍，四张上下铺床，可住八人，先到先选。我选了一个下铺。第一晚上，半夜醒来，全身奇痒，还出现一些红疙瘩，下半夜就睡不着了。有人说这是被臭虫所咬，第二天一问才知道这栋寝室已经一年多没住过人了。虽然我自幼生活在农村，条件简陋，然而环境卫生还是讲究的，这是我平生第一次被臭虫叮咬，难以忍受。这可见当年学校的条件及管理是何等的简陋和不到位。

进校后，体检、入学教育。入学学习一周，开展真理标准大讨论。大家声讨"文化大革命"，支持"实践是检验真理的唯一标准"的论断。同学们纷纷发言，感谢邓小平，是邓公极力主张恢复高考，我们才有了上学机会。不少同学用自己的经历，说明高考被录取来之不易，大家表示一定要努力学习，学得真本事，为教育做贡献。

中文专业开始只招了60多人，一个大班，在文科教学楼二楼大教室上课。

后来扩大招生，又进来20多人，于是分成两个班，一班44人，二班42人，合计86人。

我们这一批人，进校时年长的35岁，小的17岁。多人已婚已育，小的才"初开混沌"。有1965年高中毕业参加过高考的，也有1977年应届高中毕业的；有初中毕业就招工或当兵出去的，也有教书多年甚至担任过领导职务的；有上山下乡知青，也有回乡知青；有曾经上过"五七师大"的，也有上过遵义师范的。情形不一，悬殊很大。

上课老师中，刘耕阳先生教先秦文学《诗经》及前汉散文部分。先生当时已过古稀之年（1906年生），早已退休，请回来上课。他戴一顶有前舌的普通干部常戴的那种布帽，着蓝色中山服，一支手杖，一只装讲义的小提包。他来上课前，我们就给他摆好藤椅。大家给先生抬椅子都是争先恐后的，当然多为座位靠前的同学所为。不是刘先生课时，这张藤椅就放在教室的讲台边，其他先生没有用过，成了刘先生的专属。刘老夫子学养深厚，在文学、音韵、训诂方面有精深造诣。讲课精妙，书法漂亮，是遵义有名的书画家。他板书有时从左至右，有时为了方便，又从右写到左，粉笔板书也很有书卷味。他诙谐，有一次点名，点到耿贵莎，老先生问："你这个'莎'字是念'shā'还是念'suō'啊？"接着又解释说，"我这里《豳风·七月》中有'五月斯螽动股，六月莎鸡振羽'的句子就要读'suō'，莎鸡就是莎草中的一种昆虫，俗称纺织娘是也。"老先生这一问一解，使同学们在幽默中获取了知识，先生与学生的距离也近了。

杨大庄老师上楚辞、汉赋部分。杨老师是江苏淮安人，华东师大毕业，为人诚朴，为学深厚，学问人品俱佳。华东普通话，吴语味很浓，很好听。他讲课不紧不慢，娓娓道来，是大家喜欢的。在这里我要向杨老师道一个歉。有一次鸭溪653厂的一辆小吉普车来接一位同学，正值我家里有急事要赶回鸭溪，联系了搭该车回去。须知在当时，要么无钱乘车，要么有钱无车，搭顺路车是不容易的。我属前者——无钱。车进校园时一再催促，此时杨老师正在上课。我为了搭车，没有向老师请假便收拾书本走出了教室。当时我很不是滋味，也不知老师和同学们看到我扬长而去会有何说法。我一直忐忑不安地随着别人的车子走了。后来，我曾想给杨老师解释但又没有勇气。在这里向老师道歉，向同学们道歉。

鲁元舟老师上魏晋南北朝文学部分，后又上唐宋文学部分，他是我们入学后才调进来的。当时根据需要，从全地区内选调了一部分功底扎实、教学经验丰富的中学或师范教师来这里任教。鲁老师曾在南白中学任教。他中文功底扎实，教学经验丰富，备课认真，课讲得好，书法别具一格，很得学生喜欢。有一次我去鲁老师家，看见他书桌上摆着一部《续遵义府志》，有十几册，都是原版本。这是遵义的重要方志，探花杨兆麟修撰，赵恺、杨恩元总纂，是遵义人必读之书。我过去只听说过，没见过真面目。我翻了一些篇页，觉得有意思，便提出想读这部书。鲁老师说这是从学校图书馆借出来的，供教师使用，不借给学生，但可以到他家里去看。于是我就好几次去他家里阅读续府志，这提升了我了解地方史料的兴趣。后来我自己买了《遵义府志》和《续遵义府志》这两部书，经常翻阅，它们成了我案头上常备的书。我知道很多遵义的故事，就是从这里来的。

赵世迦老师上写作课。赵老师讲课传神、生动、耐听，既重章法又重文道。没有教材，他自己选范文，如《左忠毅公逸事》《班主任》等。赵老师选讲了明朝赵南星的一篇杂文《屁颂》，讽刺一个秀才向阎王献媚的故事，至今难忘。"一秀才数尽，去见阎王。阎王偶放一屁，秀才即献《屁颂》一篇，其文曰：'高耸金臀，宏宣宝气，依稀乎丝竹之音，仿佛乎麝兰之味，臣立下风，不幸馨香之至。'"很传神。赵老师讲，写文章要开头精彩好看，引人入胜，好比凤头；中间丰富充实，跌宕多姿，就像猪肚；结尾干练有力，收束利落，犹如豹尾。这些比方太好了，生动形象。

钟永久老师配合赵老师，给我们改作文。次数虽然不多，但给我留下了深刻印象。钟老师每改一处，都非常得体，点拨精当，评语精炼。至今我还保留着有钟老师批改墨迹的作文本。

敖明庸老师上哲学课，他年轻，工农兵大学生学历，教学经验也不丰富。他给我们上课，经常是大汗淋漓。下面坐着的我们，有好几位老三届，有的工作好几位曾干过中学校长主任教师之类，论知识、论经验、论口才都不错。敖老师面对这样的学生自然紧张，他讲出一通汗，我们为他捏一把汗。一节课下了，老师走下讲台，给同学们发烟。一边吸烟，敖老师就一边征询意见，问这样讲法行不行，还需要怎样改进，要我们给他提意见，帮助他把课讲好。同学们也没有为难老师，更没有不礼貌行为，还宽慰老师，善意有加。细想来，当时还不止敖老师一人如此这般。在这帮学生面前，有的老师还真有点战战兢兢，如履薄冰之感啊。

李自强老师上文艺理论，这课先前又称毛泽东文艺思想。这位老师讲课认真，要点分明，但很固执。他强调认真记他的笔记，考试时要按他的说法意思答题，包括几大点几小点，都不能改变，否则不给及格分。因为他不准学生发挥，不准学生辩论，不准用不同观点，于是部分同学不满意他，给他取了一个绰号——李夹板，有教条古板之意。此绰号一经传出，后面好几届学生都这样在背后称呼他。

方慎和老师是北京师范大学的毕业生，她的一堂人脑记忆功能的课很生动。方老师带来一件教具，放在讲桌上，是用一方绿色绒布罩着的，我们谁也不知道是什么。当方老师讲到关键处，揭开绒布时，一具人的大脑模型呈现在同学们面前。方老师边指边讲大脑结构，记忆功能等，讲完后又把绒布罩在模型上，继续讲相关内容。这件事给我很大启发。后来我任校长时，常深入课堂听课，发现有的教师把教具、模型放在讲台上，该遮掩的不遮掩。学生几十双眼睛就看着这新鲜玩意儿，全没心思听老师的开场白。我就给他们举方老师授课的例子，怎样正确使用、展示教具，何时展示出来，何时收拾起来，都大有学问。这是很好的教学设计范例。

刘庆光老师教明清小说，讲解生动；徐刚老师教现代汉语，讲解精准；夏烺寅老师教古代汉语，风度潇洒；龚开国老师教现代文学，恢宏广博；王玫老师教外国文学，思路缜密；杨天星老师教教育学，教风稳健；王立民老师讲教材教法兼辅导员，待人随和；肖世忠老师和刘竞军老师上体育课，多才多艺。老师们德行高尚、学养深厚，给我留下了深刻而美好的印象。

理科班哲学教师余克常课讲得好，我还去偷听过。他知识面宽，口才好，讲课诙谐，甚至把某哲学家和妻子吵架的故事都讲了，很受学生欢迎。

进校以后不久，一天晚饭后自习前，我们好几个人站在宿舍外空地上闲聊，听喇叭里播放音乐。李策毅主任陪着几个人走过来，给我们介绍说，这是教育部来的几位领导。李主任也把我们介绍给客人。李主任说："教育部决定恢复遵义师专，不再用原来大专班的名字了。"李主任又说，"你们这批学生要提前毕业，现在中学差教师，要你们赶快到位。"此话一出，两种意见立马表现出来，一些年纪小的同学说不能提前，要读满规定时间。一些年纪大的同学或如我等，则高兴不已，希望早点毕业出去，领工资养家糊口。

到了吃胡豆的季节，学校食堂买来一些胡豆，带荚的。食堂出了一个主意，桌上放一盆胡豆荚，分饭时学生要把这一盆胡豆剥出来，下一顿才有炒胡豆。我们一桌是几个年龄偏大的"大家伙"，就不信这个邪，不剥胡豆，把饭分了就走了。下一顿，不光没有给我们摆出炒胡豆，胡豆荚还放在桌上，并立了一块纸板，上写"不剥胡豆不害臊吗？"我们一看，火冒三丈，从旁桌拉过一盘炒胡豆来，三下五除二，分而食之。食堂和我们都上报了学校校长吴山和教务主任李策毅，这事被我们称为"胡豆事件"。据说学校领导特别是教务主任批评了食堂，说："这些学生被耽误这么多年，现在是他们抓紧学习的时候，你们怎么让他们用宝贵的时间来干这剥胡豆的事呢？工人不够可以请小工来做嘛，今后不准这样对待学生。"当时我们还准备了一下，要和食堂干一场，结果学校领导处理好了，没有我们的机会。

学习内容方面，我们没有见过学校的教学大纲和计划，当然这些东西不一定让学生知道。当时国家还没来得及统编教材。我们用的教材是某高校的，经过选取后，学校自行打印或刻印，其中《古代文学作品选》《现代文学作品选》和《现代汉语》就是钢板刻印的。边上课边发讲义，最后积累起来，我们几个到丁字口印刷厂去找熟人装订切边。我现在还完整保留着当时的全部教材。

除上课之外，我们有三个方面的学习环境，一是在教室或寝室自习，消化当天课堂上讲解的东西和布置的作业；二是去图书馆借书、查资料。图书馆只有书库，没有阅览室，和我们的教室就在一栋楼里。高明华、吴大敏老师负责图书馆工作，对我们很关爱。我们要什么，她们就不厌其烦地给我们找什么。

借阅时间超过了，她们也只是提醒一下，从来没有说过要按某个章程制度处罚的话；三是去汇川河边，苹果园内，官塘岸上读书。我就经常去河边读书背诗词，我能背诵很多诗词，就是那时下的功夫。

我在官塘上面苹果园读书。发现一通古碑和一座土墓，得知这就是唐一元与其妻杜凤鸣合葬墓，遵义湘川唐氏入遵始祖。唐家历代读书获取功名的人很多，做官人也多，有做到云南巡抚的，也有做贵州督军的。谚云："要得唐家不做官，除非干断洗马滩。"是说唐家人做官不会断，因为洗马滩不会干断。这对读书人是有激励作用的。官塘这名字就是因唐家而得名的。我们经常去洗澡游泳，塘很深，扎不到底，水很清澈干净。金泽坤同学说，他父亲在官塘钓起过十几斤的鲢鱼，说明那时塘深水好。可惜后来被泥沙填满，今天仅有其名而无其实了。现在唐家坟山和官塘一带建成了三阁公园。唐氏墓茔修葺维新，新泐了碑石，被确定为文物保护单位，是三阁公园的景点之一。

那时学习，真可谓只争朝夕。因为读书机会来之不易，而且我们今后出去是当教师，没有硬功夫能行吗？所以我们这些人个个勤学，人人奋进，常常得到老师们的表扬。

我们在学生楼住了一个学期。第二学期报名时，通知我们住临时搭建的一层矮棚里。因为学校调进了一批教师，只好把原学生宿舍让给新教师。临时棚低矮，房顶钉上竹席，地面潮湿，通风不好，每间住十几个学生。其实这些都不是我们当初可以选择的，大家无怨言，住下去了。

紧张的学习生活中也不乏乐趣。1979年清明节前后，两个中文班均组织了春游活动，在红军山、桃溪寺还留下了合影。当时，遵义医学院已经开展学生跳舞活动，师专团委派了一些爱好者去学习，回来教大家。其时还没跳男女双人舞，只是集体舞，大家拉成内外两大圈，随着音乐转圈移动交换拉手对象。我们班在红军山春游，大家跳集体舞。喻见同学当时喜欢某女同学，他想拉着这位美女跳，但还隔几个人，要转过几个才到。喻见迫不及待，招呼大家"转得啦！转！快转！赶快转！"大家知道，喻见是想赶快拉上美女同学的玉手，一起哈哈大笑。

喻见同学是一个活泼、好动、肯用脑筋的人，他给班上好多同学都取过绰号，这些绰号都很雅，与文化有关。如借用赵老师的写文章"三段式"结构论，给谌世昌同学取名"猪肚"，一来老谌是"老三届"，有知识，二来老谌有个大肚皮，恰如其分；给周帆同学取名"凤头"，是因周帆经常把头发梳得前面翘起来，有自然卷曲状，也很形象；给杨贵平同学取名"杨博士"，因为杨贵平戴一副眼镜，走起路来昂首挺胸，很有派头；给兰永平同学取名"仓庚"，即会唱歌的鸟儿黄莺，因兰永平嗓音好，歌声美；给赵家镛同学取名"茅坡才子"，因为赵经常抱一大摞书，还常说自己是茅坡考得最好的；隔壁物理科有位女生，扎一绺秀发，卷曲漂亮，就给她取名"绵羊尾巴"。其他还多，不一一列举。人们为了还击喻见，就抓住他有时乐得傻乎乎的样子，给他取名喻傻儿，或称老傻，这个名字一直喊到底。喻见不幸于2005年8月28日因病去世，一个好人，真应了苏东坡"仁者不必寿"的说法。时至今日，人们提到喻见，还经常称喻傻儿，其实喻并不傻，聪明灵动，待人真诚，酒品也好，实在可爱。

到毕业季了，何去何从呢？有一天王培安同学给我说毕业分配的事，他说我们去长征基地子校吧，我说要回鸭溪。又过几天，培安约我说去海龙坝教师进修学校，即后来的教育学院，我说要回鸭溪。

1979年10月下旬，毕业分配去到教学第一线，开启了新的人生旅途。

在遵义师范大专班、遵义师专、遵义高等师专、遵义师院以及中文科、中文系这一连串与时俱进的名称中，我只能说我是遵义师专中文科的毕业生，不敢高攀。因为遵义师专中文科这名称承载了那一段特殊的历史，为我们编织出一条通往成功的五彩路，不能忘记。毕业三十年聚会的时候，我写下了"录取在这里虽然不满意，但我见到了好的老师，结识了许多好同学，并且成为永远的好朋友"的感言。今天我仍然要说，我们的老师并不亚于那些名牌大学的老师，我们的同学不比当年录取进本科院校的差，因为我们当年高考成绩在全省、全地区多为高分。如今我们的同学在各个领域里，出类拔萃者不少。有省部级干部，有地厅级干部，有县处级干部，有大、中学校校长，还有一大批具有高级职称的教师、专业研究人员和技术人才，有各行各业的成功人士。

1977年恢复高考，迎来了教育和科学的春天，振兴中华从这里开始；

1977年恢复高考，弘扬了博爱平等的教育观，民主、公平从这里开始；1977年恢复高考，使多少寒门子弟步入知识殿堂，实现求学和报国的梦想从这里开始。四十年来，中国回归尊重知识尊重人才的轨道，在现实与历史交会中，我们从高考的角度，读懂了一个民族依靠教育开辟未来的信念，见证了一个国家改革开放，实现民族伟大复兴的决心。

公元2017年10月于鸭溪柏杨杠乐安居

刘 勇

我艰难的求学路

  我们中文七七级在1978年春末夏初同时汇入汇川坝。无论少长，无论有幸或是不幸，我们都从一个极不寻常的时代走出，经历了沧桑，拥有各自的曲折与奋斗，但我之求学路或许更多了些坎坷与辛酸……

  "文化大革命"开始时我念高小五年级。不久书读不成了，每日游荡于市井里巷山坡田野，虚掷着年少时光。我的父亲终身从事教育事业（始任省立中学校长，终为县直中学教员），他不苟言笑，寡言少语。记忆中只要谈及他昆明念大学的日子，便会滔滔不绝……那些回忆一度引领我走出眼界的逼仄，对远方充满了莫名向往。

  1969年秋，我没能读完高小的那间小学办起了戴帽初中，从师资到教材各种条件皆不足，但好在有书读了，班主任觉荣先生还是父亲的学生，20世纪50年代前期毕业于遵义师范。他年长我很多，与我亦师亦友。先生传统、厚道、孱弱怕事。"管他的哟，兄弟"这是他对我的口头禅式训导。细想，这句简单的训导，颇具佛老思想：恬退隐忍，乐天安命，为而不为，具有大智慧。也就是叫我埋头读书，只问耕耘。1971年，两年的所谓初中学习完毕，我各门功课名列前茅，似乎可以顺理成章就读高中了。然而，求学之门訇然关闭，心如死灰。踟蹰校门外，望着东去的芙蓉江，欲哭而无泪。

上学无门，读书有路。感谢我的家，家庭浸润对个人成长非常重要。也就是在20世纪70年代初的一天，一家人闲聊，父亲无意中提到40年代还是50年代的一道高考题：从上海到伦敦，走最近的海路，要途经哪些重要海区和港口。说者无意，听者有心。我在世界地图上不止十次完成过这道题，熟记所涉及那些海区与港口。从此有瘾，会拿着一本通俗地理书当小说看。习惯使然，时至今日仍会不时在二千分之一的谷歌卫星电子地图上俯瞰地球任意一个角落。也就是在那些年，受益于家兄广识上海、贵阳、绥阳本地知青，用家中藏书交换了大量著名与不著名的书（包括一些手抄本）。那些图书大都盖了天南地北各个学校的蓝色藏书图章：从裴多菲到知青诗抄，从《复活》到形形色色的"手抄本"……菁芜杂陈，良莠并蓄。那时节，崇拜牛虻，佩服马丁·伊登及《在人间》中的高尔基；也艳羡于连，甚而想象自己如杰克·伦敦笔下那只库克，孔武有力地闯荡于辽阔无边的丛林与荒野……

十七八岁的我，未谙世事，有野性，不安分。于是便有了三年陆续外出打零工的漂泊经历：县城挖土方、建房、榨油，南宫山开山采石，南站扛活……北入川，南赴桂，西进滇；在扳道工的油毛毡棚蹭铺，与列车乘务员周旋，为"投机倒把"者望风，同"社会渣滓"把盏……有青春做伴，可将颠沛视为浪漫。风雨踯躅中，蜕了自卑而多了自信。那是让我终身珍视的底层挣扎经历，也是让我终身受益的"我的大学"。

1972年深秋，姐夫从北京来贵州，带回一个叫人兴奋不已的消息：中央有了按同等学力报考大学的意向！天鹅肉近在咫尺，诱人无比，这自然让癞蛤蟆有了丰富的想象空间，于是我即刻返家。那年深秋到第二年初春，我闭门不出，息交绝游，在家兄的帮助下将初中数理化教材全数过了一遍，所有习题基本了然于心，并开始进军高一教材。英文学习更是重头，那段日子我们家那用旧报纸糊就的破旧小木屋内，常传出留声机沉郁而明晰的朗读（留声机是学校的，唱片是残存），其间还夹杂了父亲那40年代初受韦氏发音影响极重的英语口语……以至于附近农民以讹传讹：他们家说话都全是用英语哟！

1973年春，我受人撺掇再度外出，只是这次做工的行囊中捎带了借来的高一数理化教材。工余，便在客居的木房内疯魔般啃那几本书。那是一间紧邻猪圈的小屋，不通风且不透光。那年初夏便有难耐的热，下工回屋，我只着一条三角裤，蹲在一张条凳上（坐下接触凳子面积大，反热）看书，汗水如泻般淌下。窗外，猪们饥饿的嚎叫和猪粪的臭味如洪水般涌入；室内，嗜血的蚊与逐臭的蝇在我身旁狂舞；课本上，诡异的方程、怪诞的电子、神秘的分子式如怪兽般瞪着眼向我挑战……高一数学啃了一多半，物理啃了三分之一，而化学则全然啃不下去——就是俗语说的"猫吃团鱼，找不到头"。掷笔望天，心底有无尽的沮丧，以至于几十年后仍常做参加高考而遇上数理化无从下手的噩梦！那种每天只睡四五个小时，高强度、自残式且效率低下的学习不久便戛然而止。因为除了考试，还需层层推荐……

1974年秋，终于有机会结束浪迹：在我曾读小学，后来又在读戴帽初中的学校谋到一代课的教职，任英语和语文教师。教初中语文嘛，读了那么多杂书，凑合一下似乎还成；但教初中，后来甚而教高一英语（该校当时已戴了高中的帽），这哪里是赶鸭子上架，那真就有被捏了脖子，扔到架子上的感觉（至今仍心有余悸）。父母知我底细，常敦促：当老师，给人一碗水，自己应有一桶水。这话表面委婉温润，实如重鞭，直击我臭皮囊下的败絮：我自己的一碗水还捉襟见肘，哪有给别人的份？于是，剪除野性，为了自尊与饭碗，我昏天黑地地啃语法背单词，习读《北京周报·英文版》——即便如此，有时第二天要上新课了，还得赶晚去向父亲请教，天明拿到课堂上现炒现卖。如今见到当年学生，我还连称惭愧。代课日子里的那些漫漫长夜，为消除孤寂与对不可知未来的恐惧，有意抑或无意，抄书便成了又一选择。抄唐诗宋词，抄普希金，抄拜伦，抄《进化论与伦理学》……在支离破碎的累积中，我搭建着若有若无的求学梦。如今，再翻看那些字迹极不养眼的旧日抄本，唯剩欷歔。

日历终于翻到1977年秋，我有机会参加高考了。但谈不上任何有计划的复习，案头一堆相关书籍，却哪有重点可觅？带了雀跃之心，白天给学生上课，晚上为自己打拼，常不知晨光熹微，东方既白。

望眼欲穿，12月15日，钟声敲响。

第一堂考政治，考题都是多年接受谆谆教诲或报刊每日可见的内容。第二堂考语文，看到第一题后竟然有了些许微笑。因为头天晚上与县广播站的编辑彭相德老师还深入谈到了相关主题；至于作文，信手"敷衍"。数学题一路做过去，似未遇大障碍。出考场后演算给数学老师看，估计会有八九十分，但结果大相径庭：57分！是唯一不及格的学科。不知何故，更无从得知。至于史地，全卷做完用了一小时多一点。那时就如一井底蛙，不知天高地厚，且极欠严谨。匆匆交卷，一出考场便晓得错了两处：填充长江三峡，先填了瞿塘，紧接着脑海里突然就冒出"即从巴峡穿巫峡"一句，便错填了巴峡；填充哪些省市邻渤海湾，我只填了省，忽略了市。好在史地侥幸得了89分。

然后就是等待。

1978元旦过后不久，最先等来的是文质彬彬的马在良先生（在良先生20世纪60年代初在贵州大学任教，后因出身问题被贬谪到旺草中学）。先生刚从省招办统分回来，进门连称恭喜，并给了我一颗定心丸：25岁以下的文科低龄考生，280分以上者全省仅13名左右！喜出望外！额手相庆！仅仅乡鄙戴帽初中毕业，居然有这一位次！大约这就叫"世无英雄，遂使竖子成名"啦（得意忘形，且忘了乐极生悲古训）。

又是等待！冬天渐褪。身边互有联系的，好些人渐次收到了录取通知，省内外各类学校都有。每天去邮局等邮车，看着邮包打开，盯着邮件分拣，每天都失望而归。

1978年春，开学了，又开始扮演孩子王的角色。习惯了，没有埋怨，也没有过多的激愤与委屈，只责怪自己考得不够好。我不敢迟缓，迅即将目标转向1978年高考，并把重点放到了英语上：我想那应该是冷门。我还相信青天在上，我感觉到春天来了！

不期而至，完全猝不及防，通知书来了：贵阳师范学院遵义大专班。这学校的名字闻所未闻！"我播下的是龙种，收获的却是跳蚤"，这句诗过去只读出了诙谐幽默，而今竟真读出了失望而滴血的心！去还是不去，全家有过几天争议，最后还是痛苦地决定，认了！毕竟，通知书给了我一个铁饭碗。"服从分配"是自己亲手填上去的。

也就是从那一天开始，人生少了自信多了自卑。

直到很多年过去，两鬓斑白的我终于得知：当时遵义地区有领导提出，将部分考分较高的考生留下，就地速成，毕业后充实地方师资……大凡读书人，或有读书人情结之人，谁没有一个读名校的梦？英雄就可不看出处，但读书人肯定看重"出处"。造化弄人，面对历史，面对现实，一切叩问与解释都是徒劳与苍白的。

…………

好久没到母校师专去了，前几日，随兴踱过去。东迁后的师专故园，好些地方已苔痕入阶，藤蔓上墙。四十年前素朴宁静的校园，经历了热闹与喧嚣，轮回更替，似入寂灭。怅惘良久，竟有"黍离"之思由心底缕缕升起，缠绕不绝……沿硕果仅存的旧日礼堂一侧，出后门，到河畔，昔日古柏森森的唐继尧家墳山已变为三阁公园，虽幽静不再，却依旧有松风飒飒，鹤鸣啾啾——一幅旧日场景蓦然浮现：晚餐既毕，清蒸苞谷粑与素烧豇豆茄子在腹中欢快地发酵。同学七八人，慵懒拖沓，沿了河边小径，前往水中寻觅清凉。夏日的风挟带了蒿草与松脂的清香，掠过林梢，吹过苞谷地沙沙作响。夕阳照在高坪河与喇叭河汇流处，金光闪闪。有阳雀飞过头顶，有蝉鸣缭绕于耳，空气中弥漫着夏的燥热与青春的躁动。"猪肚兄"赤了膊，只着一西式短裤，露出他丰满的肚腩和如女人般白皙的大腿。"傻大姐"摇摆于前，"阳儿弟"屁颠于后，二人口如利剑，句句紧逼；而"猪肚兄"，则难受地挺着大肚，气喘吁吁，只顾得在热风中流汗与擦汗，全没了平日伶牙俐齿，先声夺人之势。终是经不住好事者挑唆，喘息稍减，"猪肚兄"窥准对方破绽，使出乾坤大挪移，顺势抖出"傻大姐"暗恋糗事，绘声且绘色，穷形还尽相，极尽铺陈能事。众人听了，皆嘿嘿坏笑，鼓噪起哄，语言多有荤腥，全无学校饭菜寡素之风格。"傻大姐"面有飞红，矢口否认。随即，便以"猪肚兄"曾自嘲"一年三百六十五，煮饭洗碗都是我"为据，添油再加醋，夹叙又夹议，讽其惧内……二人唇枪舌剑，你来我往，那阵仗，煞是闹热。众人如免票看了侯宝林和马三立，舒心已极；皆呐喊长歌，跳天舞地，载欣载奔。须臾，河湾深处，戏水声，调侃声，沿岸草幽幽的河床氤氲开去……

　　那是何等让人快意的既往！但是应该停笔了。永远温文尔雅，时时循循善诱的赵世迦先生期末的立论题是"文章之道，有开有阖"，再不收笔，便更是开阖无度，就真的有负那许多曾经给我以教诲的好老师了。

　　盛夏已过。天渐凉了，好一个爽朗无比的秋哟！

彭一三

我的大学不是梦

　　我的大学梦，来得不容易。我的大学梦，来得太容易。

　　第一次知道大学的概念，是1964年。大哥考上昆工，父亲带上大哥和时年9岁上完三年级的我（家中还有一个哥和两个弟），到离城五六公里的乡下老家平庄坝看祖坟，走亲访友。当时懵懂没感觉，待我大了才明白父亲下乡之举多少有些显摆的意思。自光绪十七年辛卯科我的高祖、父亲的祖父彭寿贤中举（《续遵义府志》载，官定番州学正）后，家里人书香不断，可毕竟在新学之后还没有一人考上大学。父亲是1943年毕业的老高中生，那时为了家中生计，就和他的高中同学郑昌老师（郑子尹嫡传后人）一起到金沙教书了。大哥上大学后写信回来，说大学是如何如何大，生活是如何如何好，顿顿有肉吃云云。这样的生活好生叫人羡慕。我那时就暗下决心，为了天天有肉吃一定要好好学习，考上大学。

　　时事弄人。后来赶上招工，我到了遵义市人民银行工作，感觉自己已经彻底告别了大学梦。

　　1977年是中国大学招生最具划时代意义的一年。现在回头看，这一年奏响了中国改革开放的序曲，改革开放自教育始。那年，得知恢复高考的消息，我有一种莫名的悲哀、激动、羡慕、嫉妒、绝望，五味杂陈，自觉高考与我无关。就我那点知识底子，对高考想都不敢想。过了几天，办公室同事张显蓉大姐的丈夫、我的家门大哥彭彦硕怂恿我，"一三，去考嘛，你可以的，数学差，我给你补嘛"。他是1965届师范数学专业本科毕业的大学生，当时大名鼎鼎的陶文鹏和他有些友情；陶对其有文学影响，反过来他又对我施以影响。我们相识相交因为是搬进万里路银行办事处新楼成邻居，当时也才两年多时间。可是就在这些时间里，他给我推荐《唐诗三百首》《历代文学作品选》……我背唐诗、背宋词、背《留侯论》、背《朋党论》就是从那时开始的。我决定要报名参加高考，父亲搭讪嘴，可能他以正统的眼光把大学的门槛看得比较高，怕我考不起落人笑柄。那时候遵义市人民银行才200多人，可能他以为我已经有了好工作，求安稳算了。当时我已被提拔为银行办事处的领导班子成员，进入管理层面工作，未来可期。五弟在1977年上半年刚招到"八七厂"工作，不便报名，但现成地成为我复习政史地内容的补习老师。

我的补习时间主要花在数学上，至今我都想不起我从哪里抓到一本《初等代数》的。其内容包括从初中数学的数轴概念起至不等式、排列组合等。我计划一天啃5页，300多页在一月内自学完毕。事实上自学起来，有时候感觉轻松，有时候重重受阻。像因式分解这种初级阶段的东西我老是开不了窍，像不等式、排列组合这些高级阶段的东西我反而理解得快。因为只顾了代数没顾及几何，最终高考时只能"挂一漏万"了。

银行是联系社会业务的窗口，信息资源多。有人弄来据说是从省里传下来的一套复习资料给我补习，这可帮了我的大忙。这套资料主要是政史地内容，我一方面按此复习，另一方面自己给自己设计些题目解答，又让五弟给我提问挑刺，以此查缺补漏。那时候我是银行办事处的临柜出纳员，负责对公收款。时值冬天，办公室内相对分成两个区域，没有业务时大家就围着两个"北京炉"烤火。我坐的藤椅后面就是铁炉子，面前是办公桌。谁说一心不能二用？遇到业务收了款，整理好票面之后我就开始做自己补习的事情。就这样注意力高度集中地边工作边挤时间补习，除了报名、体检、熟悉考场和参加考试，没有请一天假。因为自己是"同等学历"资格，自以为没有资格让单位照顾，也不需要照顾。办公室里时不时也有人热议高考，有人说"是不是个人都参加高考，不看自己几斤几两……"因为我的学历"低微"，对此很敏感，感觉就像在说自己，因此更不敢奢望单位对自己有照顾而被人指指戳戳。白天我上班兼顾补习，下班我也把时间全部投入补习。记得在最后阶段有同学来访，我直接把话说在明处，把人赶走，以免耽搁我的宝贵时间。我把我认为重要的知识点和一些自制问答题抄成小卡片，利用中午下班回家吃饭的路途时间背诵。我的房间里放了半盆凉水和湿毛巾，困了就用湿毛巾刺激一下眼睛；有时实在疲倦极了，就躺在床上略打一下盹儿，接着又来。

当时我所在的人民银行（1986年后改为工商银行）隶属市机关直属党委，在这个报名站报名的银行系统的就只有我一个。后来市机关统计，市银行报考录取率为100%。二轻局最多，我知道的都有4人之多，其中陈颖、陶世迦、陆昌友最后都成了同学。在报名的办公室里，有个机关的闲人在那里翻看报名表上的照片，还随意评点："这个样子都行啊"，"这个看着都不行"，看到我的照片他眼睛一亮，"这个还差不多"……他哪里知道，为了照好这张证件照，我是请了当时遵义市最好的相师杨学特照的，用光是按艺术照来做处理的。

我们的考场设在文化小学，考生按准考证要求的时间到场熟悉考场，等候的时间还不短。我看见别人家一堆一堆地围在一起高谈阔论，神采飞扬，我呢，几乎没有认识的人，也羞于和人交流，只好怯生生地独自在一旁默立静处。

考过了，就不再惦念。开春了，银行团支部组织新招的一批年轻人一起春游共青湖，录取的消息也随着油菜花香飘来了。贵阳师范学院遵义大专班，我没有嫌它有什么不好。因为我知道能考上就好，我就只有这么个起点，何况还是带薪学习。虽然我是带薪学习，开支上我还是很节省的。我的行李就简单地装入一个银行金库废弃的装硬币的用粗糙木条拼成的包装小木箱（大约长56厘米，宽40厘米），在恋人和另两位同学的陪伴下，用自行车就驮到了人们当时习惯性称呼的"五七师大"。到了学校安顿下来后，先认识的同学是同寝室的张永强。他先我到校自然抢占了靠窗右边的下铺，我也自然选择了他的对铺。

接着又认识了来串门的涂永强。没事了，我就邀请他俩和我们一起进城去玩，他俩没有推辞就同行了。我们去遵义会议会址照了一张三人合影，算是我进校后第一张和同学交往的照片，这也应该是一项最快记录同学情的照相纪录吧。只可惜我没有照好，舌头嘟出来了，难以示人。现在找出来，才感觉是珍贵的资料；翻看照片，背后记载：1978.4.17，这是我们进校的第一天。

　　13岁半时左眼患眼疾。当时大连医学院还没迁入遵义，遵义专区医院医疗技术有限耽误了病情，后来就转为视神经萎缩，左眼失明了。1971年我参加工作的体检是在市医院进行的，我硬着头皮去应对。先检查右眼，我三下五除二地比画，检查结果1.5。可是轮到左眼我就傻了，一个"E"字符号也看不到啊。这时一个天使出现了，她就是我的隔壁邻居冯晓洵（当时在三中，不久后调动到四中）老师的爱人周孃孃周明惠。喊她孃孃，其实她那时才二十八九岁，很有活力，很善于交际。她此前曾经在市医院化验室工作，人际关系熟悉。这本不关她的事，她却主动大大咧咧地说："哎呀，紧张了紧张了，休息下休息下。"我当时才1.52米高，37公斤，16岁，看上去弱小稚嫩。工作人员当真顺着说："才这么大一个儿，是紧张了，要得，休息下。"周孃孃把我招呼到一边，避开了监督，对我授意，"你等一下就用好的那只眼睛再来嘛。不要紧张"。就这样过了三四分钟，我又重返"战场"。最后我侥幸过关了。体检成功，解决了我的人生大事。如果不是周孃孃急中生智帮我解难，命运就会改写。

　　因为种种原因，有一批同学进校报到晚了30多天，需要从第一批进校的同学中补充14人到新班组成中文二班。中文科郁行支书通报了信息并做了动员，希望同学们自己报名到二班去；如果没有人报名就直接安排人过去。至少我知道我和陈红是自己报名过去的。不是我自夸，那时我就有意识想多交朋友，因此我就主动去了二班。二班同学虽然晚到一些时日，但是教学进度很快就扯平了。两个班很多时候上大课都是在一起上，经常是和体育活动融为一体的，因此也就无须过分把一班二班分得太清楚。毕业后的几十年交往，我特别注意不要过多提一班二班，我们都是一个年级的同学，我们两个班都有引以为傲的同学。我们的友谊情感是很深厚的，我们七七中文班是强大的整体，是世人的骄傲。

　　回溯高考的经历，感慨自己一个小学课程没学完，初中实际只学了一年的"跛箩"货（下脚货），凭一时兴起，短时间的夙兴夜寐刻苦备考，居然和金泽坤、刘鸿庥、谌世昌、周帆这些大家混迹一起，忝列同学之群，除了有幸，还是有幸。但是又仔细回想一下，自己当初报名高考患得患失，还心怀体检不过关的惴惴不安，最关键的是曾经希望破灭的大学梦又因为被不拘一格选人才的政策激活，让我重燃希望之火并且圆梦成真，这又是真的不容易。

陈 红

书香盈怀品自高
——高考恢复四十年随笔

恢复高考！1977年10月，一声春雷，似乎在严冬尚未过去时，在我们完全没有思想准备的情况下突然炸响。继而得知参加高考，对年龄、学历大幅放宽，也不需单位同意。这对已年过23岁、初中文化学历也甚为勉强、在贵州塑料厂当了五年工人、已出师算个骨干的我，简直是意外之喜，一下点燃了久埋心灵深处的求学欲火。新的梦想、新的人生之路是那么鲜活地突然呈现在眼前！而此前进入贵州塑料厂后，我的人生梦想也就是能成为一个优秀的六级操作工，这可是操作工的最高等级哦。唯一的担忧，就是我的文化水平有限和时间仓促。孤注一掷拼一把，大不了还去做我的六级操作工之梦！

四处拼命搜罗复习资料、废寝忘食死记硬背、走访老师……补习数学最为费力，我初中只断断续续上了两年，人也较愚钝，要在短短的一个多月时间里理解掌握高中数学，无异于一步登天！至今我也不知道高考究竟得了多少分，但通过对答案我知道我的政治、语文、史地应该都在及格分以上，而数学有3分入账就算不错了。这正是平时积累的结果和真实知识结构的反映。不过最终我能在570万人中脱颖而出成为4.8%之一，也是够幸运的了。当时工龄已有5

年，在校读书期间还能领当工人时的工资：36.5元/月；更重要的是，我的梦想可以不再是六级操作工，可以尝试作家梦，至少可以当个光荣的人民教师，真是知识改变命运！

毕业后，先是回到贵州塑料厂搞了几年宣传，办黑板报。后来调到杂志社编杂志，成为一块铺路石，一辈子舞文弄墨，毕生用红笔、剪刀、糨糊为他人作嫁衣裳：这是一条无怨无悔的人生路。三十多年的编辑生涯，亲手编辑或参与编辑的图书有600多种，数千万字。六级操作工没当成，却评了一个编审的正高职称。而且，或根据工作之需，或利用工作之便，发表各类文章200多篇，也有数十万字，一不小心还忝列贵州省作协会员。我们那一级的同学都不是等闲之辈，毕业后在自己服务的领域都堪称翘楚，只不过是时运不同，造化各异罢了！为此，我由衷感谢我的命运转折点——1977年高考！

恢复高考，崇尚文化，尊重知识，尊重知识分子，国家才有如今的兴旺，中华民族才在伟大复兴道路上昂首阔步！祖国大幸，民族大幸，更是我们这一批人的大幸！

书香盈怀品自高，这才是人间正道。

王明析

师专生活琐忆

　　1977年12月17日，两天的高考终于结束了。政治、数学、史地、语文四科综合起来看，我感觉考得不算差，便回乡下知青点去了。

　　不久预选成绩到县，教育局向局长告诉我父亲，说我四科考了250多分。我不知道这个分数能否读大学，但听向局长说是高分，就松了口气，同时还有些浅薄地得意；但暗喜没过多久，我又慌了起来。那段时间，县城邮政局信件分拣处成了不少考生家长特别关注的地方，常有人在此把子女的录取通知书径自拿走，谁家子女考上了大学，消息很快就会传遍大半个县城，实在荣耀之极。见同学中成绩低我几十分的都收到了大学录取通知书，有的甚至还去了外省大学，我则一直没收到消息，便开始各种胡思乱想起来……父母心急如焚却又毫无办法，唯一的安慰也就是全县被录取的人中没有一个是文科考生。终于有一天，我在土寨意外收到了贵阳师范学院遵义大专班（后来的遵义师专，今遵义师范学院）就读中文科的一纸录取通知书。回城后得知，全县文科考生中当时只录取了我和邹书贵；大约一月后，又补录了在务川插队的潘辛毅和鲁远蓉。自此，我们成了遵义师专中文科的同学。

　　收到通知书后，最高兴的是我父母。尤其是父亲，因为他此前常为我生活在他的阴影中感到有些内疚，总担心我没有出头之日。离家前母亲准备了一桌饭菜，父亲和他的几个朋友开怀对饮，其意气洋洋的喜色在多年后我仍然印象深刻。大人们反复感叹的一句话："老王啊，没想到啊，我们的娃儿现在都可以读大学啦！"这实在是一句辛酸至极的话！不是过来人根本不可理解这句话所蕴含的沉重。

那时我对大专院校概念模糊，"贵阳师范学院遵义大专班"是个什么样的学校，一无所知，但我真是高兴极了，也很知足。所以每当后来听到有人为高分错读了师专而惋叹时，我往往很少有认同感。1978年3月，遵义师专就这样很意外地走进了我的生活我的档案，成了我此生每一次填表都必经的一个项目。

最近十几年，我有近百万字从电脑走向书页。除了在小说中两次虚构过遵义师专的存在外，我的各类文字都很少提及它，自然也没有为它写过一则独立成篇的文字。如果不是这次四十周年同学聚会活动有要求，我还是不会写。因为师专3个学期的学习生活，如今即令强制回忆，似乎也乏善可陈。

初到遵义师专，我很诧异它校园的狭小、简陋和残破。教学楼那么矮小，还不如我的中学。上了两星期课后，最初不多的兴奋几乎荡然无存。好在我本来就喜欢文学，课堂上发的油印讲义，有些还是看得津津有味。授课老师水平参差不齐，有能讲的——如刘庚杨、赵世迦、王玫（讲外国文学，而非讲现代汉语）、杨大庄等老师——可是囿于紧张的教学进度，少了些精细讲解分析。而有些课本来就枯燥乏味，加之授课老师口才较差，讲得呆板，上课实在无异于催眠。好在课堂上可以随意看书，所以印象中3个学期的课堂学习，很多时间我都是在看闲书。

遵义师专给我印象最好的是图书室。求学期间，我究竟读过、翻过多少闲书，今天已没法统计了。当时完全是囫囵吞枣，绝大部分没有消化。但是，这种饥不择食的大量浏览，也为我日后走出校门长年购买书籍提供了一些捷径。今天，我看到书柜中那些20世纪80年代出版的、版本不错的各类中外文学名著和文学理论丛书，还真有一种难以为外人道的得意之感；坐在屋里，有时仿佛还有坐拥三千佳丽的感觉。给我上过课的老师有几位已经记不起他们的名字了，但图书室的刘老师我却至今能想起她慈祥的模样。刘老师对我借阅图书很是提供方便，每次都能超出借阅规定多借图书。我至今认为，与书相守在一起是世界上最舒心惬意的生活，远胜游山玩水。

借阅图书曾发生过两件有趣的事。

一次我读莱蒙托夫的《当代英雄》，读到大约十页左右时惊讶地发现，它居然是我当知青时极为喜爱的那本"黄色小说"。毕巧林！毕巧林！！这个风流倜傥玩世不恭的青年沙皇军官，当年和保尔、亚瑟（牛虻）一样，都是我心仪至爱的英雄人物。以前我一直想知道他从何而来又去了哪儿，现在终于得知他的前世今生，实在令我惋叹。

有一天，在外国小说卡片索引匣里，我被一本《音乐家》的小说吸引了。著者舍甫琴科的名字我极为陌生，但之前却听说过这本小说。升入高二的那年秋天，一个月白风清的夜晚，我和班上十几个同学排练完文艺节目，从郊外的务川中学回县城。走到西门与南门交接的丁字路口时，我身边已只剩下一个女生。我那时很怯于和女生交往，而单独同行还是读中学以来的第一次，且是夜深人静时刻。为了避免不自在，我无话找话地问她："你有什么小说没有，找本来看看。"女生看了我一眼，嫣然一笑："我还真有一本呢，你想看不嘛？"当我问她小说的书名时，她说"音乐家"。我一听，就神经过敏地以为她在哂笑我，因为我那时在为她们的舞蹈拉二胡。见此情形，迅疾缄口不语，埋头走路，我猜她肯定不知道我为什么突然不继续借书的话题。转眼，我们就各自分手了。没想到，这世上还真有一本书名叫《音乐家》的小说！

作为一个学生，再不喜欢上课，作业和考试都是逃不掉的。印象中，我当年各科学习成绩平平。唯一的一次"荣耀"是文艺理论课：我的一篇评论或是什么文字，居然选登了班里的墙报。那天我看见班上有同学在专栏前驻足，心里还有些小小的得意（浅薄啊！）后来走出校门，等我看过更多优秀经典文学作品和西方文艺理论后，始发现当年在师专学的那些文艺理论有许多都是谬论；虽然那些谬论至今被有些人奉为他们的文艺理论圭臬。

王玫老师（一个很有涵养气质的中年女性）的外国文学讲得不错，但她的现代汉语课却让我栽过一个不小的跟斗：有次测试，我竟然没有及格！说起来那都是拼音惹的祸：王老师讲得太快了，我也没当回事。不过走出校门，因为

要给学生讲课，我迅速将拼音自学了，感觉也还学得不错。2001年初次使用电脑，我立即能用拼音输入法打字，从此告别了手写文章的习惯。

读遵义师专时，文娱生活乏善可陈。好在我喜静不喜动，有书看，也不觉得难过。那时解禁了许多老电影，外国电影也蜂拥而来，我们最习以为常的课外文艺活动就是看电影，偶尔还逃课去看。有天晚上，我们一些同学看完《五朵金花》回校，月色朦胧，大家兴致又高，便怂恿谌世昌大哥与楼上的女生对唱。博学多才的谌大哥很幽默和善，两根手指支了支鼻梁上的眼镜，哼哼笑了笑，随意谦虚几句，便乐呵呵地在楼下空地上唱了起来："大理三月好风光，蝴蝶泉边好梳妆……"遗憾的是，楼上女生竟然没有一个敢站出来接招儿，只撒下一些零零碎碎的说笑声在夜色里随风荡漾，令人感到美中不足。

那时电视机还没有普及，学校虽有但不容易得看。不过，只要白天闻知有好节目，要好的同学晚上还是相约了到处寻看，有时竟去了学校附近的厂矿。印象中，美国波士顿交响乐团来华访问演出时有过电视直播，好像是在礼堂下边操场看的，电视机是校广播室那台。第一次看到交响乐演奏《二泉映月》，我十分震撼，面对小小的荧屏，有时竟至屏息凝神。看日本电影《望乡》只差挤破脑壳，好像是在一间不大的房子——不是教室，也不是寝室，空气污浊令人窒息，我差点呕吐——但究竟是在什么地方看的呢？印象最深的这两次看电视，我现在居然都无法回忆具体地点！

遵义师专一年半的学习生活，很多事都没印象了。有些记忆深刻的事，又不宜用散文来记叙。我们那届同学中好学者特别多，有才艺者也不少，这也是他们后来于各行各业能够小有名声的一个重要原因。那时，早晨和黄昏，校园里随处可见青年男女手不释卷的身影，想起那些温馨美好的画面，至今依然感到温暖亲切。从书籍的荒原和知识的不毛之地重新走入校园的这一代人，喜欢阅读者随处可见。即使清早如厕，蹲坑者一心二用之可爱，也是一道常见的风景。

漫忆遵义师专三个学期的学习生活，感谢母校的话似乎说得比较少，但我心中还是珍藏着与它有关的一些有意思的记忆。再说，遵义师专的学习履历毕竟还给我此生带来过一些有形无形的美事。能说的有：1993年底，中小学教师职称评聘转入正常化，我很顺利地被评为中学语文高级教师。事后，遵义地区教育局教研室主任薛星北曾对我感慨地说："王明析，你是我们遵义地区最年轻的中学语文高级教师哟！"我那时自然有些得意，但这还不是我觉得最荣耀的事。我比较"沾沾自喜"的是，1993年8月，我居然在一种顺其自然的逍遥状态中，被全校老师推荐和组织任命为贵州省重点中学——务川中学的校长。

很快就要退休了。曾经的几个行政职务，在我眼里实在是微不足道！我此生骄傲的，还是担任过母校务川中学的校长；我珍惜的，还是校长和老师这两个称呼。

所以，我真心感谢遵义师专。

周泽军

高考，我一生中难忘的记忆

  40多年前，当我在一个偏远的小县城工作的时候，做梦都没有想到，将来有一天自己能够进入大学读书，并在高校工作。

  1977年10月21日，各大媒体公布了恢复高考的消息。当时我并没有激动，深知自己没有几斤几两，所以底气不足。我是农民娃儿，1965年9月我考上余庆中学，很高兴：每月有30斤粮食供应了，解决了低层次的温饱问题。后来因为历史原因中断了学习，踏踏实实地当知青劳动6年。1974年9月，我被推荐到余庆师范学习，毕业后留校工作（余庆师范附设在余庆中学）。我反复掂量自己，参加高考我行吗？正在我犹豫不决时，几位老师反复做我的思想工作，给我鼓气。机会难得，拼吧。

  当时没有考试大纲，没有复习资料，我甚至没有初三和高中课本。离考试只有一个多月，我决定放弃数学，也不看语文，这都不是突击能见成效的。我借来中学历史、地理、政治课本，自己拟大纲划重点，不理解便死记硬背。白天上班时见缝插针抓紧看书；晚上浓茶灌口，挑灯夜战。我还在医院买了两小瓶风油精，搽太阳穴。冬天，已经冷了，实在困了，还要洗洗冷水脸，刺激一下便可继续，每晚只睡三四个小时。当时想，考完试后好好补补，连睡三天三夜就是最好的享受了。

　　高考时，余庆县的考场设在余庆中学。教学楼门口除了有四位老师检查准考证外，还有两位解放军战士持枪站岗，这场面我没有见过。考试时，数学题我基本上不会做；史地、政治、语文，我答题比较顺利；特别是作文"大治之年气象新"，用上了我准备的习作，暗暗高兴。后来县教育局的一位老师告诉我，我考了257分。填报志愿时没多想，填了贵州大学的哲学专业、贵阳师院的政教专业。余庆文科只考上4人：贵州大学、贵阳师院各一人，遵义师专两人。

　　我接到贵阳师院遵义大专班的录取通知书后，当时还想不通：余庆考上贵州大学、贵阳师院那两人分数都比我低。来到遵义师专后，看到我们中文科人才济济，许多同学高考分数超过我几十分，金泽坤更是遵义地区的文科状元，高出我近100分。跟他们比，我差远了，同时暗暗激励自己，今后要加倍努力了。

　　我们七七级中文二班是进校较晚的。1978年4月才进校报到，1979年7月毕业，在校学习15个月，中间还包括两个假期。同学们都很珍惜读书的机会，如饥似渴地学习。上课认真听老师讲课，专心做笔记，生怕漏下一句话；下课后还要复习、讨论。借到或买到一本新书，大家便分享喜悦、相互传看，不懂就问。星期天，我经常带本书到红军山。山上绿意盎然，空气清新。背靠一棵树，坐在石头上或满地的树叶上静静看书，那真是一种享受。同学们处于一个班集体，互相关心、互相帮助，团结友爱，友好和谐。如哪位同学带来一点好吃的，也绝不会独食，一定拿出来让大家尝尝。有天晚上我们饿了，6位同学外出买东西吃，一直走到纪念馆斜对面的和尚米皮店：还没有关门。在那困难的年代，大家争着买票，吃着二两粮票4分钱一碗的素粉，有滋有味。一年多的师专生活，同学之间的那种感情是真诚的、纯朴的，没有一点杂质。进入遵义师专学习是我人生的关键一步，打下了我后来工作的基础。

　　40年来我时常感激，1977年那次恢复高考改变了不少青年人的命运，让他们走上新的人生道路。我们是幸运的，赶上了改革开放的伟大时代。

陆昌友

十年苦辛，求学梦圆

1970年，初中"毕业"的我有了两个选择。一是和大多数同学一样，直接分配参加工作。如果运气不错，还可以捞到去"〇六一""九〇六""八五厂"等当时响当当的国营企业就业机会；再就是遵义二中、四中各办两个两年制的高中班，主要从我们这些所谓的初中毕业生中招生，两者各有利弊。权衡再三，我还是选择了继续读书。马上就业固然可以吹糠见米，帮父母缓解一些经济压力，多少可以改变一下家庭贫穷困窘的现状，但我苦苦追寻的求学梦就只能戛然终止。往日痴痴背诵唐诗宋词，抄读现当代经典诗文所花的功夫可就白费啦，于心不甘！感谢没什么文化却深明大义的父母对我的理解，他们默认和支持了我的选择。

就这样，暑假过后我回到了遵义二中，换了间教室上高中啦！既不需要考试，也不用推荐，自愿报名。幸运的是，高中两年遇上的都是有学识、有经验、有操守更有热情的好老师。没有现成的教材，老师们自己刻写油印讲义；学生水平参差不齐，老师讲课则尽量"高拉低扯"。教的愿教，孜孜不倦；学的肯学，刻苦认真。两年下来，还真学了不少的东西，也为5年以后的高考多少打下了一定基础。记得高考语文有一道简答题，要求分析鲁迅笔下小说里的人物。我一下子就想起老师在课堂上讲授《祝福》《故乡》时剖析"祥林嫂""闰土""杨二嫂"等人物提到的"哀其不幸，怒其不争"8个字，于是就毫不犹豫地用到了答题当中。

说到高中时的语文课，不能不提及我的语文老师，也是我不成功的文学路上的引路人贺正淑老师（后来的遵义二中教学副校长、特级教师）。出于从小对文学的偏好，我上语文课格外认真，因此特别得到贺老师的垂青，作文也不时被当作范文在班上讲评。课外偶尔还得以"开小灶"，给了我例如《多雪的冬天》《你到底要什么》之类的书看，最难得的是一本乔万尼奥里的小说《斯巴达克斯》！于是，如饥似渴、废寝忘食、通宵达旦、囫囵吞枣熬红了眼睛地啃完了这部好几十万字的历史名著。一个通宵的功夫，竟被我记住了角斗士斯巴达克斯这个"刚毅、勇敢而又相当老练的统帅"，记住了艾芙姬琵达这个貌若天仙却又心狠手辣的蛇蝎女人。很长时间里，我都为古罗马角斗士奴隶起义的失败扼腕，为男女主人公的爱情悲剧叹息……十多年后，我在北师大中文系"现代汉语助教班"进修时，到琉璃厂的旧书市场上买到了上、下两册的这套书，回到宿舍又认真、从容地看了一遍。这一遍，印象倒是加深了，却全然没有了当初那种求读若渴的感觉。

好景不长，百般无奈之中，于1972年底放弃师范进修后教书的机会，选择到集体所有制的遵义市轻工业局财会班学习后就业，一下子就拨拉了5年的算盘珠子。其间，虽然小打小闹地写过一些"豆腐干"之类小文章，却成不了大气候。空有求学美梦，却无法消除胸中的块垒。原以为就只能这样浑浑噩噩地混下去，和算盘珠子打一辈子交道了。"谁料想，铁树开花，枯枝发芽"竟应验在1977年。

最早得知恢复高考的消息是那年的10月下旬，其时我在重庆出差，偶然从上清寺街头的阅报栏里看到。那会儿看了也就看了，压根儿就没当一回事儿：不敢相信也不敢想象。再说自己有点知识也是支离破碎的半吊子水平，能有多少胜算？

等回到遵义，看到好多熟人都跃跃欲试准备放手一搏，这个找复习资料，那个想方设法请老师辅导，有的还花钱去上时髦的补习班……忙得不亦乐乎。

我心动啦：既然大家都这么拼命，好些人还不如我呢，我怎么就不试一试？就算考不上也无伤大雅，大不了就是维持现状，继续拨拉我的算盘珠呗。于是抓紧去搭了个末班车，赶在报名结束之前报了名，开始了一个月左右的复习准备。

说到复习，还真得感谢两位老大哥。一个是和我同在轻工局生产技术股的王明，1965年考入四川大学物理系的老牌大学生，后来当过轻工局局长、遵义市副市长；另一个是局财务科的陈泽恭，20世纪60年代的老高中生，从红旗印刷厂借调到局里来的。他们针对我的"短板"数学，帮我找来从初中到高中的教材，勾重点、画定义、圈习题，好一通"恶补"……

有准备也好，无准备也罢，12月15号考试的日子转眼就到了。我抱着"临阵磨枪，不快也光"的心态，在文化小学的考场上，漫长的两天考试时间，仿佛熬了两年。一科又一科，一关又一关，总算闯了过来。考完了，一桩事情也就放下了，本来就如死水般的生活重又归于平静，泛不起半点涟漪。尽管填报志愿时自己也填了"川大""贵大""贵师院"的中文系，却没有抱多大的希望。一切听天由命，顺其自然。既没有托人打听成绩，更无渠道去走"后门"，以至于直到现在我都不知道自己的高考成绩到底如何。只是依稀记得当年在师专读书时，颇有神通的王培安同学曾告诉过我：我们班上高考语文及格的同学不多，你在此"不多"之列。

严冬尽，新春来，各高校的录取通知书陆续发出了。先是省外、重点院校，后是省内、普通院校。得到的欢天喜地，没得到的或垂头丧气或摩拳擦掌准备来年。而我呢？明知"泥牛入海无消息"，也就不必"为伊消得人憔悴"，权当是经过了一次人生历练。慢慢地，心思也就淡啦。1978年4月中旬的一天，一个标着"遵义地区五七师范大学"名称的信封飞到了我的办公桌上。撕开一看，心都凉了半截。我被录取到了"贵阳师范学院遵义大专班"。"五七师大"是个什么学校？"遵义大专班"又是怎么回事儿？一头雾水。还是单位上好心的李大姐回去问了她的先生——遵义市图书馆的副馆长翁仲康老师——告诉我："五七师大"就是老师范。这个学校中文专业的师资很雄厚：刘耕阳是20世纪40年代就从教的教坛耆宿，赵世迦是颇负盛名的饱学之士，杨大庄是60年代和一起来到遵义的，古典文学功底深厚……都是遵义教育界的精英，从他们那里，可以学到很多东西。翁老师一席话打消了我的疑虑，也帮助我下定了以此圆梦就学的决心。

　　没想到我的录取，与稍后第二批接到相同信封的同事陈颖、陶世嘉（他俩是化学专业）一起，在当时的遵义市机关圈子引起了不小轰动。平时不被看好的轻工局，高考刚恢复，六个人报考录取了仨，这50%的录取率怎不让人扬眉吐气！4月30日，单位一些要好的同事"凑份子"在"工农兵饭店"为我饯行。第二天，收拾起简单的行囊，一趟公共汽车到高桥，再步行到学校报到，就此开始了我满打满算一年零三个月遵义师专七七中文的大学生活，由此完成了长达十年充满苦辛的求学圆梦，也因此实现了"破茧成蝶"的蜕变。正所谓：

　　　　　　　十年苦熬苦挣，一朝求学梦成。
　　　　　　　高考改变命运，师专重写人生。
　　　　　　　笨鸟乍破樊笼，弱羽试击长空。
　　　　　　　卅载风雨回眸，遥忆七七中文。

彭一三

赵世迦老师给我们上课

看了《写作天地》1990年1期刊载的有关赵世迦老师的一些消息，不由勾起了我对赵老师的深深思念。

近年来，我时常在地方晚报上写一些豆腐干文章，算起来已有百十来篇。我对生活题材的发掘能力和我的语言风格，得到了老师和朋友们的肯定。跟专事创作的大家比起来，写豆腐干的层次显得微不足道，但毕竟也算走上了写作之道，凑少成多也算是收获。说起来，这得益于赵老师的教诲。他是我没齿难忘的写作启蒙老师，尤其是他给我们上课的情景，至今依然历历在目。

恢复高考后，我是首批进入遵义师专学习的大学生。当时最受学生爱戴的老师之一，就是教写作课的赵世迦老师，同学们都很喜欢上他的课，当然也包括我。那时候上课没有教材，赵老师就克服困难，自己选一些当时报章杂志上刊登的他认为可取的文章给我们分析、讨论。我们曾经讨论过刘心武的《班主任》的主题思想，比较悼念周总理的散文《花》与周敦颐的《爱莲说》的题材、世界观与主题，议论通讯《餐桌上的假左真右要打扫》的文风。另外他也选取了很多名篇给我们赏析，如王安石的《读孟尝君传》、韩愈的《马说》、吴均的《与朱元思书》、归有光的《项脊轩志》等。

赵老师上课的时候，大家的注意力很集中。他的穿着很普通，但是服饰很整洁，经常穿一件深灰色的涤卡和一件灰白色的卡其中山装，里面的白衬衫被外衣罩着，只露出一圈线条轮廓，朴素的风格显出了老师特有的仪容风度。他的眼睛总是向着同学们，目光矍铄；偶尔翻动一下眼皮，只见脸上泛起淡淡的微笑。讲完一段铿锵有力的话语后略有停顿，这时上唇和下唇之间贴得很紧，眼睛不消说闪烁着智慧的光芒。他讲话的声音很平和，就像随意与人摆谈一样，我们听着感到很亲切。讲课的时候他有时爱两手背在背后，有时喜欢两手放在腰间，有时喜欢一手插在裤兜里，缓步在台上来回走动。他在向我们传授知识的过程中也充分显露了学识的渊博。他讲话的口气幽默，语言精粹；习惯用古代的典故来说明问题，看得出是信手拈来，一点也不觉牵强附会，同学们听起来也饶有兴致。他的话有时候引得同学们哄堂大笑，然而他自己一点儿也不笑。他讲话生动、形象，善于引导同学们去分析思考问题。他的话最能在同学们心中留下难以忘却的印象。

记得赵老师给我们上第一课的时候，开门见山指出，文章有法可循，但不能拘泥于法。还引用了元人乔梦符关于写文章的六字法"凤头、猪肚、豹尾"来说明文章的结构和内容，为同学们津津乐道。他的得意门生谌世昌（曾任遵义师专总务处长兼写作课讲师）因其身体胖、年龄大、阅历多，下了课就得了个"猪肚"的雅号，一直传到现在。

我印象最深的是一次上作文评讲课，老师层层剖析同学们上次作文的优劣之处。首先举出立意高、结构好的文章讲解，表彰优秀；然后又举出立意虽不高，但善于刻画描写，也可以写出好文章来的例子。但老师当然是提倡前者。接着又针对有的同学文章开头气势磅礴写到一半就突然断线这种缺点，引用古人的话"博闻为馈贫之粮"，劝勉同学们多看多记，反反复复地强调："读书百遍，其义自现。"

后来老师又说到，"有的同学这次作文结构混乱、松散，对于这一种毛病，也有一种医治的好办法，那就是——"旋即转过身在黑板上写下："贯一为振乱之药。"我赶忙提笔记下这几个字。这不是明明针对我说的吗？我这次作文恰恰犯的就是这个毛病，因为老师的批语写着："作者的思路还不是很不清楚。"

我当时在日记中写道："我想，'贯一为振乱之药'这句话一定会在我的记忆中永远不忘。我们将来毕业后不是也要当语文老师么？自然不可避免地也要涉及写作指导作文评讲的问题。在我想来，赵老师的方法就是我的方法。我要时时想着赵老师给我们上课的情形，吸取老师的工作方法来丰富自己的教学经验，在教学实践中不断增长才干，不辜负老师的辛勤培养和教导，像老师那样，做一个辛勤的园丁，把自己的青春献给伟大祖国的教育事业。"

下一次作文，我力求改掉毛病。老师给我的批语是："'贯一为振乱之药'药方有效，效果显著。"我见了心情感觉畅快。这之后，老师对我的作文一次比一次肯定。虽然我们在师专作文练习就只有那么八九次，但对我来说收获一次比一次大。

以后，我也成了教师。我对班上作文基础差的学生说："只要你扎扎实实地写几次作文，你就会一次比一次提高，肯定会有长足的进步。"我的体会，得益于赵老师的教诲。

刘汝林

到师专去

  1977年恢复高考前，我在绥阳县兴隆公社关外二队当知青。母亲不想我离家太远，给我联系的下乡点是离城十几里地的东郊。我经常被队长顺理成章地派去做一些脏活、累活。住的问题更头痛。刚下乡时寄宿在汤大哥家，吃饭也在他家搭伙，人家两口子带三个孩子，还有老人。我虽然心存感激，但实在觉得不方便。不久便搬到还未完工的知青点上，那是一栋建在一座小松岗上的砖木结构房子，没有天花板，没有窗户。我从家里拉了些竹席木板之类的东西，钉的钉，拴的拴，勉强可以掩风挡雨了，便急着搬了进去。住进去后才知道房外十几米处就有几座阴森森的老坟，一到晚上，虫鸣鸟叫还有其他怪声，令人毛骨悚然不寒而栗。有一天傍晚，我突然发现床脚有一条白花花的东西，急忙找来手电一照，是一条蛇蜕，还有一个蛇洞。我顿时头皮发麻，想象我晚上入眠时一条老蛇在我身边游弋……这样的日子我实在难熬，幸而当时兴隆中学缺老师，我妈原来教育口的同事觉得我能力还行，便向公社推荐了我。这样我才离开了知青点，算是暂时改变了我的处境。

  真正改变我命运的，还是1977年恢复高考。当时兴隆中学设了一个报名点，我报了名。管报名登记的王老师把我的"林"字随意地写成了"霖"，我也没注意，好在那时没有身份证，我也只有淋着"雨"过了一两年的时光。报名、短暂的复习、参加考试，然后等待，日子是漫长的。

考试后我住回父母身边。在绥阳县城北小学用教室改成的家里，我每天下午在门外的土坎上望着下班后回来的父亲等消息，父亲也是一脸无奈。比我差几十分的考生有的都得到通知书了，我的还是杳无音讯。想到自己读书路上的坎坷，我心中自然生起一阵莫名的惆怅！母亲坐不住了，说要去遵义问个究竟。她坐着县际客车，风风火火赶到遵义，找到她的外侄女我的表姐。第二天表姐便带着母亲去打听，得到的结果是"再等等"……最终等来了遵义师专中文科的录取通知书，当时戴帽叫"贵阳师范学院遵义大专班"。在我一筹莫展的时刻，遵义师专向我抛出了橄榄枝！接下来的事情就是办手续，准备行装。母亲脸上有了笑容，她专门为我买了一只藤箱，我在盖板的里板写上名字和时间。至今这个箱子我还保存着，看到它仿佛又看到了母亲。

走进师专，难免有些失落。校园不大，一眼望去，校舍破旧，建筑杂乱，荒草丛生。主校区像一只伸出去的大拇指，形成一个半岛。学校还是20世纪50年代建筑的主体规划，东面是一座大礼堂，南北两边是两幢两层高的教学楼。两楼相距有一百多米，中间是一个田径场，后来在靠近礼堂的地方修了几个水泥篮球场。校区边缘有原来师范学校的附校，还有一些不规范的建筑，如教工宿舍、食堂、学生宿舍、公共厕所等，还间插着多块菜地。学校也没有围墙。

报名注册的时候，渐渐发现有些异常。我当时刚满20，看到有些像老师模样的同学也在报名，张方杰、金泽坤、游锡嘉……这些比我大十余岁的老大哥，竟然都是我的同学。1977年恢复高考第一年，参考人数众多，年龄悬殊，水平层次差异也大。报名后去学生宿舍，近三十人住南面教学楼一间教室里，上下铺。我住靠里边窗户旁位置的上铺，下铺是比我还小的同乡杨贵毅，邻床有游锡嘉和张谢润。金泽坤有个临时床铺，离我们不远。大家忙着打扫卫生，安顿床铺，一派紧张忙碌的样子。

领课本和资料时，发现没有一本像样的书，多是些人工刻写油印的讲义。我们二班42名同学，女生6名；一班似乎女生多些，也不乏美女，但基本上是姐姐，要想在师专学习期间开始一段浪漫恋爱的念头，怕是要落空的了。不管怎样，失落也好抱怨也好骂娘也罢，只要消停下来，大家想想之前各自的处境，又慢慢地老实起来，也开始轻松起来。

我们的大学生活，就这样开始了。

学校被湘江河和喇叭河交汇环绕。这一片土地当时还叫汇川坝，那时算遵义城郊外，比较荒凉。周围有许多农舍田园，与当时遵义高桥的住军营地隔河相望。每天清晨，军营的号兵吹起晨号，我们也在睡梦中醒来，那铜管发出的声音，在阳光下也是金灿灿的。一个时代在沉睡中醒来，一代学子在贫乏中思考远方。

当年师专的学生，无论文科理科，纪律和部队一样严明，很少看到迟到早退旷课的现象。大家都铆足了劲与时间赛跑，从早自习到晚自习，只有早到和后走：这是我平生见过的最自觉的一届学生。没过多久同学们就熟悉起来。师专当时主要面向本地区招生，学生多是城区和各县的，方言土语都差不多，沟通无障碍。我庆幸能和他们成为同学，这中间还真是藏龙卧虎。论阅历，有的是六十年代的老高中生；论分数，地区状元和各县状元都有，谌世昌、刘鸿庥、周帆……都具备问鼎北大清华实力。更离奇的是周帆，290多分的理科生，却被调剂到中文专业，怕是若干年后他当了遵义师范学院院长也没有想通吧。有的同学已结婚生子，有的已有一份好工作。如彭一三，当时已是遵义市区工商银行的正式职工，端着金饭碗的。这些同学放弃舒适无忧的生活，也到师专来和我们相会。他们智商、情商高，社会阅历丰富，知识储备多，在入读师专前已读了很多书，也受过很多的磨炼。母校师专啊，一下子涌进这么多好生源，您是喜还是忧呢？这种景象引起了学校高度重视，教学内容和开设专业课程上用心设计，尽可能配备了教学经验丰富的老师，努力让我们在一年半的时间学完本应两年完成的教学内容。我在班上是年龄较小的几个之一，很受同学老师关照。我们课上学，课外也在学，身边到处都有老师。当年就读于师专，有一批出类拔萃、勤奋好学的好同学，有一批严格要求的好老师，我收获满满，内心常怀感激！

班上有个老大哥游锡嘉，来自遵义县枫香镇，出身书香门第，文学功底深厚，待人诚恳厚道。他太喜爱香烟了，每天早上起床第一件事就是坐在床上点一支烟，慢条斯理地吞云吐雾，以至于后来他的蚊帐都被熏黄了。他的下铺张谢润闻到香味也醒来，也是一个爱烟哥，两人抽得起劲。问老游如何这等爱烟，他说香烟是他的第二老婆。当时他确实也结婚了，而且有了孩子。他平素不苟言笑，就是摆笑话也是正儿八经的样子。他这烟一抽就是几十年，今年8月6日开同学会筹备会的时候他来了，短裤凉鞋，身板不错，精神不错，还是爱烟。老游从师专毕业后，回遵义县当过老师，后来当过县政府办公室主任，现已退休多年了。但这位老大哥最值得我钦佩的是他对家庭对子女倾注的那份特别的关爱。

金泽坤，睿智风趣，博闻强记，反应快捷。他说话时直着脖子，眼睛直盯着你，不需要任何肢体语言，就把想要表达的东西一股脑儿地抛出来。40年了，他这个性格一点都没变。毕业后他分到遵义地区的王牌中学遵义四中任教，曾任语文教研组组长、遵义地区语文教学研究会理事长、遵义师院客座教授，是公认的高考金牌顾问。他永远有一颗年轻的心，喜欢打篮球羽毛球，爱看NBA，60岁退休后还去考取了驾照。

彭一三当年已捧着银行的金饭碗，还是不管不顾来到师专。记得他经常穿一件蓝色工装，蓄点小胡子，对人热情谦逊，也乐于助人，这种风格一直保持到现在。他做过教育局文化局的行政领导，又是个作家，交际广泛，社会应酬活动多，我们叫他"华威先生"，但没有一点讽意。也不知他哪来那么好的精力和热情，在同学圈中算是一个主心骨，和很多同学都有通讯联系。现在经常是手提电脑，香烟、手机不离手，往来穿梭于各个圈子，乐在其中。

郑华勇，永远都是衣着整洁，皮鞋擦得一尘不染。他和袁狄涌、雷巧都算是学者型的同学，学习都非常用功。郑华勇特别喜欢文艺理论和外国文学，什么"比较文学"这些新词，我就第一次在他那里听到。有些课程内容，老师还未讲到他就已经烂熟于心了。他身材高挑，喜欢打篮球，别看平时文质彬彬，到了球场上还真有股拼劲。毕业时他留校了，可是仅仅十年多一点的时间，却遽然离去，给我们留下太多的叹息和追思！

在师专上课时听课最认真的，钟乾元要算一个了。老师眉飞色舞，说东道西，钟乾元心无旁骛，专心致志，聚精会神。老师的粉笔在黑板上东涂西画，见缝插针，钟乾元的笔记却记得滴水不漏，字迹秀丽，版面整洁。有些没记全的同学，常常借他的来补全订正。

中文班还有"英语帮"。我实在是佩服那些同学，当时学习那么紧，中文专业要学要背的东西已经很多，他们却要给自己加码。他们每天起早贪黑，背单词说口语，"正业副业"两不误。他们是吕桂、杨贵平、李红等。还有我的同乡哥刘勇，刚进校不久就在《贵州日报》上连发两篇散文，记得一篇是《好雨知时节》。一时间在同学中引起热烈反响，无疑也促进大家更勤奋好学。

学校的文娱生活是比较乏味单调的，但同学中的高手很多。董晗爱唱歌，戴林拉小提琴，兰永平除了乐器演奏还能当指挥，在学校晚会上一展风采。当然舞姿优美的女生也不在少数。那时正流行唱《祝酒歌》，夏一庆、张谢润几个整天都在开心地唱，不知不觉间，我也会唱了。当时大家看电影电视不多，有一天突然发现张永泉酷似南斯拉夫电影《瓦尔特保卫萨拉热窝》中的瓦尔特，于是就叫他"瓦尔特"了，这一叫就是40年。谌世昌大哥有个美名叫"谌猪肚"。当时老师讲写文章要"凤头、猪肚、豹尾"，猪肚意即文章中间的内容要丰富，像猪的肚子那样。那时同学们伙食较差，都比较清瘦，只有结过婚的谌世昌在"沈虎嫂"的精心照料下有些发福，长了一点将军肚，加之他确实肚里有货，大家便把"猪肚"这个美名给了他。说起谌大哥，去年生了一场病，让大家非常惦念。他的心血管病需要搭支架。临手术前，我们一帮同学在彭一三的召集下去医院看望他，他也放松下来。谁知手术不成功，病人出现危险状况，手术只能中止，家人和同学都十分着急。在北京的培安同学知道后，建议他尽快到北京医治，并联系了最好的医院和专家。谌大哥在北京得到了精心的治疗和照顾，顺利完成了手术并康复起来，大家这才松了口气。

还有一位同学不得不提到，王明析，来自务川县。读书时只感觉他比较内向，也是年龄较小的几个之一。大约是前年在一次同学聚会的时候，他把他的一本书《忧郁的告白》送给我，回家后我时不时翻读一些篇章。他的文字打动了我。我的印象是，王明析爱读书，爱思考，爱动笔，这是成为一个作家的最重要的三点。近来在同学微信群里他十分活跃，他写的三言两语或转的东西也很有些价值和趣味。特别是他把自己的一个短篇小说《永远的罗伊》放

到群里，尽管长我也一口气读完，并深深被打动。这是一次特别的文学体验，文学功底和构思创意都不必说了，主要是他小说中的主人公原型是一个我比较熟悉了解的人。过去看小说时，往往是在文字上去想象人物形象，总有一种模糊感和距离感，而这篇小说让我从文字上去印证我原本熟悉的形象，就像看一个画家描摹我印象深刻的人物，这就更见其功夫了。他写的人物原型本来就是一个"典型人物"，有我们这一代人几十年的沧桑印记。与其说是他塑造了"他"，还不如说是他挖掘和再现了这个"他"。"塑造"更多需要想象，而"再现"则更多需要精准和手艺。王明析在读书、思考和创作上，都颇有收获。不难看出，他把读书当成了人生的一大享受，他的勤奋程度，他涉猎的广阔空间以及他的悟性，很多人是难以想象的。愿他写出更多更好的东西来。

这些才华横溢，气度不凡的同学当初聚在一起的时候，经常是热闹非凡，自然而然就是一场才情横溢、精彩纷呈的"群英会"。或打情骂俏，取笑逗乐，挖苦揶揄；或讨论专业理论，或议论时政热点，或戏说生活琐事，每每都有锦言妙段。那些结过婚或谈过恋爱的"过来人"，时不时还要来卖点关子，透露点猛料，那就更闹热了。金大哥他也时不时地向我们讲点男女间的事，但他经常是把大家的胃口吊起之后，就此打住，类似于贾平凹的手法，此处省略多少多少字，以免让这些小兄弟着急上火。我们也经常听闻，同学中某哥又暗恋上某姐了，大家想探寻，又常常是问不出个究竟来，只得在嬉笑中慢慢散去。

那时师专的伙食较差，周末，三五同学经常约起进城去打牙祭。遵义公园门前有家川菜馆是我们常去光顾的，一份豆花，一份鱼香肉丝，或是一份回锅肉，那香味至今难忘。有一次晚上，我和杨贵毅都饿得慌，决定到街上吃点东西。时间晚了，老城一带店铺都关门了，后来在洗马路边一个摊铺上买了几个皮蛋，吃到肚里后因为碱分太多，我俩一晚上胃里都火辣辣的，难受极了。

一年多的师专学习生活很快就结束了，同学们纷纷道别。当时遵义市区的陈红同学送我一张两寸的黑白照片，背面写上"汝林惠存"，至今这张学生照我还保存着，它承载着同学间的深厚友谊啊！

时光飞逝，恢复高考已是40年，我已近花甲之年。师专不到两年的学习生活改变了我们，那个历史的转折点改变了我们。母校以她独有的知性光芒照耀着我们，这里的老师、同学是我们一生的财富。离开母校后，我们有的同学考上本科，考上研究生；有的留校，有的回到家乡；有的从政，身居高位；有的从教，桃李满天下；有的从文，著述颇丰；有的就做一个平凡的人，爱家庭，敬老人，爱子女。大家在各自的路径上追求卓越，把自强不息的火炬传递给下一代。数十年来，是什么支撑着我们？我想就是师专给我们的一种时代精神：逆境中求变，变化中求新，回归理性，尊重知识，尊重人才，开放包容，与时代同行。这种精神，像血液一样，注进我们的身躯，代代相传，永无止境。

1977，恢复高考第一年
这里，注定是我们的集合点
没有选择的选择
彷徨中走来的路和路相连
没有开头，没有终点

到师专去——
2017，恢复高考四十年
这里，注定是我们的集合点
没有归宿的归宿
老师同学难相见
青春已是看不见的风景线。

到师专去——
学校新了，我们老了
这里，注定是我们的集合点
没有目标的目标
但我们还要从今天出发
唱着老歌向前向前

赵家镛

大学原来不是梦

人生有很多梦，读大学就是我年轻时的梦。1973年，我在家乡遵义县（2016年改为播州区）茅坡区（后改为永乐镇）工农公社工农小学的戴帽初中毕业后，就有这个梦想。命运弄人，跌跌撞撞以后，工农小学的校长赵应德念我小学、初中的成绩优异，帮我联系就读茅坡中学的民办高中班，我读大学的梦才又算被接起来了。

我要考大学

高中毕业后，我回到工农公社红星生产队劳动。1977年10月的一天，高中时一位老师来我家玩，说国家要恢复高考，要在我思想上有所准备。高中毕业一年来，我忙于干农活，没怎么读书看报，听的时事广播也有限，怎么考大学呀！11月底，我的小学老师刘汉荣（当时已在教高中语文）写条子叫我去茅坡中学复习准备参加高考。我考大学的梦之火又熊熊燃烧起来。我赶紧来到茅坡中学报名复习。来复习的人很多，大约七八十人，学文学理的混在一起，这个班由茅坡中学副校长尚文科负责（读高中时文理不分科），组成临时班委，刘从强（当年考入南京大学，现为中科院院士）任班长，我担任学习委员。当时距高考只有15天,我争分夺秒地复习。第一周听老师讲课,从复习初中知识开始,接着复习高中知识。一周后,我感觉老师讲得太慢,于是将政治、历史、地理的书借来,自己拟题自己做答案。语文大量背诵经典,练习写作,复习半个月写了18篇文章。数学则从初一开始,一直到高二(当时高中是两年制)把那些该做的题都做了一遍。不懂的就问同学问老师。为了高考,我走路读书、吃饭读书、随时随地读书,一天睡眠不足8小时。开考前两天我侄女结婚,远近的人都来帮忙。我为了圆大学梦,旁若无人地在院子里大声读书;送亲时,队伍一停我又读;吃饭时,菜未上桌,我从裤袋里掏出书读……

12月14日,我和七八个同学一道出发去遵义县新舟中学应考。去的路上我们边走边讨论考试内容。大家互相问答,相互讨论和补充。晚上住新舟车站旅馆,我与茅坡中学的优秀应届生罗兴龙共住一铺。睡到凌晨两点过,由于太紧张我惊醒了,一把弄醒罗兴龙问:"你知道资本家是怎样榨取工人的剩余价值的吗?"罗说:"不知道。"于是我悄声地向他复述了一遍。结果第二天考试,政治科就有这道原题,5分。功夫不负有心人。高考共5个科目:政治、语文、数学、史地(合考,各50分)、英语(不计入总分),共计400分,我除数学感觉差点外,其余各科(英语未考)感觉良好。众里寻他千百度,蓦然回首,那梦却在灯火阑珊处。我大学终于上线了。

差点没有读成大学

有一天,信用社的小赵到我家通知说刚接到区教办的电话,我大学上线了,当时我正挥汗如雨地在家对面的山坡上劳动。听到消息我兴奋地吼道:天生我材必有用。因为我家以前没有出过大学生,加上当年茅坡区108位文科生参加高考,只我一人上线,如果能够读大学,那便算是山沟里飞出金凤凰了。再者,我家地处遵义县最僻远的乡村,出门就是山,山路弯弯看不到边。这回能跳出农门,老师祝贺,干部称道,邻里惊叹,我那高兴劲,自不必说。

上大学的路其实没那么顺利。

填志愿。区教办主任肖某递给我一张油印的高校招生目录和一张志愿表说:"家铺,祝贺你,志愿自己填吧。"我问:"怎么填呀?"他回答:"我也不懂，你想怎么填就怎么填吧。"我自以为历史、地理考得好，估计有85分，于是本科第一志愿就大胆填了云南大学地球物理系，我高中的老师又建议我填了遵义大专班，以防落选。多年后才弄明白，地球物理系是理科生读的，我一个文科生填它，不落榜才怪呢！

政审。工农公社党委就我考大学政审的事专门开会。据传，开会时因为陈年旧事有过争论，幸亏公社书记陈安华坚持原则，最后有惊无险通过了我的政审。

体检。体检的头一天，表兄给我摆酒祝贺，我忘乎所以饮酒八两多。第二天到遵义县医院一量血压，极不正常。好在后来复查血压恢复正常。

志愿，差点让我落选；政审，险些让我未过；豪饮，差点将我送回原点。我真正体味了宋代朱熹"为善最乐，读书便佳"的深刻道理。

这就是大学

1978年3月，我收到了贵阳师范学院遵义大专班的录取通知书。我家里较穷，好在那时读大学不交学费，生活费国家也包了，经济困难的学生每月学校还有补助。我与大哥花一天的时间做了一口大大的杉木箱子，怀揣母亲给我的仅有的36元钱（那时，国家一般工作人员的月工资也就二三十元），独自乘客车去遵义。学校派人开拖拉机到汽车站给我们拉行李，我与几位才认识的同学坐公交车去学校。

一到学校傻眼了：教学楼、宿舍楼低矮破旧，大礼堂是留存的苏式建筑，操场早变成了农田。文科党支部郁杭支书当晚来找我们谈话，安抚我们，要我们静下心来，以只争朝夕的革命精神好好学习，将来去当一位合格的中学教师。隔了几天，学校安排我们去给由操场变成的稻田里栽秧。我想，才从农村栽秧出来，好不容易上了大学，现在又去要栽秧，将来还要割谷，这是大学吗？

学校慢慢地走上了正轨。学校开的课程，我以前没有听说过，有现代汉语、古代汉语、古代文学、现代文学、文艺理论、写作、心理学、体育等。同学们相信知识能改变命运，都如饥似渴地学习。我听课特别认真，每节课大致记千余字的笔记。课外力争将听老师讲课中未弄懂的问题弄懂，还要预习，抽时间到学校图书馆读自己想读的书。如《契诃夫短篇小说选》，列夫·托尔斯泰的长篇《复活》《战争与和平》《安娜·卡列尼娜》，诺贝尔文学奖获得者海明威的《老人与海》等。第一周，中文一班召开迎新晚会，我自告奋勇地写了一首2000多字的现代诗，用我那半生不熟的茅坡普通话很激昂地朗诵，弄得大家哄堂大笑。

我学习很勤奋。第一学期期末居然考了总分第二。有一次心理学测试，我阴差阳错地考了100分，极有成就感。还有一次文艺理论考试，全班大多不及格，我得63分，有些自得。又受鲁迅的《狂人日记》、徐迟的报告文学《哥德巴赫猜想》、刘心武的伤痕文学《班主任》等作品的影响，自不量力地尝试起写小说来了。一次，我从头一天下午6点写到第二天早上8点，写了12000多字（至今这篇小说我从未投稿，也未收入我的文集，还静静地躺在书箱里）。我本来身体强壮睡眠极好的，连续十几个小时的写作，兴奋失衡，居然从此有了失眠的情况。看来，干什么都得有点天赋，不是那块料不能勉为其难。

教过我们古典文学的刘耕阳老师是位饱学之士，上课时旁征博引滔滔不绝，诗词佳句随口就来，同学们极尊重他。他年过古稀，大家一听说是他的课，都争着去办公室给他搬来藤椅，让他坐着上课。他讲课知识量大，深入浅出，通俗易懂，对同学们影响极大。此外，教过我们古典文学的还有杨大庄、鲁元舟等老师，知识渊博，条分缕析，深受同学们喜爱。还有教现代汉语的徐刚老师，上课一边讲一边板书，每堂课都要写好几黑板。讲解时声音洪亮，清楚明白。还有教外国文学的王玫老师，耐心细致，娓娓道来，很受同学们的好评。

七七级大学生是恢复高考的第一届（当年全国570万人参加高考，录取27万，贵州省招生指标是4620人），百里挑一，人才荟萃。同学们万分感谢共产党的英明，感谢邓小平的远见卓识，十分珍惜这难得的学习机会。大家都勤奋学习，友好相处，尽管阅历不同，秉性各异。刘鸿麻大姐睿智，王培安厚德，谌世昌健谈，金泽坤嘴铁，周帆慎独，喻见善嬉，周敏芳喜歌，塞明好读，陈方平静思，张思良作诗，刘勇缀文，潘辛毅重情，王先华善思，彭一三友朋，姜华修乐山，佘安勇坦率，陆昌友独处，王明析多闻，吕桂乐观，蔡勤美淳朴，崔时寡言，耿贵莎热情，张永泉口快，兰永平弦琴，严大奎朴实，杨阳天真，胡昌旭厚

道，张志禄耿直……有个星期天，全班同学到红军山春游，大家野炊、歌舞，尽兴而返。毕业时，王培安帮我抬大木箱子，一直送我到火车站。

  我的大学我的梦，我的母校我的情。一晃40年过去，我们走了不知多少路，读了不知多少书，做了不知多少事。李白诗曰："仰天大笑出门去，我辈岂是蓬蒿人。"清代诗人赵翼在《论诗》中说："李杜文章万口传，至今已觉不新鲜。江山代有才人出，各领风骚数百年。"分别以来，同学们各显身手，大都在各自的岗位做出了不平凡业绩。我们成功的点点滴滴，都离不开母校师专的培养，离不开老师呕心沥血的教导。

  遵义师专，我们的人生在这里重新起航，我们的大学梦在这里实现。大学教会我们求知的方法，教给我们做人的道理，指明我们研究的途径。让我们的梦继续做下去！

金泽坤

而立之年进大学

1965年，我在遵义四中高中毕业，有幸（或许是不幸）参加了"文化大革命"之前最后一次高考，因颇为复杂的缘故落榜。时兮命兮，后来很长一段时间我对落榜这件事虽不说处之泰然，却也在意料之中，便认定此生与大学无缘。几位"落第举子"邀我复习功课来年重考，我也冷冷拒绝了。

1977年突然恢复高考招生。阴差阳错，1978年初我居然圆了大学梦——不能叫圆梦——因为我从未有过这类梦。按说我应该为重获新生喜不自禁，"打起手鼓唱起歌"地纵情欢呼，但是以我高中毕业后12年混迹社会的经历，以30岁"高龄"又捧起书本上大学的感受，其间颇多跌宕起伏的故事，岂是"高兴"二字可以尽括！

40年后再回首当年的高考，却认为有着诉诸文字传之亲友、后人的意义。这独特的经历既有我们那一代人起起落落、命运被时代抛来抛去的痛苦无奈，又有改革开放的号角即将吹响前的迷茫；既有对"知识就是力量"这句名言长时间的怀疑失望，又有重新唤起对"知识改变命运"的朦胧期待；既有12年后对一向钟情的图书可以光明正大地欣赏、高不可攀的大学可以凭本事考入的莫名惊诧，又有对录取学校的名称竟然莫名其妙地叫作"贵阳师范学院遵义大专班"的困惑委屈。

　　1977年，大部分中国人还没有完全惊醒。国家突然宣布恢复高考，30岁以下均可报考，大致划分为在职人员、城市待业青年、应届高中毕业生、上山下乡知识青年等几类（后来的录取也按类别及年龄划分数线）。当时正值我的小弟弟四中毕业，母亲忧心忡忡地问："你弟弟再也不用插队落户了，我们家下乡的两个知青因为成分不好一直回不了城，你看看能不能帮他补一补功课参加今年的高考？"仗恃自己曾经是遵义四中的高才生，后来又给几个青年补过入学考试的功课，我不假思索一口答应下来。弟弟报考理科，根据当年高考的要求，要考语文、政治、数学、理化四科。兵贵神速，便按部就班地开始了补习。有几个算得上旧时世家子弟的年轻人平时喜欢到我家玩，多半时间是听我天南海北乱侃一通，一会李白杜甫，一会托尔斯泰巴尔扎克，一会泰山黄河……得知我在给人补课，趁便挤了进来。他们报考文科，不考理化考史地，于是前三门合起来讲；只是数学一科区分深浅，理化、史地分开补。每到傍晚，几个青年夹着书本有说有笑走进我家，逼仄的居室热闹起来。他们的实际文化水平仅仅相当于初中，更无大考的临场经验与应试技巧，怎么补、补哪些，我一人做主，当然也有他们提问我解答发挥的情况。一时间空气中弥漫着文化的气息，小屋也充满了青春的朝气与向上的活力。此情此景，不由得我想起了《论语》中《子路、曾皙、冉有、公西华侍坐》一则里描述曾皙的人生追求："莫春者，春服既成，冠者五六人，童子六七人，浴乎沂，风乎舞雩，咏而归。"曾皙的理想引得彼时处处碰壁漂泊列国的孔夫子击节叹赏："吾与点（曾皙又名曾点）也！"几个年轻人对我言听计从，几近唯命是从，我不禁飘飘然，心里冒出不伦不类的一句："点也，于我心有戚戚焉！"

　　补习渐入佳境，年轻人也信心满满，踌躇满志。一天一位老朋友串门，脱口言道："你为何不去参加高考呢？"我愣了一下，良久答曰："我早已过30岁了，又非老三届学生，怎么报名？"对方鼓励我说："真是聪明一世糊涂一时啊，想想办法，事在人为嘛。"一句话点醒了我，千载难逢的好机会岂能放过？我在一家集体所有制的印刷社上班，同事们多半是小学初中水平，我自认文化最高，却干着最笨重的活，怅恨久之。事不宜迟，马上千方百计改了户口，又在发黄的毕业证书上做了手脚，忐忑不安地去报名，却一路过关。做贼心虚似的回家，当天晚上便把自己也"补"了进去，一人扮演多个角色，近乎一出荒诞喜剧情节。就因为这事，年龄改小了两岁，62岁才退休，70岁还未能享受坐公交车不购票的红利。

考试结果公布，弟弟分数不低，我居然考了遵义地区文科第一名，100分满分的数学得了98分。若按分数计，实际上是全省头名。到了填报志愿，想到自身软件太"软"，年龄又大，北大、人大、复旦自然不敢问津。1965年四中毕业参加高考，数学老师吴昌久颇为欣赏我，怂恿我填报他的母校四川大学数学系，我谨遵师命，却全无侥幸之心。瞻前顾后，抚今追昔，也许是与四川大学有挥之不去的情结吧，第一志愿填了该校历史系考古专业——并非我痴情木乃伊、马王堆女尸、刀币竹简、锈铜烂铁，而是，一为了再填一回川大过把瘾，二则妄图投机，猜想条件好的或许不屑于干又苦又累、到头来清贫一生的挖坟掘墓的活，他们可能会联想到《聊斋志异》中的狐仙鬼怪而望而生畏；第二志愿还是毕恭毕敬地填了贵阳师范学院汉语言文学专业。

次年初春，高校录取通知书陆陆续续送到考生家里。不知何故，高于应届生录取分数线几十分的弟弟只录取到贵州农学院林业大专班，校址在原来的扎佐林业学校。弟弟虽有些失望，但好歹三年后就可以端上铁饭碗，父母自然是喜不自禁。我的事却音信渺无。类似的情况还不少，不是说好了尊重知识尊重人才吗？大家愤愤不平，商量的结果是先给出席全国科技大会的贵州代表团以及团长苗春亭分别发电报，反应情况并申诉要求，然后派我为代表到省里告状，四中教过我的一些老师甚至愿意给我出路费，一时群情激愤斗志昂扬。于是我有生以来第一次也是最后一次走上了上访之路。

到了贵阳却无计可施了，一头雾水。天无绝人之路，外婆的孙子、大我半岁的表哥是商业厅厅长的乘龙快婿，虽然读书远不如我却历经沧桑。不由分说，拉着我就去见那位厅长。厅长是一位读过中学的南下干部，有点儒将风度，听说我等考了高分却未录取，我又是女婿的亲表弟，便给我引荐了省文教办一把手王某某，要我直接找他。于是，我又辗转来到了居住于贵阳师范学院的王主任家，拜见了第二位官员。王主任神色凝重地说，全省各专州市都有类似情况，省里要研究。我病急乱投医，又揣着父亲的信去找贵阳师院的老师、读四中时的恩师王燕玉先生求援。王老听了后十分同情，马上写了信给四川大学历史系的一位同行，结果自然是石沉大海。

万般无奈兼之囊中羞涩，贵阳岂可久留，只得又来向王主任哀告。还未开口，年轻漂亮的王夫人笑容可掬地对我说："我女儿要参加明年高考，你数学这么好，给她补补课吧。"我有些愕然："我岂敢在大学老师面前班门弄斧！"王主任大手一挥："她就那点水平，你就不要推辞了。"我谦虚了几句便答应下来，一旁王的女儿笑眯眯的，颇有几分可爱……过了几日，王主任告诉我，已录取到贵阳师院政教系。真是"山重水复疑无路，柳暗花明又一村"啊！1300多年前的杜甫因安史之乱流亡四川，听说王师打败了叛贼安禄山史思明收复了中原一带，喜不自禁，在《闻官军收河南河北》中吟唱，"即从巴峡穿巫峡，便向襄阳下洛阳"。困守省城的我也立即动身返程，大概可以唱两句"即从贵阳穿乌江，便向息烽下遵义"回家了。

没过多久，录取通知书到了，却赫然写着"贵阳师范学院遵义大专班"字样。打电话问王主任，说是照顾我年岁不小，又结婚成了家，在遵义读书两全其美。我哭笑不得，既来之则安之，反正带工资上学，姑且混两年再说吧。1965级跟我同样情况落榜的高中同学却为我骄傲，纷纷表示祝贺。印刷社领导和同事高兴本单位破天荒出了大学生，订了一桌酒席犒劳我和另一位也考取的女同事，又让我们坐在领导身边，拍了一张"全家福"以作纪念。文化程度不高之人骨子里看来还是崇尚知识敬重文化人的，他们还要辛辛苦苦为我支付两年的工资：集体所有制单位没有什么国家拨款一说，自负盈亏。谢谢了，红旗印刷社的领导！谢谢了，纯朴善良的师傅们！

学校1978年2月就已开学，补录的几十名学生4月份才报名，我逐渐得知委曲求全者非我一人。且不说数学、物理、化学三科，单就中文科的学生而言，1977年高考湄潭县第一名、务川县知青第一名、遵义县25岁以上第一名、水电八局系统第一名都是我的同窗。原本无报考资格、靠弄虚作假上学的我还真是幸运儿了。王勃《滕王阁序》慨叹"冯唐易老，李广难封"，芸芸众生、无名小辈如我者，有必要有资格有精力有意思去怨天尤人、慨叹命运多舛吗？

十多年后听一位留校担任党委办公室秘书的同学透露，我们这些大龄青年的档案当时根本未送到省里供高校选择录取，理由是遵义地区中学师资奇缺，遵义的领导希望这些上线的大龄青年留下来读两年书再分配到各中学……

于是，我安下心来，规规矩矩做了贵阳师范学院遵义大专班（不久改名为遵义高等师范专科学校，现在升格遵义师范学院了）的一名老学生，按部就班地上学放学，一丝不苟地听课记笔记做作业。中文科领导见我老成持重，进校成绩又高，委以班长头衔，我受宠若惊。遵义四中求学，6年里当了5年班干部，但从来没有坐过班长这把交椅。班长身份似乎不低，权力不小，与中小学的班长不可同日而语，同原来印刷社的切纸工相较更是今非昔比了。人都很难脱俗，所以我很满足，也很自在，当然对自己的要求也就提升了。于是我对学校的名牌老师越发起敬，对刚从中学调来的中年教师更加礼貌有加，对年纪比我还小的青年教师亦不敢懈怠苟且，与年轻同学相处也很融洽快乐。人生啊，原本如此！岁月荏苒，最终谁不是"追往事，叹今吾，春风不染白髭须"呢？

李莹

高考改写我人生

接到同学会筹备组关于"谈高考"的写作通知，感到题目很大。我这种终身工作在一线的底层教师，格局很小，故有些犯难。几经犹豫，最终决定小人做小事，大题小做，谈谈高考对我个人人生的影响。

当然，和一些同学日后成就卓著风生水起的人生相比，我的人生不值一提。不过我想，鲲鹏也好斥鷃也罢，只要自己无悔就算没有白活。不敢言"尘露之微补益山海，萤烛末光增辉日月"，但我的人生我自珍，我的生活我自重。自我珍重的人生就值得自己书写。

1977年恢复高考前，由于家庭影响，我连升高中的机会都没有。1971年初中毕业后先是做了几年待业青年，随后在遵义杜仲林场当了两年知青。工作无望、读书无望，终日迷茫的岁月里，但稍有闲暇我还是书不离眼，笔不离手。

1977年恢复高考，没有人指导辅导、没有学校可供培训，仅凭自己那低得可怜的学历和一点微薄的中文基础，我考进了师专中文科。

进校后，我的生活发生了翻天覆地的变化，整天除了上课、读书、考试，就是吃饭、睡觉，不再有风吹日晒雨淋，日子惬意多了，生活也有了希望。只可惜那时我虽说年龄也不算小了，但后知后觉。现在回想起来当时的我有些懵

李莹 花甲留影

懂，甚至可以说浑浑噩噩，导致近两年的师专生活基本没留下什么难忘的记忆。

但离校后，这里的学习生活却使我受益终身。

毕业后，我顺理成章做了一名教师，这个职业我一做就是33年。

前10年（1979—1989），我在家乡任教。我认为对教育工作的敬业勤业是专科师范生的本分，所以多年来我兢兢业业默默耕耘，几乎常年被评为市优秀教师。其间的1983年，在首次中小学教师教材教法过关考试中，我获当时的遵义地区初中语文第一名。1988年，我参与实验的省级实验课题（由市教研室直接领导）"初中语文引导自学法"的实验，获贵州省教科研成果二等奖（一等奖空缺），作为课题的主要实施者，我受到省、市各级教育机构的表彰。

积累了一定的教学经验和基本功后，20世纪90年代初我调离家乡，辗转来到我现在工作和生活的地方，直至2012年春季退休，我在苏州做教师整整20年。

这期间，我一如既往秉承师范教育"德高为师、身正为范"的训旨，在硬件上不断提升自己：我通过专升本成人统考读完了苏大的中文本科，成为学校第一个45岁前破格评上高级职称的教师（45岁评高级的年龄限制以前很严格，好像是2000年后才取消）；我升级考到了高中教师资格证书。与此同时，我也获得了不少荣誉：常被评为市优秀教师；曾作为苏州大市范围内的两个代表之一到南通参加江苏省省级骨干教师培训，拿到省级骨干教师证书。退休前几年，我一直奋战在高三第一线。临退休的最后一学期，还被迫占了学校很珍贵的一个"市级表彰"名额（按理这种名额历来只用于激励在职者来年继续努力，不少人还指望着它评职称或升职。我多番推辞不掉，心里很过意不去。同事们调侃说学校此举前无古人后无来者，该载入校史）。

如果说我以上人生轨迹的改变是从1977年高考开始的，那随之改变的还有我的个人生活。1992年，我女儿出生了。相信每家的孩子都是父母的骄傲，我们当然也不例外。对我来说，女儿才是我的命、我的运。而她，完全可以说是高考改写了我的人生之后，上天赐予我的最好礼物。

我在苏州只是一个举目无亲的外来教师，我先生也只是一个普通的自由职业者。女儿年幼时我们没能力为她选择最好的幼儿园和小学，她的启蒙教育都是在普通的学区校完成的。我们能给予她的只有言传身教：我在家里有备不完的课改不完的作业，她爸爸弹琵琶做琵琶，整天闷在工作室忙活。在家的日子，除了吃饭，三人基本都是各居一室各做其事，互不干扰。

小学毕业后，她先后考上苏州最好的初中和最好的高中，本科进入哈工大。硕士收到美国多所名校（包括罗德岛设计学院那样的全球艺设类翘楚）的录取通知，其中有几所学校还提供每年2万~3万美元的奖学金。由于她学的是景观建筑专业，所以最后她选了林徽因梁思成的母校——美国常青藤名校宾夕法尼亚大学。硕士刚毕业，她就进入了美国业界一流的老牌著名公司——SWA景观设计公司。现在，我女儿行进在异国他乡的土地上。我感到她不仅在延续着我的生命，还延续着我的理想和情怀……我自己读书盛年时，这样的事是既不可望又不可及的，我只能让求知的种子深埋心底。今天，她代我实现了童年青少年时期的梦想。而这一切，源头都在"高考1977"。

当然，历史没有如果，没有也许，有的只是既成的改变。高考改写了我的人生，知识改变了我的命运。所以我铭记1977.12.15，我感恩遵义师专中文科——我美好命运的新起点。

杨承毅

那两年的文艺生活

我们初进师专是在1978年4月,正是寒冬已过的日子,文艺界也是冰消雪融。在此之前,我生活在区镇,当知青和民办教师在乡下待了近3年。一下子进城读了师专,进了万物复苏的文艺花园,真像是刘姥姥进了大观园,满心欢喜又目不暇接。那时的师专校园汇川坝,那时的遵义城,那时的文艺生活,与现在相比自然差距太大,但也着实让我们开了眼界。

记得那时遵义城里也就只有"群力""遵义"、劳动人民文化宫、"运输公司""七冶"几处电影院。"红花岗"是剧院,也兼放电影。那时我们还真看了不少好片子,最津津乐道的是赵丹、于蓝等22位大明星。他们的逸闻趣事、演技风格、生活遭遇,都是我们每天晚饭后散步的话题。那时我们也是追星族啊。记得遵义电影公司当时编了一份小报,不是彩版的,只是在黑白版上套了一点色彩,看上去美极了,好像叫《遵义影讯》,我们经常看,怎么弄到手的却记不得了。那上面有很多影评与影片介绍,我们都爱不释手,曾经收藏了好多年。后来辗转搬家弄丢了,还叹了一阵子气。记得在遵义电影院看越剧艺术片《红楼梦》是半夜两点,那还是托关系买的票,看完都凌晨四点多了,大家小跑着回学校。那时没有出租车,有我们穷学生也坐不起。半夜看电影,不辛苦，很享受呢。看了电影后，对越剧大家王文娟、徐玉兰那是佩服得不得了。

在几家电影院中，劳动人民文化宫（旧址在今天的凤凰山会展中心）相距我们学校最近，我们去那儿看电影的次数最多。那时解禁影片不少，我们曾看过印度的《流浪者》、南斯拉夫的《桥》、国产的《刘三姐》《五朵金花》《追鱼》《三笑》等，印象深刻。

在"东方红"剧院（后来改名叫湘山剧院）看了地区文工团的话剧《雷雨》，我记得是提前13天买到的票。这部剧好像持续演了几个月还场场爆满。一方面是演员确实演得好，另一方面也是当时的文艺生活太贫乏。演员中有我们同班同学的妹妹，还有些演员是同学的同学、亲戚的朋友、邻居的邻居……那些演员当年在遵义比现在韩国影星的名气还要大，老遵义的同学提起他们如数家珍，让我们县里的区里的公社里的大队里的生产队里的（现在应是区里的镇里的村里的村民组的）同学羡慕得很呢。那时的地区文工团，还有川剧团、京剧团、杂技团，在人们眼中是很了不起的。

初进师专的第一学期，下午都没课，全是自习。也不怎么打考勤，宽松得很，好像那时的大学大都如此。到了第二、第三学期，下午才逐渐有了些课。这段时光，我们多是去学校图书馆借书来看，做作业的时间反倒是不多。我后来喜欢下午看书，就是那时养成的习惯。过了好多年，听大学生们说下午和晚上经常都有课，我们都感到惊讶。后来我在某中学教书，有段时间下午两点半上课，四点多一点就放学了，只上两节课，师生都觉得很有些自由的空间，便于读书。

在师专不过20个月，也还读了些书。《基度山伯爵》、莎士比亚戏剧都是我们的最爱。不过，无论老师怎么推荐，我个人还是欣赏不了冗长的《战争与和平》和莫名其妙的《少年维特之烦恼》。而那时的新杂志、新短篇小说则多如雨后春笋，不断吸引我们的眼球。不必说权威杂志《人民文学》和大型刊物《十月》《当代》的异彩纷呈，本省的《山花》《花溪》也时常有好文章刊登，我们贪婪地吮吸着这文艺百花园的芳香。最早扣动我们灵魂的是复旦大学卢新华写的《伤痕》和北京的中学教师刘心武写的《班主任》。那一阶段的文学作品，都是在给时代疗伤，故叫伤痕文学。伤痕文学后来成为中国当代文学的一种重要现象，引来不少专家的研究。而刘心武则凭此登上文学的殿堂，后来不当教师成了名作家，还凭借《钟鼓楼》一书获得过茅盾文学奖。《伤痕》和《班主任》这两个短篇都被我们的写作课老师作为范文让我们研读过。在这个过程中，老师和班上"老三届"的大师兄大师姐们引领我们讨论，他们的侃侃而谈，很是让我们佩服。像《抱玉岩》《在小河那边》这些短篇小说，在今天看来文笔可能有些稚嫩，但就主题和题材而言，在当时的确是破了坚冰。当时有一篇连载小说叫《归国》，后来正式命名叫《第二次握手》，让我们争抢着读了好一阵子。这小说是写海归科学家的奋斗史和家庭爱情故事，从他们身上可看到钱学森、李四光的影子。当时郭沫若发表了一篇讲话叫《科学的春天》，其实那时又何尝不是大学的春天、文艺的春天！

有天晚上好几位同学去看香港电影《屈原》，是香港鲍方导演和主演的，他的妻子朱虹、女儿鲍起静也在戏中出演重要角色。这种电影花边消息很让我们"啧啧"了好一阵，但几位同学却在关于矛盾冲突是香港片还是内地片更强烈的问题上也"冲突"了好几分钟，直到第二天早上起来才忘了昨晚的讨论。风华正茂的大学生们也有些闲情逸致啊。

那时，我们宿舍每到下午、傍晚就会此起彼伏或交叉响起二胡、小提琴的声音。有些器乐声很美，有的则在学习阶段，发的是噪音。不过大家还是很高兴，自娱自乐呗。我那时也吹吹笛子，在家里母亲曾戏称我是吹竹筒筒。我吹笛子是野路子，没老师带过，不过是中气足声音大而已，也是噪音啊。有天中午兴奋起来竟忘了午睡，也吹将起来，隔壁同学抗议："不要吹笛子啦，我们要睡午觉！"从此以后中午就不敢吹了。那时的文艺生活简单啊，哪像现在，电视、电脑、收音机、高档音响、汽车音乐，应有尽有。耳塞一戴，什么音乐都听得到，还可去歌厅卡拉OK（现在叫KTV了）一阵。手机更是方便。不过，现在听音乐固然是欣赏美，而那时演奏器乐又何尝不是创造美呢。那时的生活那么单调，偶尔看场电影或看县文工团的演出，那是很安逸的。夜晚从小巷、院墙边经过，时常可听到手风琴、琵琶的声音，很美的。现在是很难听到这优美的小夜曲了。今天文艺生活丰富了，我们反倒怀想那简单、淳朴的昨天，那些激情燃烧的岁月啊！

　　记不得是几月份，学校要我们七七级和七八级联合搞一台文艺晚会，要组织乐队。我被选入乐队吹笛子，滥竽充数罢了。那时搞晚会大都要组织乐队的。不像现在，要高规格的晚会才有乐队，而一般的晚会，都用先进的音响设备和丰富多彩的编曲。当然那时的乐队与现在高档次的乐队是不能同日而语的，无非壮壮声势罢了。那时的乐器普遍材质差，演奏员大多是半生不熟的手艺，但是能进乐队好像还是挺受人羡慕的，总之那时我们这种级别的乐队确实有些凑合。那时我们下午常常去大礼堂外面练曲、合乐。乐队的指挥兼队长是我们七七级化学班的，老兄好像姓陈吧。他风度翩翩的，水平也蛮不错。那时我们练的合奏曲有《喜洋洋》《金蛇狂舞》《紫竹调》等。由于乐队的水平参差不齐，演奏效果不怎么好。但我本人进步很大，结识了一些同学，对音乐也多了些感染。

　　演出那天，学校大礼堂张灯结彩，热闹非凡，过节似的。我们乐队的同学集中在后台做准备，没到观众座位上去。到了我们的节目，怎么上的台怎么下的台现在都记不清了。只记得我们在台侧，乐队陈指挥的棍子一挥，我们便演奏起来，开始还可以，可不知怎么的步调就有些乱了，而指挥的棍子也越挥越快，估计他也控制不住局面了。我们自然也越来越快，这已经不是在艺术演奏，而只是在完成任务。大礼堂里很嘈杂，而我们乐队的声音很小，麦克风几乎是个摆设。过后听同学说，我们的演奏与台前的演唱、舞蹈完全脱节了，他们唱跳他们的，我们吹拉弹奏我们的。花了好几个星期的时间练曲，最后还是在遗憾中收场。过了若干年碰上同级的、七八级的，中文科的、外专业的，人家还要恭维一句："那时你是校乐队的？有点音乐细胞哟！"而自己则像遇到了知音，却还要假谦虚一句："哪里哪里，南郭而已。"演出虽然没有成功，但好像也没有失败，那些日子回忆起来还是挺有意思的。演出结束之日，也是乐队解散之时。乐队的同学还合了个影，是用照相机照的，然后放大。还发了一本五线谱的本子，那也是珍贵的纪念品。那张照片现在应该还保存着吧？那时观众和演员水平不比现在高，但人们对艺术的崇拜、渴求是美好而圣洁的。现在，人们的艺术视野开阔了，连春晚人们都不太在乎了，跟那时相比，似乎又少了些什么。

那台晚会给我留下较深印象的有一个节目，是我们七七级中文班的男声小合唱。有哪几位参加合唱已记不清啦，但被称为"猪肚"的学习委员应该在其中。他们的演唱艺术性不敢说，感染力肯定是弱不了的。师兄们书生意气，器宇轩昂。可惜其中一位十多年前已经作古，世事沧桑，令人欷歔。愿逝者安息，生者长寿吧。

在乐队的日子里，我们不时会见到杨启才先生。他是我们师专德高望重的老前辈，我们乐队的老师同学对他都非常崇拜，有些熟悉他的同学对他更是恭敬。听说老先生在遵义音乐界也是久负盛名，他对我们乐队偶尔的点拨那都是金口玉言。我后来喜欢音乐估计也是受了他的一点熏陶。

当年我们文艺演出的学校大礼堂据说是母校唯一没有拆掉的老建筑，现在已是斑驳陆离，残破不堪。1997年和1998年两次校庆，我们都曾去那儿留影。现在母校早已由师专升格为师院，在省内外已有相当的名气。当年的同学有几位成了师院的领导和教授。随着城市的发展，师院也迁入新蒲大学城，这里已是母校的遗址了。我们只能把这里叫作老师专了。2017年12月15日是恢复高考40周年纪念日。40前的这一天，意气风发的我们从农场、从知青点、从车间迈入高考考场，我们的命运从此改变。而今，我们已皓首白发，已退休或即将退休。我们遵义师专七七级中文两个班的同学将在这天再聚老师专。到时，我们三五同学相邀，再去大礼堂，回顾当年的风华正茂。这估计可能是最后的集体凭吊了。

岁月流金，往事蹉跎。那些如梦如幻如烟如歌的日子，曾多少次在我的生活中依稀、恍惚出现过。提笔到这儿，母校的一房一屋一花一草，还有亲爱的老师同学的音容笑貌似乎又浮现在我眼前。在母校，在名城遵义感受到的文艺氛围，我将终身受益。

爱你，母校。想你，那两年的文艺生活。

兰永平

师专那些点滴的记忆

　　1978年4月，经历了高考后的苦苦等待，我进入了遵义师专中文科开始了学制两年、但实际上却不到两年的大学生活。

　　记得刚进师专时，家庭条件不好。我常常穿着父亲亲手缝制的对襟"汗嗒儿"（像现在的唐装），偶或有些自惭形秽，但心中着实为学校的简陋暗自诧异：一栋陈旧的礼堂、两栋老旧的砖木结构教学楼、一栋低矮的两层办公楼、几栋老旧低矮的宿舍、简陋低矮的食堂。狭小的操场外，紧连的是种植着枯萎小麦与胡豆的大片土地。

　　到师专前，曾经看过一部描写江西共产主义大学的电影《决裂》，也约略知道这样的学校的大致状况。但没有想到伴随我今后人生新起点的学校，竟然是这样的简陋！多年以后，我与妻子带几岁的女儿重返校园。我女儿发出童心纯真的疑惑与惊讶：这样的地方，也叫大学？！

　　意外的惊喜与收获，总是在不经意间撩动情怀。

　　开学后首先带给我惊喜震撼的，是讲授古典文学的刘耕阳先生。那时，刘老师已是古稀老人，清瘦的身材、清癯的面容、颤巍巍的步幅、颤巍巍的声音。每次上课，刘老师放好拐杖斜靠在讲台的藤椅上，讲义也躺卧在讲桌中。

老先生眼睛半闭半睁，讲古谈天一般，细声细气，娓娓道来，顿时引领我们穿越历史一般，仿佛去到了古时的场所。记得讲授《崤之战》时，老先生一边讲文章，一边回过身子在黑板上画图，秦晋两国及相邻小国的地图，转瞬即成。这样的博闻强记，这样的清晰思路，这样的娓娓道来，真让人由衷敬佩与深受感染！

到师专读书前，我一直是个小说迷。记得五岁时，偶然在家中得到一本竖排版繁体字的《高尔基的青年时代》，借助于当老师的父母的字典，开始了书虫一样的阅读历程。父亲冒着风险悄悄珍藏的一个大柜子中的书，全被我偷来读完。到了师专后第一次去图书馆借书，直让我惊喜得瞪大眼睛。《基度山伯爵》《三个火枪手》《复活》等外国名著以及那高高的书架上满满的藏书，真让我恨不得全部据为己有。一来二去，靠着戴了个眼镜的斯文模样与还书准时的好印象，我与管理图书的老师搞好了关系，借书不再受限，阅读成了上课以外的最大快乐。记得当年读《基度山伯爵》，那厚厚的四本，竟被我就着手电筒，在被窝里一夜读完！现在回想起来，我这一生所读的书中，当年师专的阅读量占了很大的比例，也让我终身受益！

对于学中文并酷爱文学的人，看电影是个很好的阅读途径。记得当知青时，为了多看一遍南斯拉夫电影《桥》，曾连夜走几十里山路追着电影队前行观看。而师专时看电影，却有不同的方式。那时外国电影渐渐开禁。当时的工人文化宫（现在的会展中心，又叫政务中心）偶尔上映一些经典的外国电影，比如《简·爱》《大篷车》《叶塞妮娅》，我与同寝室的同学康辛勇、杨阳等人，经常相约去观看。但当时看得最多的，是学校的那部大电视机。那年代电视机是个新鲜事物。好像当时的师专也仅有那么一两台，收存在大礼堂的广播室中。同学蹇明与倪凤翠因为普通话很好，兼任广播员住在广播室。我与她们的关系还算不错，于是有了观看的便利。每天下午吃过晚饭，广播室的门前便放满了占位的凳子。我与同学早早来到，搬出电视机，调整好天线，开始接收观看。因为追求完美极致，总想收看效果最佳，收看过程中我总爱去不停调整，遭到众人的呵斥。现在想来，不禁哑然失笑。

文化政策的逐渐开放，让我们能够看到更多的精彩剧目。日本电影《追捕》《望乡》，美国电视连续剧《加里森敢死队》《大西洋底来的人》以及印度、墨西哥等国的电影，让我们领略了异国文化和风情，为这以后的教师生涯铺垫下了文化的积累与蕴蓄。

时光荏苒，岁月如梭，转眼就过去了40年。当年的遵义师专早已变为了遵义师院。当年的懵懂少年早已鬓发霜染。但当年的那些点滴零星的记忆，却永远留存在心间。

鲁远蓉

在不断追求中成全人生

惊闻喜讯

1977年10月,是收获的季节。我所在的务川杉木林场知青们经过一年苦干,迎来了大丰收:金灿灿的稻谷晒在院坝里,似金似玉的玉米挂满房前屋后,瓜瓜豆豆辣椒茄子不计其数……青青的杉木幼苗整齐排列,一切预示着美好未来。开心的笑容挂在我们每个人的脸上,内心的喜悦难以言表,因为这是我们用辛勤劳动换来的大丰收。可以预见,大家终于可以敞开肚子吃饱饭了,不吃野菜充饥了,不用再喝"玻璃汤"了。

好事成双。这天,我们照常出工,晚上战友们拖着疲惫收工回林场,按惯例围拢收音机旁听新闻,关心国家大事。这天听到的,居然是国家恢复高考!现场沸腾了。

这天我失眠了,迷迷糊糊做着我的大学梦。

奋战备考

只有两个月的复习时间,怎么复习呢?

首先是备考资源。我们没有任何复习题,被封闭在大山深处;也没有任何老师的指点，远离城市，远离学校。我们唯一有的就是当时带来的各科高中课本，好像知道有用到的一天，这就是我们备战高考的唯一资料。

其次是时间问题。我们不是在校生，也不是待业青年，有时间全身心投入复习。我们每天照样日出而作、日落而归，只有收工后的晚上时间才能自己支配。战友们经常是披星戴月回到宿舍，就着昏暗的煤油灯，翻阅着发黄有些破损的课本，专心复习功课。一天晚上，我们寝室突然起火，就是疲惫不堪的战友在蚊帐里看书复习，不小心打翻了煤油灯而导致的……

12月初，寒风萧瑟，大雪飘飘。高考时间临近，林场的支部书记决定这个农闲季节放我们十天假。我们得以集中精力，全身心投入到紧张复习的最后冲刺阶段。这个阶段令人难忘，在我们林场不远处的凉风垭有片青杠林，我们带着干粮，迎着晨曦，走进这幽静的林中，顶着寒风在书中畅想，在林中背诵。

终于迎来了激动人心的时刻，1977年12月15号，我们如期走进高考考场，大学的梦想从这里放飞！

翘首等待

等待通知的过程让人忐忑不安。

第一年恢复高考，有许多制度还没有规范，许多操作还不透明。漫长的等待中，我们在林场继续劳动。大雪覆盖着整个山村，我们仍然需要冒着严寒顶着风雪进山挖树疙篼做燃料。冰天雪地里没有任何防冻霜之类的东西，大家的手背上都长满了冻疮。燃起疙篼火，大家围着取暖；借着火光剥苞谷，哼着那个年代的歌曲，畅谈着各自的理想，憧憬着未来，盼望着又一个春天的到来。

时间在一天天流逝，还没有看到邮递员上山来。在这个冬天结束的时候，我被公社抽调到修建水库的现场担任副总指挥，和大家一起战天斗地，点火放炮炸石头，背泥巴打夯筑坝，老乡们亲切地叫我"铁姑娘"。既辛苦又愉快的劳动中，总是不时抬头仰望山那边翘首期盼邮递员的身影。终于在春回大地的阳春三月，严格地说已经三月底快到人间四月天的时候，我们等到了邮递员送来的高考上线通知书和体检通知，但还不是正式录取通知书。按照要求，要先去体检。

等待的日子继续进行，春天已经大踏步走来，梦想不会太远了吧！

实现梦想

1978年春色满园的五月，经过几个月的艰苦劳动，水库大坝初见规模，我们喜上眉梢。但是大学的正式录取通知书还没有发下来，心忧难入眠。听说考上大学的知青有的已经得到通知报名去了。当时我想，既然上线了又体检了，为什么没有录取呢？带着疑问我上省城找到招生办说明情况。招生办的工作人员解释说，我的档案里已经填了干部履历表，说明已经有工作了，这次录取主要解决就业的问题……但我一口咬定：我要读书。这是我的追求，这是我的梦想啊！

在遵义四中读中学时，年年被评为"三好学生"，年年被评为班级和校级"优秀学生干部"的我，在遵义四中"红极一时"，是学校和老师的得力助手，也是同学们心目中的佼佼者。在这里，早就孕育着读大学的梦，孕育着追求理想的梦。如果不是因为特殊年代，如果高中毕业直接让我考大学，也许能上北大吧。所以当招生办答复我因为有工作，已经是年轻干部了，没有必要再读书了时候，我拒绝。

是的，在农村这所大学里，我们学到了许多在书本上无法学到的东西：吃苦耐劳的精神、勤俭节约的生活作风和坚忍不拔的毅力，都让我们受用一生。众多荣耀光环照耀，我不为工作担忧发愁。1976年我20岁就加入中国共产党，就任公社副主任。参加高考之前，有关领导找我谈话、填表，并说很快就会调我到县委工作，我的仕途大道自然就摆在面前。我要读书，很多人不理解，似乎这样做对不起上级领导的培养和期望，似乎有违务川父老乡亲的期盼。我务川的同学邹书贵说，恢复高考对绝大多数人来说是好事是获利，对我来说就不一定了。他说也许我不读书会成为务川县历史上第一位最年轻的女县长。我不以为然，我就是我，人各有志，选择读书我不后悔。

我要读书！招办的工作人员说只有补发通知书，去遵义师范专科学校报道，读中文班。这也算是圆了我的大学梦想吧！从省城带着我的大学录取通知书回到林场，要跟我的第二故乡务川说再见的时候，才发现对这块洒下青春和热血的土地有些不舍。一别青杠林，生活从此要走向另一头。

　　走进大学校园这天，说实在的有些失望。不像想象的那样，有宽敞明亮的图书室、整齐高大的教学楼，足球场、篮球场俱全，整个学校应该掩映在花草树木之中，有林荫大道散步背书……没有。眼前的运动场种着小麦，等着我们来收割。教学楼、图书室、礼堂、食堂等都还是矗立了二十多年的陈旧的灰砖房，这就是我的大学校园。虽然环境极差，但我的梦想实现了，我们很珍惜这次学习机会，如饥似渴地读书，努力掌握更多知识，继续朝着人生新的梦想，不断追求。

　　从此，我的梦想，我的追求又站在一个新的起点上。

钟乾元

不期而至的高考　匆匆离去的大学
——纪念恢复高考40周年

　　1977年夏，邓小平同志提出恢复大学招生考试。全国570多万憋足了劲儿的青年人在这一年的12月份走进高考考场，最终20多万人被各地高校录取，这就是教育史上著名的"七七级"。在之后几十年时间里，七七级大学生成为各行业、各领域的领军人物和重要骨干，成为推动改革开放事业的中坚力量。

　　我参加了这一年的高考，并非常幸运地被录取，成为七七级的一员。

重燃希望之光

　　我当过多年知青。在知识分子家庭长大的我自幼就爱读书，想读书，但现实很无奈。1977年恢复高考的消息传来时，我正在一所乡村学校代课。得知这个消息后，有心动，也有犹豫。后来我暗暗告诫自己，应该把握住机会，不能与其白白失之交臂。待到报名时我再次犹豫了：我只是个初中毕业生，离上大学的要求不知道有多大差距，心中没底。一直到规定的报名时间即将结束了，我才在朋友的反复劝说下，在牛蹄公社中心学校报名点报了名，横下心来"赌"一把。

考试前的复习纯粹是临时突击。一个月时间，我既要复习还要给学生上课。时间有限，不可能面面俱到，只好抓两个重点：一是数学的函数部分，二是收集一些政治题目死记硬背。后来这样做居然还收到一点效果，因为这两科考试结果还算可以。至于史地和语文，听天由命凭老底吧，作文也不是靠突击可以见效的。

这年12月中旬，天已经很冷了。我是遵义县的考生，考点设在高坪中学。考试具体已经记不得那么详细了，在高坪街上一家简陋的小客店住了一晚上，三餐也只是果腹而已。周围也没那么多人关注，一切冷冷的，跟天气一样。

幸运迎来历史机遇

1978年1月，我收到了高考成绩上线通知。我清楚记得那是在一个霜冻的早上，我步行20多公里去松林区教办主任陈洪举那里拿回了通知书。陈主任对我说："我就知道你行，连你在内全区才上线两个人！"

成绩上线，意味着我达到了最低录取标准，具备被录取的条件。在经历了种种曲折之后，我终于被遵义师专录取，成了全国5%录取率中的一名大学生。我应该算是幸运的，要知道，每200多名考生中才有一人被录取。要说一句的是，当年贵州省特别是遵义地区高考录取工作中出现的特殊现象，又让我们的幸运大大打了一个折扣，令我们的"大学生"招牌失色许多。

匆匆那年的大学生活

1978年春，贵州省的高考录取工作诸多波折之后终于落定。前后两批高考学生被录取进了遵义师专，我是中文科第二批进校的，进校时已经是1978年的端午节了。

进到学校后才逐渐了解到，我们中文科二班的同学中大都是高分考生。班长金泽坤更是当时遵义的高考"状元"！我200多分高考成绩只能算中等，很幸运很满足了。造化弄人，这事对于我们当中好多成绩好的同学来说永远是个心结，徒唤奈何！

忘掉不愉快，满怀希望去迎接新的人生，我要在大学里好好丰富一下自己

的知识结构！结果才一年多一点，我们就"被宣布"毕业。此时我感觉我的大学生活还在适应中！遵义师专七七级的学生，很可能是恢复高考后最早走出校门的大学生了，说来既无奈又好笑。回过头去看，一切也符合事物发展的必然过程必然经历，个人也无力改变什么。

值得珍惜的历史记忆

短暂的大学生活结束了。

珍贵的记忆里,首先是结识了一批好同学和好朋友。

进校后,大家都十分珍惜来之不易的机会,如饥似渴地学习和读书,记忆中都只能在课余时间聚聚或散散步。当然人际交往的密切关系需要一定的条件,比如说家庭环境相似、个人兴趣趋同、价值观接近等。同学中夏一庆、袁获涌、陈红、蒋世明、彭一三、吕桂、李凌康等和我接触更多一些,我们常在课余时间交谈。毕业后我分去仁怀乡下教书,这些同学也都曾到仁怀乡下去看过我,我得到过他们的很多帮助,令我非常感动。夏一庆、彭一三两位同学还为我找对象的事情操持过,感情上亲如弟兄。1981年我父亲退休后来遵义小住,跟他们接触后评价很高;我自己也深感这是我人生的最大收获之一。如今40年过去,我们仍在往来不断,彼此也更加珍惜这段情谊。

珍贵的记忆里,其次是自己的知识结构得以扩展和丰富。

进师专前自身知识非常零散,好多东西知道一点,但无条理,非常浅薄。通过在师专的学习,这种情况有了比较大的改变。比如古典文学和现代文学,知道了有一条历史主线贯穿,代际之间的传承、演变乃至作家流派都有规律可循;过去停留在感性认识上的东西也更加理性了。又如现代文学这门课,龚开国老师的精彩讲解培养了我的兴趣。我上课认真笔记,下课进行整理。一年下来,我整理出这门课20多万字的课堂记录,这是我大学生活中的巨大收获。这两本笔记曾两次被考研究生的朋友借去作为复习资料,有效且高效。这都拜龚老师所赐,他课堂教学的条理性、逻辑性和演讲式的语言表达给我留下了十分深刻的印象。我要对老师表达深深敬意和怀念!

那场具有特殊意义的高考已经过去了40年,"七七级"作为中国当代教育的一个特殊符号注定被载入史册,大家对中国社会、政治、经济等领域所做出的贡献也将会被历史铭记。

我的高考 我的大学
——遵义师专一九七七级
中文班高考四十年纪念文集

杨 松

学中文的设计师

1977年秋，我刚升入遵义二中高二年级读书。恢复高考的消息传来后，学校当即组织了当年的高中毕业生及部分在校高二学生进行预考，结果我成为高二年级唯一被选中参加高考的在读生。12月份高考后，除当年的应届毕业生外，遵义市各高中学校也或多或少有在读高中生过了录取线，我就是其中之一。后来我被遵义师专中文科录取，我的大学生便"无缝"开启了。

进校不久，因为受不了学校过于清淡的食堂伙食，我便从校舍搬回家，开始了走读生活。正是这样，我常常有幸和赵世迦老师结伴回家。赵老师教我们写作课，上课时语调低沉平缓却生动有趣，同学们对这位博学儒雅的老师十分尊敬。记得那时我比较怕写作，便在回家的路上求教于他。赵老师说，其实写作并不像想象的那么难，正如说话一样，把一句话说明白，再把一段话说清楚，进而把一人、一物、一事说完整，写成文字就是一篇通顺的文章。如能在此基础上说得丰富、生动、有趣且有新意，记下来就是一篇好文章。那些平时说话有趣的人，文章也不会差到哪里去……得益于此，我慢慢对写作有了兴趣。后来我在遵义地区轻工局编写简报，就觉得比较轻松了。

那时，赵老师给我讲得最多的就是唐宋八大家，说话时眼里闪溢着敬佩与快乐的神情。这个话题一打开便会滔滔不绝，如数家珍……可惜我这个学生太不成器，当时老师所讲内容大半还已了回去，惭愧、惭愧！

　　由于特殊的历史原因，同学们年龄差很大。大的三十几岁、小的才十七八岁，我的同桌谌世昌便大我十几岁。谌大哥不仅成绩好，而且多才多艺，是大家公认的才子；更让我羡慕的是他写得一手行云流水般的好字。那时我在课堂上常常跟不上老师讲课的速度，笔记多是残缺不全；而谌大哥则全然不同，他的笔记速度极快，字迹排布有序而美观。常常是我还在埋头苦读，他早已记好，夹笔支颐在那儿悠闲听课。见我笔记困难，大哥记完笔记就主动将他的本子推到我这一边让我抄写。看似平常的小事，却在学习中帮了我的大忙。多年过去，依然感动。

　　毕业后我教了几年书，改行从事丝绸图案设计工作。先后在四川美术学院、杭州丝织试样厂进修，留下许多美好而难忘的记忆。

　　当时在川美进修的同学大多来自四川省各州县文化馆，有几个已是四川省美协成员，绘画水平很高。大家十分珍惜学习机会，白天听课习画，晚上还在教室里画到十一二点，回到寝室又饿又累。每到此时同学们便围在一起，盘坐于床上"画鸡脚杆"（一种指针类小游戏），画到的出钱，剩下的两人跑腿翻墙出去买吃的。不一会儿就带回猪耳朵肉、白酒等。宿舍立刻热闹起来，饭盒你传我，我传他；喝一口酒，就一块肉；你一言我一语胡吹乱侃，高兴起来就吼上一嗓子，很是快活。末了，微醉微醺，倒头便睡。

　　1986年初，我到杭州丝织试样厂学习，也让我遇到了两位终生难忘的老师。当时一起去学习的同学大部分是各地丝织厂的设计师，有一定的专业基础。我虽有西画基础，对丝绸图案设计却是门外汉。夏天，同学们放假游黄山，我不敢去，窝在教室里勤画苦练；冬天，手指即便冻得像小萝卜也不敢稍稍松懈。这样的努力让我在一年期满结业时成为全班画得最好的学生，老师们对我赞誉有加，决定让我再留杭州跟导师续学一年。杭州丝织试样厂有两个设计室：一个主攻被面，一个主攻织锦缎图案。张雪利老师负责被面设计，徐力老师负责锦缎设计。两位老师个头都很高，一个丰满结实，一个清瘦俊朗。有趣的是二人画风也与体形相仿：张老师的画面丰盈充实，徐老师的则俊秀飘逸。我选了张老师作导师，并在老师指导下进行设计实习。没过多久便可以独立工作，与老师们一道从事设计。

后因特殊机缘，我再次得到徐老师的关爱。从这以后我日夜跟着两位老师学画，他们的悉心教导，让我眼界大开进步神速。设计室的老师大多为国内丝绸图案设计界顶尖高手，平时为人又十分幽默风趣。记得那时老师们都爱看武侠小说，时常在工作之余闲聊打趣，互取外号。徐老师的外号是黄药师，张老师的外号是丘处机。我则因是张老师学生且又姓杨的缘故，被取名杨过。

这里还要说一说伙食。记得在遵义师专读书时伙食很差，清汤白水。一道清炒干豇豆几乎是每天的主菜，吃得同学们叫苦不迭，以至于直到今日我都不沾这道菜。川美的伙食也好不到哪里去，而在杭州的伙食则好了许多。即便这样，二位导师及设计室主任孔宪龄老师还怕我吃得不够好，时常在星期天做一顿好吃的饭菜叫我去享用。这周沾光张老师，下周可能就是叨扰徐老师或孔老师。几位老师母也时常对我嘘寒问暖，让远离家乡的我也感受到父母般的温暖。

那年我与试样厂的老师们一同参加浙江省丝绸图案评选，全省共有两张小样被选中，一张是徐老师的织锦缎小样，而另一张则是我设计的七彩被面小样（百花仙鹤图），画风随张老师。张老师高兴得不得了，第二天一早我刚到设计台前坐下，张老师抱了一大箱啤酒"砸"在桌上说道："小杨，收下，老师请你喝啤酒！""老师，我不会喝……""不会喝也要喝！"深情厚爱，不能拒绝。那时我还真没喝过啤酒，这箱酒喝了很久才完。后来每每一遇啤酒，就不由想到张老师，想到那个时候。

告别了两位恩师，我回到遵义丝织厂负责图案设计工作，成为贵州省丝绸图案设计水平最高的设计师之一。20世纪90年代初丝织厂破产，我下岗失业，为了生计四处奔波。后来在妻子李绯的鼓励、朋友们的帮助下开办了阳光画室，并逐步获得成功，才站稳了脚跟。

在师专读书，同学们严谨认真，生活平凡充实。在川美和试样厂进修，同学们自由奔放，生活浪漫有趣。从小我就生活在遵义市图书馆那样一个清静优雅且读书氛围浓厚的环境里，父亲酷爱读书，文学修养极高；我则是个小书迷，也读了不少书。后来在师专中文科学习，又将过去所学系统而全面地提升，故在学画、设计中这些文化功底的优势就显现出来，助我取得佳绩。后来的经历让我走上了一条与大多数同学不同的生活道路。尽管一路上风风雨雨几起几落，却幸有恩师的教导、同学和朋友的帮助、妻子的支持，让我在寒冷中内心始终温暖，在困境中从不低头，在人生的激流中未曾被淹没……

我的高考　我的大学
——遵义师专一九七七级
中文班高考四十年纪念文集

吴晓燕

那一年

那一年，是值得铭记一生的一年。

那一年，22岁的年龄，一个普通女工，一种平静的生活。

那一年，一颗追梦的心，一次命运的扭转，一轮人生的精彩。

那一年，是1977年，中国教育史上具有划时代意义的一年。

好消息

"从今年起，高考实行改革，实行文化考试选拔大学生……"，1977年10月15日，正在遵义磷肥厂上班的我，听到了广播里传来的这则消息，简直不敢相信自己的耳朵。读书，读大学，一直是我的梦想啊！可是高中毕业后，这个梦就被封存起来了。这个消息，让我感觉那个原本像星星一样遥远的大学梦，变得触手可及。

兴奋、激动，已无法形容我当时的心情。只感觉那个秋天格外清新，格外辽阔，格外美丽！

勤备考

　　单位、宿舍，两个地点；白天、黑夜，两个时光；锐减的体重、加深的黑眼圈，两种身体状态；争分夺秒、胆战心惊，两种心态。

　　这便是我的备考生活。

　　语文是我最有信心的一科，但怎么考却心里没底；数学是我读书经历中有无数次不及格的一科，是我心底的痛；历史、地理，那可是自初中以来就不曾谋面的学科啊。因此，要参加考试怎一个难字了得！

　　但因为有梦，困难也就化作了登山的石阶；因为有追求，困难也就化成前行的驱动力。

　　白天在单位忙里忙外忙上班，下班后赶回破旧的宿舍挑灯夜战。熬夜成为生活的常态。没有考试指南导引，没有高考补习班的同学研讨，也没有老师画龙点睛的指导。考试重点自己蒙，考试范围自己蒙，考试题型自己蒙。仿佛没头绪，仿佛又有头绪。凡是跟高考有关的，我都努力去学去钻。床头堆着书，板凳上全是天马行空似的演算草稿。前一小时做了让我头痛的数学题，后一个钟头就用历史（初中教材）来清醒大脑；上午背了难记的历史年代，下午就用地理来换换思维。

　　两个月时间我瘦了5公斤。为伊消得人憔悴。

考场上

　　1977年12月15日，时隔4年之后我再次迈进母校——遵义四中——参加高考。走进校门的那一刻，我感觉一个光明美好的未来正向我招手，没有疲劳没有害怕，脚步格外轻快。提笔四顾，为之踌躇满志。

　　第一天考语文。"《故乡》开头的环境描写对文章主题起什么作用？"我一阵窃喜，这是我印象很深的一篇文章，余敦武老师对《故乡》的精彩讲解还历历在目。我提笔作答，洋洋洒洒，一挥而就。作文也是以超篇幅的效果完成，因为自信，还控制不住地卖弄了几句自认为颇有文采的语句。

　　如果说语文是我高考精彩的开场白的话，那么第二天的数学，便是一场没有战斗力的溃败。复习期间我曾花了大量时间在数学上，可考试时还是放弃了，实在"高不可攀"。那年数学卷子上的题，我就只做对了第一题，是一个关于指数的题，12分，总算没拿鸭蛋。

接下来的地理历史考试，虽然有临场紧张写不出来"瞿塘峡"的"瞿"字这样的事发生，但总体而言还是波澜不惊的，上了及格线。

录取了

1978年的春天来得特别慢。等待录取的日子纠结成一段忐忑的时空，考不上怎么办？考上了，没考上我想去的学校，又怎么办？

"吴晓燕，你的录取通知书！恭喜你！整个磷肥厂21个人参加高考，就你考取了呢！"我的心要蹦出来了，那张薄薄的通知书上寥寥的几个字，我捧在手里，神圣而庄重。

我的大学我的梦，我来了！

尾声

走出大学，我成了一名光荣的人民教师，和孩子们一起学习，一起在知识的海洋里徜徉。我不但能一直与我所喜爱的校园为伴，还能陪伴许许多多不同家庭的孩子成就他们的梦想。永远年轻的心态，给予别人知识的快乐，也让我找到了人生的价值。给予学生道德情操的熏陶，也让我升华了人生的境界。

岁月宁静而美好。我早已退休，有许多经历也已经忘却，但那一年，那难忘的1977年却永远铭记，魂牵梦绕。感谢那一年，感谢那一场高考，感谢那个不满足于现状的我，感谢那个追梦的年轻的我。

佘安勇

岁月随想
——我的一九七七

1977年，高中毕业，那年我18岁。

还记得毕业那天的情形：隆重而简朴的毕业典礼完毕，我独自一人走下遵义市第一中学那长长的石阶，顿感一片茫然。一个人站在丁字口，望着眼前的几条街衢，就好像站在我人生的十字路口一样，我该走向哪里？彷徨，无助……

生活要继续。我来到父亲的单位做小工，在那个时候，能够找到一份临时工作也不容易，一个月25块钱的收入已是一笔不小的数目了，贴补家用是我那时候最朴实的想法。我的具体工作是搅拌灰沙，运砖瓦，做跑腿之类的粗杂活。那个年代，人饥肠辘辘，建筑物也"营养不良"，简陋的砖木结构仓库年久失修，一遇刮风下雨不是门窗破损就是屋顶漏。每当这时我就跟着师傅忙前忙后忙上忙下，累得直不起腰来。10月下旬的一天收工回家，还未走到家门口就远远听见父亲在屋里兴奋地诉说有关恢复高考的事。我几步窜到了父亲跟前，急切地询问事情的原委。父亲便将报纸上登载的恢复高考的事一一说来，并叫我不要打工了，第二天就开始在家好好复习。

内心极度亢奋的我听从家人安排，第二天便加入高考复习大军中。先是走访老师和同学以获取相关信息和指导，然后是到处找书借书，还把家里的旮旯都翻了个遍：在床下找到了几本，在老师同学处借来几本。复习资料我得差不多了便进入复习模式：白天将自己关在家里复习看书做练习，除了吃饭睡觉不休息，晚上就去各中学的补习班听课。那时市区各个中学都在搞补习班，听课的学生都是站着听，一两个小时下来也不知道累，那时听课不要钱，各个学校的老师都是义务为同学们讲解，哪怕是外校学生去也不撵你走。现在回想起来那是多么纯真的年代，多么温暖人心的情景。那时的老师是何等的高尚和伟大！就这样东一趟西一趟，没白天没晚上地复习，两个月的时间一晃就过去，复习结束了。

临近高考的前几天学校通知拿准考证。我在学校见到了几个月未曾谋面的同学，大家看起来变化都挺大。有的信心满满，有的心事重重，有的无所畏惧，有的诚惶诚恐。当我手捧贴有自己照片的准考证时，心里腾生起了莫名的激动，产生出许多联想，那一刻好像自己已是一个大学生了。高考、大学，这在三个月前想都不敢想的事情，怎么刹那间就成真了呢！自己暗自庆幸好在高中阶段没有瞎混，学习还算努力，不然就难于应对了。

1977年12月15日，母亲给我煮好早餐。我的考场在文化小学校教学楼一楼中间的一间教室里。那时的考场允许带复习资料进去，考生可以在考试前的一小段时间里再看看资料，正式开考前便被要求将所有复习资料放到讲台上，再经监考老师逐人逐桌严格检查后方才发下试卷开考。我的主监考老师是一个50多岁的男老师，矮矮的个子，圆圆的脸，皮肤黝黑，一脸严肃。当考场里的30个考生开始答题后，他便在考场里巡查。记得考政治的时候，时间过了大半，他巡查到我的桌旁停了下来，我一抬头，看见那张严肃的脸上露出了尚可察觉的微笑，我不知是怎么回事，又继续做题。待考试结束我走上讲台拿复习资料时，他拍了拍我的肩膀说："小伙子答得不错嘛，哪个学校的？"我回答完他的问话后，他抓起我的复习资料不松手，对我说："这套复习资料老师要了。"尽管我有些不舍，但一时也不知道怎么说好，只好怏怏离开了考场。

高考结束后，我在漫长的等待与期盼中度过了一段忧心忡忡的时光。听同学们说此次高考竞争性很强，体检会很严格，有可能因此淘汰一大批人，这样的说法闹得我心神不宁。我身体素质还好，参加全市中学生运动会铁饼拿第一，跳远拿第二，是学校的体育尖子；可是我的视力却不太好，近视严重，特别是才经历两个多月的高强度复习，用眼过度。为了赶在体检前能让眼睛的近视情况有所好转，我和家人想尽了办法：听说"夏天无眼药水"功效好，就托人从贵阳买来天天点；听说每天用生姜加冰片混在一起捣成泥状用纱布摊开敷在眼睛上能快速纠正近视，我也试。因生姜的刺激性太强了，敷后十多分钟才能睁开眼，每次敷完会泪流满面。还有说每天用荷叶包裹生猪肝放火上烧成七分熟后吃下去，能清热明目，对眼睛特别好，我也试，直到看见猪肝就反胃……凡此种种，效果不彰，受尽折磨。

　　终于盼来了高考分数的消息，父亲立马找到他的好朋友，市教育局的陈主任询问，我以高出录取分数线几十分的成绩位列遵义市应届文科考生第二名。我考出好成绩的消息不胫而走，很快传遍了左邻右舍和亲朋好友，大家都跑来祝贺。一时间我成了邻居们教育孩子的一面镜子，成了孩子们的偶像。

　　填报志愿，我的原则是稳扎稳打，当年走人。为此，在征求老师和长辈意见基础上，和家人反复分析推敲后定下来：第一志愿贵州大学，第二志愿贵阳师范学院，第三就是服从分配，这是必填内容。志愿填报上去后，又开始了新的长时间的担忧与等待：会被录取吗？会被什么学校录取？心里乱极了。

　　大概是1978年2月的一天，屋外传来邮递员的喊声："佘安勇，佘安勇的信。"我急速回了一声"来了"，立马奔出门去。接过信一看落款，天啦！怎么是遵义大专班，这是什么学校，在哪个地方，怎么从未听说过？我一时间被这校名整懵了。在邮递员的催促下，我才在收件单上签了字。回到屋里一屁股坐在木凳上，呆呆地看着通知书上白纸黑字的内容，"佘安勇同学：你被贵阳师范学院遵义大专班录取"的字样看起来怎么这么刺眼！我的眼泪不由自主地流了下来，我拼命复习换来的竟是一个如此不堪的大专班？我愤怒，我呐喊，又无可奈何。几度想放弃，最终还是念及家里的情况而作罢，真是气煞人也……

　　开学第一天我来到学校，眼前的一切让我的心冷到了极点：这是我的大学？是我孜孜以求的大学？在我眼前呈现出的这所大学真可谓满目疮痍，仅有的几栋教学楼杂乱无章地散布在野草丛中，校舍凌乱不堪，灰尘满桌，毫无生机。学生报到处的楼前扯起了一幅横幅：热烈欢迎新同学。200米开外的空地上，工人正在加班加点抢修学生宿舍，砖木结构的平房尚未竣工，来来往往的人员嘈杂无序。不远有一个用围墙围起来的地方，各色拖拉机进进出出，后来才知道那是遵义地区农机研究所。这再次让我陷入了要不要在这里读大学的纠结中……

环顾报到的人群，我惊讶地发现了我高中的物理老师李文澜，我的街坊大哥谌世昌，还有好些个叫不出名的街坊近邻以及高我好几级的一中校友。怎么，这些老师街坊校友都将成为我的同学？真是天下一奇了，之前的师生关系，现在变成了同学关系；以前遥不可及的大哥大姐现在也将成为同学。与他们相比，我这个年龄的确是小毛弟，显得稚嫩青涩，还有些不谙世事。很快，共同的学习和生活让我与这些大哥大姐们混熟了。他们中不仅有"老三届"的，还有比"老三届"更大的，最大的同学要比我大十四五岁，已做了父母。再往后更是了解到，这些师兄师姐大多是各县（市）的高考优胜者，有遵义地区的高考状元，有各县（市）的高考前三名，跟他们一比，我可不算委屈了。据当时地区教育局传出的说法是：遵义地区当时的师资力量十分薄弱，教师队伍青黄不接，初中毕业教初中，高中毕业教高中的情况到处都是，严重制约了遵义教育的健康发展。为此领导们决定将这一批高考中的尖子生截留下来，给遵义地区的教育事业留下一批人才种子。这些人是经过短期培养就得用的，这叫"吹糠见米"，以缓解遵义地区教育师资严重不足的状况。了解了这些以后，我的思想也开始转变了，这些师兄师姐曲折的人生以及永不放弃的精神让我油然而生敬意，让我再也无话可说。

紧张的学习开始后，我明显感到与师兄师姐们的差距，这让一向骄傲的我倍感压力山大。好在我是一个有上进心的人，我知道加倍努力学习，虚心向师兄师姐请教，努力不掉队。那时师专的师资水平也参差不齐。有些年轻老师，让他们上课实在勉为其难。头一遭又偏偏遇到这批出众的大学生，真是"方寸大乱""不知所云"。一俟下课铃响，便来到年长的同学中间使劲撒烟交流。看着老师发烟时那只不断颤抖的手，我又心生怜悯，不忍直视。

在教我们的老师中，也有很多才华横溢的学界名流。给我印象最深的要数刘耕阳老先生和赵世迦老师，当然还有"李夹板"李老师，"响当当的铜豌豆"刘庆光老师等。最美好的记忆当数赵世迦老师在上写作课时引用乔梦符的写作六字法"凤头、猪肚、豹尾"所产生的后续故事。老师将文章的开头中间和结尾三个部分分别用"凤头、猪肚、豹尾"来比喻讲解，非常生动贴切，于是喻见等几个小有才气爱取绰号的同学就把凤头和猪肚分别用于周帆、谌世昌身上，虽然是绰号，但从一个侧面也非常形象地反映出两位大哥的外貌特征、性格特点和文化修养，一时传为佳话。我常常想，这么多同学，怎么就他俩被贴上这样的标签？那完全是因他们广博的知识储备和各具才情的人生故事才获此殊荣的。

40年前的那场高考，彻底改变了我们这批人的命运。作为有幸的受益者，倍感骄傲和自豪。每每回忆起那段艰辛的岁月，都会让我情不自禁地想起我那些师兄师姐们，我为他们的精彩人生欢呼，也为他们事业上的成就喝彩。粗略算来，在这些同学中，坚守教育的仍有一大半，改行从政的约三分之一；事业成功者更是大有人在。在遵义的教育界，谁不知道大名鼎鼎的金泽坤、姜华修、周帆、潘辛毅、张永泉、赵家镛等一批七七级的代表人物呢？

回顾40年前的高考，让我对师兄师姐充满了感激。在我心里他们是我的良师益友，是我这辈子不能忘怀的人。这些同学无论是做人还是做事做学问都给我做出了好的榜样，我非常庆幸能与他们为伍。可以说，他们是我今生不可多得的财富，与他们结缘是我今生最大的荣幸。

邱　侠

我的高考，不敢做的大学梦

参加高考对于现在的高中毕业生来说，是一件非常自然的事情。他们可以根据自己的兴趣和理想选报自己喜欢的大学，选择自己喜欢的专业，初步决定自己的人生走向。学生们从启蒙到高中毕业，在家庭、学校、社会上听得最多的涉及自己前途的字眼，大概莫过于"高考"二字吧！他们从蒙眬到清晰，慢慢地理解高考的意义，把高考作为人生的第一个目标，作为人生的节点，去实现自己的远大理想。这是何等幸运和幸福啊！

时代不同，造化弄人。回想我从小学到高中毕业的9年（小学5年，初中2年，高中2年）的时间里，根本没有高考的概念，更谈不上读大学的梦想。我在少年时的遭遇算得上刻骨铭心，难于言表。支撑日子的是好心人的帮助，支撑我读书梦的就是父母那句话"有文化，人才智慧，人才聪明……文化终能派上用场"。感谢父母的教诲，虽然当时我没有参加高考的目标，没有读大学的梦想，但还是比较专心地读书。因为成绩好，每学期都评上人民助学金，解决了每顿4分钱的菜钱问题，加上自己带粮在学校食堂蒸饭，凑合着按部就班地读完了高中就回家务农了。

回乡一年后，当地中学需要民办教师，公社领导反复讨论，又经过激烈争

我的高考，不敢做的大学梦

　　论，在没有更好人选的情况下，我终于补上了这个缺额，当上了民办教师。这是一个我非常喜欢的职业，对于我的家庭更是个大喜事，因为每月有16元的工资可以贴补家用，年底还可以按正常劳动力分粮食。喜哉！我终于可以自食其力并为家庭出力了。

　　当我决心把当民办教师作为自己的职业，在这一行干出点成绩的时候，霹雳一声春雷响，高考制度恢复了，有志青年都可以报名参加高考。刚听到这个喜讯时，我激动得好多个晚上夜不能寐。感谢党中央的英明，拨开乌云见太阳，天清月明，一切都好起来了。兴奋了很多天，我才渐渐平静下来，开始在简易的寝室里挑灯夜战，紧张复习，于1977年12月15日参加高考，最终如愿以偿上线，并比上线分数多了几十分。尽管当时还是遇到了一些曲折，影响了我的录取，最后到了遵义师范专科学校中文班，但已经是值得高兴的事情了，我可以上大学了！人生在这里有了新机遇，新的梦想在这里可以起航了。

　　我的高考，我不敢做却最终变成现实的大学梦。

张永泉

高考，我生命里最深的记忆

1977年，是我人生重大转折的一年。

是年我19岁，高中毕业立即去农村插队，毫不犹豫。似乎一切顺理成章，官渡公社永安大队，亲戚多。下乡后，我积极表现，吃苦肯干，很受认可。正当我努力为自己"挣表现"不亦乐乎的时候，1977年10月的某天，我在公社的大喇叭里听到了恢复高考的消息。其实那年的9月，信息比较灵通的城里人就在传播恢复高考的消息了，已经有人开始高考复习。我们家离赤水县城远，交通不便，消息闭塞。消息确证后，我心里"咯噔"一下，一丝希望中夹杂茫然。欣喜之余，又陷入了很大的矛盾之中：去考吧，能有多大的把握？学业荒废了，知识底子薄弱，一旦考不上，一切努力前功尽弃……不去考吧，似乎又不甘心，这毕竟是一次改变命运的机会啊！

夜不能寐，直至东方既白。我想出个折中办法：白天照常卖力干活，晚上偷偷复习，希冀万一之得。其实那时的复习，既无参考资料，亦无老师指导，复习就是把高中读过的编得极为简单的那几本书反复翻看几遍，知识点该背的背一下，练习题该练的练一下，蜻蜓点水，毫无系统性可言。不过我仍有几分自信，这大概来自几位语文老师的鼓励，其中我的高中语文老师叶智奎就认定我有高考实力，让我拼一把。当时我的各科学习成绩较为均衡，语文方面略显优势。由于从小喜欢阅读，高中以前差不多把《林海雪原》《青春之歌》《烈火金刚》《三国演义》《水浒》等当时的经典书"过"了几遍，《红楼梦》也拣"重要"的看过一遍，奠定了一点阅读和写作基础；作文好几回被老师当成"课堂范文"点评，自然就有些不知天高地厚了。于是那几个月，一边是白天在农田劳作，搞秋收，磨掉肉皮没吭声；一边是晚上冒着初冬寒风，在昏暗如豆的煤油灯下蒙头蒙脑地勾勾画画读读写写背背练练，希望好运能眷顾自己，酬答自己辛苦的努力。

1977年的高考时间很特殊，定在12月15日至17日举行。高考前一个星期，我向大队告了几天"病假"，寄寓在一个亲戚家准备考试。考试前夕还发生了一个小插曲：隔壁的一邻居（据说此人有些学问）听说我要参加高考，把我上下"检阅"了一番，可能觉得我这又黑又瘦的乡巴佬实在是不自量力，当着我和我亲戚的面，竟掩口而笑，笑得我毛孔痉挛，两股战战，几欲先走，算是在我临考前劈头浇了一盆冰水。晚上我呆呆盯着墙上挂着的本土书法家国培先生指书的鲁迅《自嘲》诗，其"运交华盖欲何求，未敢翻身已碰头"两句，似乎恰好暗示我的现在，也在预示着我的未来，惴惴不安。

考场设在赤水一中教学楼，桌面坑坑洼洼，破坏了本人练就的一手硬笔书法，影响心情。考场气氛肃穆，监考老师扫视全场，极其威严，俄顷又在我背后久不挪步，使人若芒刺在背，诚惶诚恐。第一科考语文，考些什么大都忘却了，犹记有一题是对鲁迅小说《故乡》中一段景物作用的分析，我也还能凑几句；另一题就是命题作文"大治之年气象新"了，时代色彩很浓。我把它写成了散文，结尾句是"大治之年，百废俱兴，看吧，神州，迈开了巨人的步伐！"收笔颇感雄壮，为此我自鸣得意很久。其他科目已经没有印象了。只是隐约记得地理历史合并考，背后那位长着络腮胡的老兄不知为何老踢我的屁股，我极其怨恨却又奈何不得，单是怒目却不能久视，担心老师责我以偷窥作弊。试卷中要求答出长江三峡的名字，我学的地理课本没提到，我又没去过那里，哪里知道？考完后，期望值下降，沮丧感却上来了，我觉得很对不起临行那天母亲蒸给我吃的一个据说可补脑的天麻鱼头。

天气愈冷了。不知过了多久听说分数下来了，但很奇怪考生并没得到通知。我托县城的亲戚到教育局查，说我上线了，考了两百多分。当时听说文科划线或是180分或是200分，也不知真假，窃喜，又有点忘形，觉得高考不过如此，早忘了别人的嘲讽。填志愿，征求叶老师意见时，给我打了一盆鸡血：第一志愿"贵大新闻系。你写作好，可当记者——做无冕之王"。他语言很斩截，比我有信心。我可没敢那么高看自己，还有点自知之明，填下个保底自愿：贵阳师院遵义师范大专班；好像还填了个中专参考志愿："撒拉稀"卫校（后来才知道是毕节地区办的一个麻风病医院附属学校，真名叫撒拉溪卫校，至今尚存，很有特色）。

　　等待的日子是难熬的。一天下午，我提前来到"大寨田"工地。环顾周遭，杳无一人。时已深冬，北风呼啸，万木萧索，山野凝霜，水田漠漠，寒水自碧。我站在光秃秃的田野上，幻想着自己坐在贵州最好的大学教室里，明亮的灯光下，捧着一本《红楼梦》掩卷默思；一会儿又觉得自己已是记者，背着黄挎包，脖子上挂着高档相机穿梭于茫茫人海，兴奋地奔向采访目的地，引来无数羡慕的目光……顷之，恍惊而长嗟，眼前的大地一片苍茫。

1978年2月的一天，区上的一位主管教育的干部突然来我家中，问我是否收到大学录取通知书。看我一脸茫然便告诉我，县教育局在追问，说我的通知书已经下发好久了，是不是学生放弃读大学了？怎么不见回音？我赶紧去邮局查问，原来是我下乡时把我的联系地址改为了我下乡的大队……装着我通知书的挂号信就静静地躺在大队办公桌抽屉里睡大觉，无人关心。天哪，我差点就与我的梦想失之交臂了——这可是我朝思暮想的大学呀！尽管是个大专，也让我兴奋了好一阵子。

我作为应届生考上大学，成为当年全国570多万考生中被录取的27.3万人中的一员，让我在家乡家喻户晓，妇孺皆知，也成了我插队所在地孩子心中崇拜的偶像。我的奋斗之光点燃了这片贫瘠土地上的孩子们的斗志，激发了他们的勃勃雄心。据说在我高考离开后的若干年，官渡公社永安大队的孩子们发愤读书，陆续考上大学和中专的学子有几十人，大队因此而闻名遐迩。对此，我颇感欣慰。

在去不去贵阳师院遵义大专班（后先后更名为遵义师范专科学校、遵义师范学院）上学的问题上，我也有过极短暂的纠结：第一年就能考上专科，再复习一年岂不能考上更好的大学？有几位老师也怂恿我放弃，来年再考。但随后有传闻，若考上不读，会被取消第二年的考试资格……读，必须读！

进校后才发现七七级人才济济，高手如云，遵义市的高考高分者荟萃于此。尽管当时遵义师专办学条件艰苦，但教师德高、博学、敬业，学子坚毅、苦读、乐学。同学们废寝忘食，夜半挑灯，一切催人奋进。我的心里顿时少了初入校园的失落感，甚至开始庆幸有这样一群良师益友的陪伴。我暗下决心要踏踏实实学习，追回失去的宝贵时光，在将来从事的职业上干出点名堂来，无愧于这个伟大时代。

高考40年，弹指之间。1977级的大学生和同时代的精英们，在后来岁月里，在改革开放的几十年中，为国家和民族做出了不可磨灭的贡献；在祖国建设的各条战线上，星光灿烂，格外耀眼！

啊，1977，不平凡的一年，让我永远对你心存深深感念！

彭一三

泰山崩而色不变
——我和刘耕阳先生的师生情谊

我们是恢复高考后首批进入遵义师专学习的不幸的幸运儿。说不幸，是说我们这一批人中很多人吃了亏，高考成绩很棒，却阴差阳错委屈进了师专；说幸运，是因为进入师专学习遇上了刘耕阳、杨大庄这样的学界泰斗，在师生只争朝夕般的共同努力之下，日后涌现了部长、省长、大学院长、厅级县级干部以及教授、副教授，中学高级老师、语文教学骨干、优秀公务员等一大批可以引以为豪的同学。

我们进校的时候是1978年4月。那时候刘耕阳先生已年逾古稀，面容清瘦，精神矍铄，鼻上架一副中度近视眼镜，脸部更显棱角。但他讲起课来声音洪亮，尾音拖得长而有力，显出他教授古典文学作品特有的老夫子韵味。先生对教材精熟，经常眼不看书而随口道来，如话家常。先生特别强调作品的背诵，于是乎，汇川苑傍晚的小径旁、河滩上常有中文系同学朗朗的读书声音，像《诗经·豳风·七月》这样的长篇，同学们能倒背如流。先生讲课注重文道结合，敢于在中文科大教室里劝勉学生讲究礼仪，注重修身养性，这在当时是很有胆识的。遗憾的是大教室里人多，总有人不自觉要窃窃私语，难以保持安静，先生对此自然不高兴。然而他只是以一种平和的语调说："蚊声可以成雷，更何况你们还是——人？"这"是"和"人"字的声音拖得长，还转了一个弯，把同学们都说笑了，大教室旋即安静下来。

　　1978年暑假，我和左永平同学到先生家中看望他。先生家中的陈设与普通人家无异，唯书橱里上上下下排得满满的线装古籍很惹人眼目。我的目光停留在厚厚的《水经注》上，难怪先生在讲《江水》篇时对郦道元是那样的推崇备至。先生讲"重峦叠嶂"一句时，在黑板上画一横线表示"嶂"，画尖角表示峰，画数峰表示"崿"，画馒头形半圆表示"峦"。这种既深入浅出又直观形象的比较，给我们留下的印象很深。我失声叹道："老师这么多书哇！""不多，不多，这些都是被拿走剩下的。"先生不无揶揄地说。他平淡的话语总是透出深刻的幽默，短短一句话已经表达出的含义很多；也可想而知，先生原来藏书之丰富。

　　记得一天下午，先生正端坐在讲台上聚精会神地给我们讲课。突然"轰"的一声巨响，天花板上"扑簌簌"垮下一网石灰块，正掉在先生的面前，就差那么一点点就砸在先生的头上。同学们惊呼："哇，好险！"而先生依然两手扶住破旧的藤椅，双目平射学生，面不改色，未呈惊慌，并不言语，待同学们一片嘘声消失之后才微笑着说："怕哪样，泰山崩于前而色不变"。先生没有抬头看顶上箩筐大的窟窿，也没看脚下的一堆灰块，又继续用他那独到的夫子语调讲起课来。

　　从师专毕业后多年不见先生，偶尔在丁字口的宣传橱窗里看见展出的先生墨迹与印宝，作为他的学生我颇为荣耀。1998年教师节这天，时任遵义市副市长的王培安同学打电话约我一起去看望耕阳先生，礼品是他备的，我就复印了一篇1989年3月18日发表在遵义晚报的《泰山崩而色不变——记刘耕阳先生二三事》的文章，算是我给先生的礼物。我们在十一中教工宿舍找到了先生的儿子，也是我们师专的同级同学，民革遵义市副主委的刘永光，又由他引路，在先生的宅地见着了先生。据永光学兄介绍，先生年初时遭遇一劫，腿部被严重烫伤，将息半年后刚恢复，因此我们见着的是已能够坐着的先生，模样未有多大变化，只是更加瘦弱，说话声音也细声细气。我呈上我的小文章，先生当即掏出放大镜细看。先生居室的门旁壁上挂有一幅于右任的外甥周佰敏书赠耕阳先生的格言条幅，摘录的是黄山谷先生的名句：百战百胜不如一忍，万言万丈不如一默；无可拣择眼界平，不藏秋毫心地直。这简直就是先生立身处世，教书交友秉性的真实写照。

本来我知道先生书法的名气和价值，很想向先生求字留作纪念，但永光兄说先生因身体原因已半年多未写过字了，于是终究不好意思开口。可意想不到的是，在9月22日这天晚上，永光学兄叩开了我在十一中教委宿舍九楼的房门，气喘吁吁地说："喂哟，这一趟才难找哟，你这高楼我已经爬了两三次都找不到你。"我连声说："对不起，对不起，有何事吩咐？"永光学兄说："老人家专门给你写了幅字，要我尽快给你送到手。"我顿时受宠若惊，"哎哟，永光兄，你打个招呼，我自己来取就行了，何必劳你的大驾嘛，非常感谢他老人家，也让你劳累了。"永光学兄说："这是老人家的一贯处世风格，学生敬重老师，老师当然也尊重学生嘛。"

先生给我书写的是老杜《客至》七律一首，其诗曰："舍南舍北皆春水，但见群鸥日日来。花径不曾缘客扫，蓬门今始为君开。盘飧市远无兼味，樽酒家贫只旧醅。肯与邻翁相对饮，隔篱呼取尽馀杯。"落款为"一三学友嘱书即正，耕阳书于师专，时年九十有三。"我叹服先生的思维和记忆力。学生去看望老师，他的欣喜之情借"客至"作喻，联想贴切，道出了师生忘年之谊、君子之交的一片淳朴深情。特别是"一三学友"之谦称实在叫我愧不敢当，我不得不反躬自省平时是否有好为人师之处。

2001年元月，先生溘然仙逝。先生桃李满门，我作为他的晚期弟子当然前往凤凰山殡仪馆悼念。先生逝世时已享96岁的高寿，一晃离开我们已有五年整的光阴。在纪念先生百岁寿诞之际，追忆先生的教诲，缅怀先生的教育业绩，愿先生在九泉之下安息。先生的事业后继有人，先生的学生会把先生所从事的事业光大发扬。先生的音容宛在，先生的思想品德和墨宝真迹永留人间。

补记：本文改写于2006年，在遵义师院纪念先生百岁诞辰大会上宣读。

李凌康

记忆碎片

好像真的是应了日月如梭,光阴似箭那句老话,仿佛在不经意间,便到了纪念恢复高考40周年的日子。

尽管一百个人眼中有一百个哈姆雷特,但毋庸置疑的是,1977年的高考改变了许多人的命运。至于对当年高考的经历、过程、结果,感受肯定是各不相同。有泪水,有欢笑,有叹息,有长啸……个中滋味,唯有当事者才能体会。都已成过往。

说一说就读期间的那些难以磨灭的记忆。

遥想当年在遵义师专与弟兄姐妹们求学的时光,恍若昨天,一幕幕挥之不去。

总体感觉:特定背景下构成的这个群体,各有各的喜怒哀乐、跌宕起伏。因为年龄的参差不齐而形成的多样性,反倒是在这片简陋而宁静的校园中,呈现了各自不同的精彩。

同学们的生活环境、个人境遇、社会阅历各不相同,因此在日常的学习、生活、行为举止等方面,其性格特征、处事待人亦不尽相似。有的善谈、有的内敛,有的好动、有的喜静,林林总总,不一而足。但在求学的路上,大家都能积极为积累知识、汲取人类文明精华而孜孜不倦，潜心苦读。氛围很好，校园里始终弥漫着相互切磋、勇于直言、取长补短、共同进步的气氛。

金泽坤班长，掌控大局，斡旋上下，乐于助人。他古典文学知识功底扎实深厚，对经典篇章名句甚至出处如数家珍，同学们于他口若悬河的谈吐中，领略其个人风采；不过其语速较快，听者注意力必须高度集中才能与他同频共振。张杰老大哥，文章笔法深邃老到，其见解总有独到之处，谈吐得体，待人和善；他那一头黝黑而硬朗的自然卷发以及从丹田迸出又略带鼻音中气十足的说话声，最是令人无法忘怀。游锡嘉老大哥，稳重沉静，具有亲和力和感召力，言语不多却有分量，当时朦胧的感知是：他是一块当领导的料。郑华勇老大哥，白皙而瘦高，温文尔雅，谈吐慢条斯理且不时引经据典，该总觉得他便是今后某一领域学究的化身。张方杰老大哥，性情温和，待人和蔼可亲，笑容常挂脸上；记忆中从未见过他发火，觉得他像掌握着很多民间生活知识和实用技能。袁荻勇，孜孜不倦地遨游在外国文学中，我惊叹于他对外国文学熟知的深度与广度。记得有一次与他交谈，他解析某一时期外国文学现象时娓娓道来，谈到兴奋之处声调抑扬顿挫，平常根本不抽烟的他居然连续抽了三支，让我叹为观止，在缭绕烟雾中感知到这位不倦者敏捷的才思。朱德江，散落在民间偏爱古典文学的才子，喜欢朗读，不时会看到他双手捧着油印的古典文学篇章，拖着长长的尾音旁若无人地诵读，那时的他，完全是陷入忘我状态而不能自拔，令人猛然间滋生一种穿越感，依稀觉得他是从暮色苍茫的旧私塾中迈着既缓慢又押韵的步履不慌不忙而出来的白白净净的年轻夫子。刘勇，密集书丛中的穿行人，不可一日无书，看书忘情而专注。刘勇的言语不是太多，整天徜徉在书籍杂志的海洋，凭直觉他是在故事情节中体验阴晴雨雪，用灵魂与书中的人物坦诚对话；也许当下时髦的一句话便是对他精准的诠释：读书，是为了遇见更好的自己。彭一三，口齿伶俐善于表达，勤于写作，当是杂家。他是当年的团支部委员，身影活跃在校园内外，笑容可掬，有些古道热肠，镜片下始终闪烁着智慧之光。在我留存的当年团费证的收费栏目里，一笔连成的"收费人彭一三"签名，至今清晰可见。刘汝林，动静之间的平衡者。动，篮球场上可见他纵横驰骋的身影，清晰地预判后常常伴有较高的投篮命中率；静，喜欢

诗歌创作，其诗清新耐读，境界高雅，不乏哲理。用金泽坤的话说，他是把篮球和诗歌完美地结合在了一起。蒲元强，停不下来的满场飞。当时，离教室不远的篮球场是喜欢运动的同学们的一方乐土，蒲元强当属好动分子，在球场上简直就是满场飞，根本无法停下来，荷尔蒙好像从头到脚都在肆无忌惮地燃烧。蒲的笑声极富感染力，是一种爽朗而不加约束的释放。钟乾元，认真且低调，操一口纯正的乡音，行走在求学的路上。其人在学习方面总是那样专心致志，一丝不苟，做事有板有眼而不张扬。听他摆龙门阵，好像会品到川剧的几分味道。毕业时，他送我的淡蓝色的笔记本留有他的两行赠言，情感力透纸背，字迹清秀隽永，正如认真且低调的他本人。李红、吕桂、杨贵平、张建明，本是报考英语专业，却阴差阳错来学中文。有违初衷但都能直面现实，我至今都为他们对自己所钟爱的英语那份不离不弃的坚守而由衷点赞。同班的六位女同学也是风采有加，各自绽放。

在某个学期即将结束之际，中文科的一位领导在教室向大家训话。他煞有介事地要求全体同学对待例行的个人学期总结必须持有的态度是：从容不迫。几十年的光阴已经悄然逝去，如今我已不再困惑，可以从容不迫写下本文的总结：在遵义师专与弟兄姐妹们相处的时间是短暂的，但记忆却是深刻而久远的。

文后特别说明：因印象而提及的同学，如有冒犯，还望海涵。另外，本人对许多同学至今仍镌刻着忘不了的印象，但限于篇幅，恕不一一道来。

王渝东

往事并不如烟
——永远怀念我最亲爱的同学、丈夫陈方平

2015年12月2日6时18分是我一生永远不能忘怀的噩梦般的时刻。那刻，在广州南方医科大学中西医结合医院，与我相识、相知、相伴37年的同学，也是我的丈夫方平，因患脑胶质瘤，经多方抢救无效撒手人寰。从此，他将与青山为伴，黄土相依。于他，解脱了身体病痛的折磨，留给亲人的却是绵绵无尽的哀思。我再呼方平无人应，生死两茫茫，无处诉衷肠。经历了这痛彻心扉的丧夫之疼，我才真切地感受到什么叫"人生无常""心如刀绞"，为什么说"甜蜜的梦"容易醒。方平走时还不到63岁啊！他刚告别职业生涯，刚伴女儿长成，还未来得及享受晚年含饴弄孙的天伦之乐，还没来得及享受自由的退休生活，还没来得及开始我们终老前环游世界的计划，也还未来得及与亲人、朋友、同学告别，就这样带着千言万语，带着对人生的无限眷恋，带着许许多多的遗憾匆匆离去，留给我的徒有几十年来点点滴滴、刻骨铭心的回忆。

1978年，我与方平相识在遵义师专校园。我们同属七七级中文一班，同属一个团支部。入校后，班里有不少"老三届"高中生，与众多高手相处，自然不敢懈怠。虽然我也是七〇级"高中生"，但岂能与谌大哥、刘大姐、金大哥等"老三届"高中生同日而语？况且在高中阶段为参加全省少年排球赛，我被选拔到遵义体委，集训和参赛耽误了一个学期的学习，因而就是与"老三届"初中生相比也有一些差距，周帆、陈方平就属这个系列。方平比我大一岁，应是1966年的小学毕业生，但他因成绩好在小学连跳两级，就混迹到老初二行列。我则是在贵州塑料厂工作5年后，23岁才考入大学校园学习，自然很珍惜学习时光。强烈的求知欲望，繁重的学习任务，还因为家近没住校，我和方平，包括与班上的大多数同学并没有多少接触和了解，更无暇"谈情说爱"。成立团支部时，我因在工厂工作期间担任过厂团委副书记，学校有意让我当团支书。我怕影响学习推掉了，选择了自认为能轻松点的组织委员，方平因字写得好就当了宣传委员，力推年龄最小此时已是党员的王培安同学担任团支部书记。一直到毕业分配后，校团委才下发王明晰同学入团的批复文件，还是方平善始善终完成了本该我干的工作。

与方平同窗近两载，我对他学习好、思想较成熟、思维缜密细致、待人真诚厚道等这些优点略知一二。我们有相近的家庭背景，相似的成长轨迹，相同的"三观"。性格的互补，让我们"在对的时间遇上了对的人"，最终修成正果，于1981年7月步入婚姻殿堂。究其源，还是高考为媒，让我们收获知识的同时也收获了爱情。

在与方平朝夕相处的34年间，真真切切地感受到：他对工作尽责履职，踏踏实实；对同事、同学、朋友真诚宽厚，有情有义；对家庭负责任有担当，孝顺父母，悉心培养女儿，兄弟、姊妹和睦相处，夫妻互谅互助。

方平先后辗转遵义师专、遵义四中、教育厅报刊社三个单位。师专工作期间，无论是任现代文学、当代文学课的教学工作，还是负责教务处行政事务工作，他都安排得井井有条，能做到忙而有序，讲究工作效率。在遵义四中任教学副校长期间，注重人本化管理，注意建立良好的师生关系，能够群策群力提高教学质量。1998年方平调贵州省教育厅，时任分管文卫、教育的副省长给予他"在任遵义四中教学副校长期间，提高了四中高考升学率，体现其有较强的工作能力"的评价。在教育厅报刊社任职期间，能调动员工积极性，提高刊物质量和发行量，保证单位职工福利有明显增长；并能协调好厅内各部门关系，保证工作顺利推动。一次在朋友女儿婚礼上，遇到省招办主任，她告知我"方平很能干""人品好"，这从一个侧面反映了教育厅同事、领导对他的认可。无论在什么单位，方平都能严于律己，宽厚待人，有良好的群众基础，显现了一名成熟领导者的修养和人品。谌世昌大哥为他写挽联"勤勉敬业奉献教育留口碑，宽厚仁义待人接物显人品"，他当之无愧。

方平对家庭负责任、有担当。作为儿子、女婿，他对老人尽责尽孝。我婆母1989年突发脑血栓引发瘫痪，继而失语、大小便失禁，1990年去世。在她生病卧床一年多的时间里，我们分工协作，他整整一年没上过街，上班之余的所有时间都陪伴在老人身边。他的孝顺在师专也是有好口碑的。我父亲住院，家中姊妹轮流到医院陪伴照料。轮到我家，方平也总是尽力前去照顾，第二天照常上班，从无怨言。我交流到异地工作期间，他常带孩子去看姥爷，外人分不出他是儿子还是女婿。

作为爸爸，他是良师慈父。方平细心、耐心，而我毛毛糙糙，性格粗线条，女儿更多得益于他的关爱。女儿从小到大的学习也是方平管得多一些，以至于孩子先随我转学贵阳时，一次我给女儿讲解初二物理题，她居然将信将疑，第二天老师说正确她才开始信任我。女儿受他潜移默化的影响，办事有条理、思维缜密。女儿一些良好习惯的养成、安全意识的灌输也得益于方平。一次进家门后，我没关门就换鞋，她赶紧关上门讲："爸爸教过我，进门先关门，后换鞋"。他陪伴女儿也比我多。尤其是女儿高考前，只要不出差，他每晚都定时热牛奶，给孩子捏捏肩、敲敲腿。有时，为调节气氛，还走两步时装步，尤其是亮相动作，往往让家人捧腹大笑。女儿工作后曾对我说："妈妈，你没有发现我和爸爸比较默契吗？而你至今都说不出我喜欢什么不喜欢什么。"我鄂然而无言，但心里认为她这样认识父亲是对的。直到今日，她对父亲的思念仍深深植根于心底。她勤思善学，工作努力，每年都以良好的业绩告慰天堂那边的慈父。方平总是给女儿接地气的教育，这与我对女儿过于苛刻的立志教育起到一个调和作用。当年女儿仅考上二本大学时，方平就鼓励她，"今日的高考不是最后的结果，十年以后见分晓"。后来，我的一位同学见我女儿以较好的雅思成绩考到英国读研，十分感叹："方平当年就说过十年以后看结果，他对你女儿的教育功不可没。"同学、朋友、家人都评价方平是好人。我女儿这样评价他的父亲：在今天的环境下，爸爸还能做到"淡泊明志，宁静致远"是很难得的。

作为夫妻，我们互谅互助。公平讲，方平给予我的理解、支持、付出是尽其所能，是无私的。作为一个男人，别人能做到的方平都做到了，别人不能做到的方平也做到了。我庆幸自己能与方平相遇，几十年的相处也是幸福愉快的。正是他的理解、支持、帮助，使我能在事业上有点成绩。

我从1982年由遵义铁合金技校调入农行系统，辗转过贵州省农业银行学校、省分行机关、铜仁二级分行3个单位，省分行5个部门，针对不同层次5门课程的讲授和不同行政岗位的履职都能胜任，并留有好的口碑，还获得两个副高职称的任职资格，这也算是对方平支持我工作最好的回报吧。这期间方平还支持我到西南农大研究生院经济管理研究生班函授学习了两年。尤其是1996年，省分行准备交流我到铜仁二级分行工作。从银行理论岗位转向银行实务岗位，当时正面临专业银行向商业银行转轨，从农行划分出农发行，农行与信用社脱钩，工作任务繁重，我离家到异地任职就意味着方平要在工作之余承担全部的家庭责任。那时女儿刚升入初中，我还是有些犹豫。当省分行让我征求他的意见时，他应承同意，得到了他的支持我才成行。赴任后，面对不良资产的鉴定、清收，大项目的考察、审批，干部的任免这些风险大、责任重的工作，方平时常提醒我，"金融工作天天和货币打交道，要有防范和规避各种风险的意识，更要廉洁自律不能贪腐，常在河边走就是不要湿鞋"。尽管我家还有正统老革命的父亲和在交通银行比我更早接触银行实务当支行行长的妹妹这两个"纪委书记"的告诫与监管，但方平这位"纪委书记"的监管更直接、具体，更有力度。事实证明，其身正，可收到不令而行、事半功倍之效果。我行各项指标都能顺利完成，并在当地同业竞争中排名第一，靠的就是用好干部，调动职工积极性的"人民战争"。十几年后有相当一批干部到省分行任职，我退休后也毫无"人走茶凉"的感觉。这也和方平对待基层同志温和、真挚、宽厚有关。"陈哥"一直以来都得到我同事们的尊重。

其实方平一直工作比较忙，但他很善于统筹，能够从容、高效地安排好工作、学习和生活。我女儿5岁就自己住一屋，每天起床有事总是叫爸爸。我问：为什么不叫妈妈？她说妈妈比爸爸忙。这也说明，我在角色身份的转换上不如他。方平虽不善家务，甚至不会炒菜，但我交流到铜仁的两年他毫无怨言，边干边学，甚至"创新"地用苹果炒肉给女儿吃，至今还成为亲人、朋友、同学闲聊时的笑话。我有不喜欢做的家务活他都会揽下，至今我也不习惯没有他的日子。去年在广州过冬，女儿拿出被套让我换，我坐在床上发愣。女儿问，妈妈怎么了？我说过去都是你爸爸套……她和女婿听后立即从各自的电脑跟前起身，很快给我换好，我的眼睛模糊了。

方平为人宽厚不俗。在贵州教育报刊社社长、总编岗位多年，难免有同学、朋友、熟人为评职称请其发稿，他只要能办的，不用"求"不用"跑"，都尽力给予解决。他还在工作之余悉心分析每年高考录取分数线，帮助考生填报志愿。我戏称，每年填报志愿时家中电话就成热线。在没有实行先下分数再填志愿那些年，着实帮助了不少考生。

人的一生总会有许多的叹息和无奈。于我而言，最令人心碎的莫过于方平的英年早逝。如今人去楼空，睹物思人，睹景伤心。回忆、思念是痛苦的，最真的感情伤口也最痛，也最难愈合。他的音容笑貌时刻印在我脑海里挥之不去。从今后，我们再也不能共同散步、听音乐（至今我都不敢独自听《化蝶》），再也不能共同在维多利亚港湾观烟火，再也看不到一家人开怀大笑，再也听不到他对我的规劝，再也听不到给我讲解怎么欣赏贝多芬的《命运交响曲》，再也听不到他看球赛时的叫喊。你匆匆离去，让我的生活黯然失色。所幸，你留下的宝贵的精神财富仍会陪伴着我们走下去。方平，你听女儿向你的倾诉：

父亲的一生于事业有为有守，于人情宽厚善行，于爱女言传身教，于生活勤俭质朴。

人生，生老病死必将经历，渴望我敬爱的父亲，在另一个世界享受你偏爱的那份淡泊安宁。

方平，我真的好想你！

往事并不如烟——永远怀念我最亲爱的同学、丈夫陈方平

补记：方平在毕业留校后，能善始善终完成团支部工作，给王明析同学写了被校团委批准入团的告知信。在当时的时代背景下，对当事人是很大的心理慰藉。这也表现出方平对事的认真，对人的尊重。

蒲元强

不忘耕读

  古人云：治国持家，耕读为本。旧时的"耕"专指农事，是说一个家庭、一个国家，吃饭是第一件大事，家里有粮心中不慌，衣食足才礼仪兴。要谋发展，只重视"耕"就不够了，发展需要知识、智慧、眼光、境界。风水先生说我的家乡大竹坝风水好，清朝出秀才、武举，现在出大学生多，二十多家人出了四十多个大学生。这说起来兴许和我有一定关系。我1974年高中毕业后回乡务农，踏实肯干，当了三年生产队长、一年大队革委主任。1977年我考上大学以后，地方上的人就拿我做榜样教育子女：种庄稼好好地干，带头干；当领导没有私心，同时还要认真读书，不丢书本。干了几年农活继而一下子就考上大学，多么荣耀。

  我1990年开始教高中。家乡的学生，凡是我教过的都考上了大学。都是家乡人，我会给他们谈家乡事，讲自己当年是怎么辛苦学习，在哪个地点做哪件事刻骨铭心……用真实的事感动他们；他们受教育深切，读书也就格外用功。现在条件好了，经常有学生邀我参加他们的聚会，请我讲话时我依然大谈"耕读"。只是今天的"耕"与旧时的"耕"内涵已经不同了，不仅指农事，还应该包括所从事的职业、所干的事业。走向社会要好好做事、研究性做事，不断

学习，牢牢地抓住耕读之本，就一定会得到社会的认可，人们的尊重。

　　我和子女们相聚时，经常谈到一个话题：将来怎么立足。我在农村已经没有土地，我们这辈祈求社会稳定，老有所养。小辈们就不同了，必须努力拼搏，有"岗"必考，有"进"必考，读书期间是"晃"不得的。自己综合素质的提高要有规划，方向正确了目的明确了，读书就轻松自如。我的两个子女很听话，读书时认真读，工作了就认真工作，真正地让我放心，让我欣慰。我最近拟了两副对联：

　　其一：

　　　　诗书满腹名利可求不可求取之弃之定境界
　　　　智计盈怀言行能纵莫能纵思也慎也论修身

　　其二：

　　　　遇君子敬重君子逢小人诱导小人一身正气施仁爱
　　　　交圣贤崇拜圣贤近黎庶友善黎庶满腹经纶读谦卑

　　这两副对联描绘的是我修身的目标，同时也希望子女们作为家训，待人处事有准绳。"诗书满腹"的同时要"智计盈怀"，对名利的取舍可看出人的境界，"智计"运用应体现正能量，千万不能伤天害理。生活中"君子""小人"都会遇到，不能偏执，遇君子好办，碰见小人总不能学阮籍"翻白眼"。对人要友善，特别是对普通百姓更要友善。学无止境，即使"满腹经纶"也应常具"谦卑"之心。这是我多年"读"的心得。通过这半世人生我参悟："耕"只能解决物质生活的需要，而一辈子不断的"读"和深入的"悟"，会把人带向高素质、高智慧、高境界。

甘应龙

高考回忆

1975年9月9日，我带着简单的行装，登上了开往桊子树生产队知青点的货车。艰难困苦的日子里，支撑我坚持的动力是满两年后能顺利地回到父母所在的单位，当一名技术工人。我当时有空就找些杂书看看，以备招工考试，时光就这样一天天流淌着。

大约是1977年10月，忽然听到一个消息，国家要恢复高考了。面对这样的消息，我心中也曾闪过一丝激动，我本能地感到社会正在发生某些变化，可静下心来仔细想想，又觉得高考是件高不可攀的事。因为对于我们这批知青来说，知识基础太薄弱了。大学在我的脑海中没有什么概念，更没有考上大学的奢望，所以甚至连参加高考的勇气都没有。知青点有个甘姓领导，待我就像对待自己的晚辈一样无微不至。他还专门把我喊去，问我有何打算？我说我的文化基础太差，不打算考了。他语重心长地对我说："不管怎样都该去试一试，就算考不上，也能为下一次高考积累经验。"在他的鼓励下，我终于决定参加高考。有阅历的人往往有远见，我的这位长辈家门虽然没有多少文化，但他懂得文化知识的重要性，是我命中的贵人。

高考前的复习迷茫且无奈。那时我们对大学知之甚少，也不知道还分文科理科。身处农村，复习资料更是相当难找。我通过各种渠道才找到了几本文科资料，于是就决定考文科，心想自己平时也喜欢看点杂书，或许对考试还有些许帮助。但具体该怎么复习，哪些是重点难点，只能像无头苍蝇样乱碰乱撞。底子薄，需要复习的内容太多，好在我还算能吃苦，意志也还算坚强，只要决定了的事就会坚持下去。

1977年冬，我在余庆中学参加了高考，这是我所有考试生涯中最为正规的一次考试。40年了，当年考试的内容几乎遗忘殆尽，只记得当时考试的作文题目是"大治之年气象新"。这场考试我像是做了一件很平常的事，没太多想，结束后照常以往的生活。其实空闲了还是期盼奇迹的出现。过了一段时间通知书下来了，我的成绩上线了！填报志愿按说是个大事，理应同家人商量，但我参加高考的事压根就没向父母提及，那时的我们也不愿给父母增加思想负担，所以便独自胡乱填报了志愿，还注明：服从分配。过了春节仍未得到录取的任何消息，我死心了，又回到了高考前的状况，日出而作，日落而息。

不知是1978年4月份的哪一天，我还在挑粪给庄稼施肥，只见地头一群人围在一起说着什么。我凑过去时，就见大队会计拿着一个信封，挥舞着对我说，你的大学录取通知书，恭喜你。一阵惊喜！这不是做梦吧？当我带着行李回到家时，父母亲都感到吃惊。父亲变得严肃起来，母亲的脸上也露出了焦虑。我坦然地告诉他们：我考上大学了，说着便拿出了录取通知书。看着父母脸上由惊转喜的样子，我心里很是欢欣。母亲忙着为我张罗饭菜，看着我一口气吃完全家三人的饭菜，母亲的眼泪流了出来……

我就读的是遵义师范专科学校。报名后我才知道大学还分本科和专科，我读的比本科低一个等级；再看到当时学校破败的景象，心里不免有些失落。既来之，则安之。这里能给予我丰富的知识，能为我的人生奠定一个良好的基础，我应该珍惜它。之后的大专学习生涯，我也算是尽力了，无奈基础太差，大专期间的各科成绩都是中等。毕业后我回到就读的母校——水电八局子校——成了一名光荣的人民教师。

40年过去了，回忆当年，仍不免感慨。高考改变了我的人生轨迹，使我立足讲台数十年。我想，这些宝贵记忆将会永不磨灭。

张志禄

汇川记忆

1974年我从正安二中高中毕业后，来到离家20多公里的民主公社当知青。那是一个偏远高寒的地方，沟壑纵横，生活艰苦，教育落后。不久后，我就被公社安排到一个叫迁垭的小学当民办教师，这无疑是对我的一种照顾。迁垭小学位于小垭口、老木嘴、小岩和中落岩四个生产队之间的一个山坳上，前不着村后不着店。日子就这样一天天熬过去。

1977年，国家恢复高考。它犹如一声惊雷划过神州大地，让广大青年看到了光明和希望，大家欢欣鼓舞。我怀着激动的心情，毫不犹豫报名参加。但考完之后我心里是很不踏实的，因为以前的底子太差，期间又没有复习功课，因此毫无取胜的把握。眼看其他考生一个个拿着通知书兴高采烈地走了，我只有在心里责怪自己无能。就在志忑焦急中熬到了第二年4月上旬，终于盼来了遵义师专的录取通知书。那一刻我高兴得跳起来。4月中旬，我怀着无比激动的心情，来到位于湘江边汇川坝的师专报到，才知道学校由于破坏严重和师资严重不足，需要大量的准备工作，所以延迟了入学时间。不久，我的堂兄弟在禄也被师专录取了，都在中文系，我一班他二班。第二年，好朋友李宏伟也考上了遵义师专，我们都非常高兴，各自到校后就立即投入到紧张的学习中。

大家都非常珍惜这来之不易的机会，学习非常努力。在这里，我第一次见到了图书馆，第一次读到了许多中外名著，第一次知道了许多中外文学大师的名字，第一次接触到了语法、修辞、逻辑等知识，还第一次看了电视。我这个来自偏远山区的"乡巴佬"，开始融入城市生活，开阔了眼界，增长了见识。我们经常到图书馆去借阅老师给我们列出的有关书籍，学校图书馆没有的，就到市图书馆去借。有时同学们在教室或寝室里讨论一些学术问题，常常争得面红耳赤。每到考试之前，我们都要找一个僻静的地方拼命地背知识点。我记忆力差，常常背得头昏脑涨还是考不好，特别是心理学和哲学。

那时国家百废待兴，物资匮乏，师专的伙食较差。主食以米饭和发糕为主，发糕是用面粉和玉米面混合加工而成的，我很喜欢。菜则几乎天天是白菜和干豇豆做的汤，干豇豆已经生了虫子，汤里漂浮着许多虫子，但还是得硬着头皮吃下去。我们的伙食费国家每月补助14元，学校照顾我，还补助我每月9元的"人助金"，这几乎就是我一个月的全部生活费。我不敢乱花一分钱，也尽量不向家里伸手。星期天，我就和在禄、宏伟相约一起，到丁字口新华书店去以买书为名，免费阅读一些书籍，或查阅一些有关资料，有时也买一两本价格便宜又急切需要的书。流连到太阳落山，或去电影院看一场票价0.15元的电影，或到新华桥边的大肉面馆吃一碗0.2元钱的大肉面，就是奢侈的享受。现在的美食满街都是，却再也吃不出当年那个味道了。

在师专读书的一年多时间里，我不仅学到了许多有用知识，为后来的工作打下了基础，还结识了一批新的同学。这些同学虽然学习能力参差不齐，但彼此相处非常融洽，就像兄弟姐妹一样。谌世昌同学是男生中年龄最大的，我们都叫他谌大哥；刘鸿麻同学是女生中年龄最大的，我们都叫她刘大姐。这样的称呼，完全是出自内心的，特别亲切。我在同学中家境、学识、能力都是比较差的，常常得到城里同学们的关照，每当他们聚会或郊游的时候，都要叫上我，还不让我出份子钱。这种友爱之情我时常铭记在心，不敢忘怀。参加工作以后，虽然天各一方，我和一些同学仍长期保持着密切联系，如陈方平、王渝东夫妇，虽然他们后来在事业上取得了很大成就，职务也发生了很大变化，但并没有嫌弃我这个老同学，我每次到遵义或贵阳，都要到他们家去，就像在自

我的高考 我的大学
——遵义师专一九七七级

中文班高考四十年纪念文集

己家里一样随便。不久前突然听同学说，陈方平已于去年因病去世，我感到非常吃惊，简直不敢相信。记得2014年我们还在贵阳聚过一次，那时他的身体尚健康，精神也不错，真是人生无常，令人欷歔。他不仅是我的同学，也是我十分敬重的兄长和益友，实在令人痛心。

因为历史原因，我们那一届只读了一年半。时间虽短，但对我来说却有特殊的意义：它是我人生道路上的一个转折点。如今40年过去了，同学们大都已两鬓斑白，退休在家当研究生（孙）了，遵义师专早已升格为遵义师院，学校面貌也已发生了翻天覆地的变化，但往事却历历在目，如在昨日。

在纪念恢复高考40年之际，愿各位同学身体健康，安享天伦之乐；祝母校兴旺发达，再攀事业高峰。

张永强

蒙昧中的成长

高考的恢复，让身处社会底层的寒门子弟有了一个相对公平的改变人生的机会，显示出社会进步的必然性；但于我，不得不说，1977年考上大学却是出于偶然。

高考恢复的消息最开始似乎是以小道消息的方式流传的。那年头小道消息满天飞，最终都停留在"听说"阶段了，所以听听也就罢了。知青办的人到底证实了消息的正确性，说文件已经传达了，真的恢复高考。于是就报了名，以社会青年的身份复习，准备考大学。没有什么理想激励，也没去想要光宗耀祖，仅仅是想改变一下自己的处境。我家境贫寒，追溯三代甚至五代，连保甲长、生产队长都没出过。我的父亲母亲都只是一个小镇上的手工艺人，地位远不及国营商店里的营业员。然而，改变处境的想法第一个碰到的难题就是没书可以复习，借也借不到。身边那么多学生，却找不到一套完整的像样的书籍以供复习之用。

可能生活本来就是这个样子吧，没有书复习也应该是生活的组成部分，很快就释然了：碰运气吧，或许命中就该上大学呢！生活这词，是现在头脑太乱，关于那个时候的事情太多也太没有头绪而拉到这里占位置的，其实那个时候，生活根本就不认识我，我也从来没有听说过什么叫生活。我承认，我并不是一个有头脑的人。

由于没书可读，没书可以复习，所以在高考中出现了"长江三峡是哪三峡"这样一道题的时候，我不知道，蒙了个"兵书宝剑峡"，据说是诸葛亮度上去的兵书宝剑。好多年以后，每当想到这件事情，我都感觉羞愧汗颜。

我的历史与文学的知识，多半源于街坊邻居的老头在昏暗的煤油灯下讲的故事。

是我不想读书吗，似乎不是！记得在初中的时候，我甚至还组织一群小伙伴，在一个姓何的同学家里弄了一个小小的读书小组。我们的班主任木文超先生还在班上表扬了我，让我心里很是受用。可惜这读书小组只存在三四个星期就无疾而终了。原因也很简单，找不到可以读的书，那就么几本小人书，如《黄继光》《刘胡兰》，很快就读得兴趣索然。现在想想，那是时代的错。

可是等我到了遵义师专，汇川边上的那块心中的圣地，结识了金泽坤、夏一庆、谌世昌、游锡嘉、刘鸿庥等大哥大姐和像杨松、朱德江这样的小弟后，我才发现，当年没书可读的人恐怕只有我！我还能做什么呢，只有拼命读书，争取把与同学的学识距离拉近一点，让自己配得上和他们是"同学"的身份。所以那一年多的时间里，大部分时间除了读书还是读书。可以说，我爱读书的习惯，就是我的学兄学姐学弟学妹们帮助我形成的，我至今都心怀感激！

我在想，我的学兄学姐学弟学妹们之所以比我有文化，除了他们天赋比我高、学习比我努力、功夫下得比我深之外，他们所生活的文化圈也是一个非常重要的因素。文化圈是以城市为中心的，越是中心的城市，文化氛围越浓厚，文化底蕴越深厚，然后向周边辐射开去。正如水波的传播，越远，它的影响力也就越弱。

可惜同学们在一起的时间太短，仅仅一年多的时间就各散四方了。等回首一看，四十年过去了，当年的少年已经是满头白发。骤然相聚，正应了"金剑已沉埋，壮气蒿莱。晚凉天净月华开。"读书一辈子，教书一辈子，同时也是摆脱蒙昧，提升自己的一辈子，可到头来，"想得玉楼遥殿影，空照秦淮"。有些蒙昧，不是一代人两代人可以启得了的，这似乎与圈子又没有太大的关系。想想现在高校评估中的"标准化"吧，按照设计好的统一的模式进行评估，而这些模式又是那么的琐碎，按照"标准"模子评选出的，似乎只是"作品""产品"，难谈创造。我个人总觉得试卷上的负分写在什么位置、正小分写在什么位置，总分写在什么位置，及格率低于或者高于多少算教学事故之类的规定，只会束缚教师的手脚……唉！感慨良多，欲说还休，寄望明天，憧憬明天吧。

杨贵平

我的老师我的同学
——师专求学趣事

师专的学习时光虽短暂，但却有一些事一些人，让我铭记于胸，难以忘怀。

先说老师。

敖明庸老师，负责公共哲学课。他上课的特色是，先把烟散起，谦虚几句，再开始"背讲稿"式的讲课，让人不敢恭维。有一回，他正在讲"相对真理，绝对真理"这一节时，我忍不住打断了他向他发问。"杨……杨……你坐着说就行。"我问："世上有绝对真理吗？""有。"他很大声地说。我反驳，"唯物辩证法的一条定则就是：世间一切事物都是一分为二的，你照着讲义上的说，这是站不住脚的嘛。"他听了，就"王顾左右而言他"，赶紧打起圆场说："关于学术上的争论，我们以后再讨论，今天就让我把课讲了再说，行不？"我赶紧点了点头。说句公道话，敖老师才学上是有不足，但他对工作的态度是极其认真的，是个值得尊重的人。

刘耕阳刘老夫子，用《祝福》上的一句话来给他定性：他是个讲旧学的老监生，我这么说，没有丝毫的贬损，而是满满的敬佩。他一上课，总是这样开头:"谌世昌,上节课讲到哪里了?"

"老师,《七月》讲完了,该讲《硕鼠》了。"谌大哥大声回答道。

"哦,那个嘛,就不讲了。请翻到《蒹葭》那篇来,蒹葭苍苍,白露为霜。所谓伊人,在水一方……"

我们还在翻讲义,耳边就传来抑扬顿挫的诵读声,我们都静静地听着……

"咦,嘟格没得点声音呢,浪个有韵味的情爱诗,你们正是青春年少,心头就不起点涟漪唛……"

我们都开心地大笑起来。

说真的,他给我们讲"先秦文学",无论是《诗经》《楚辞》,还是《左传》及诸子散文都背得滚瓜烂熟,讲得头头是道。值得一提的是,他当时早已年逾古稀,却不辞辛劳欣然来给我们上课,唯有佩服!真是应了:烈士暮年,壮心不已!

其他老师,例如学富五车赵世迦、儒雅诚实杨大庄、谦和有礼徐刚、激情飞扬鲁元舟、文质彬彬王玫……都给我们留下了深刻印象。

再说同学。

值得言说的同学当然多,先列一个名单:陈方平、周帆、刘鸿麻、姜华修、喻见、谌世昌、金泽坤、戴林、彭一三……

先说谌、金二位大哥吧。为什么呢?因为他俩创了一个"奇迹",在我们同学之中,他二人是"互为大哥"。金老兄怕报名时超龄被拒,就到派出所把出生年份由1946年改为1948年;谌大哥出生于1947年阴历八月,就没有去改。造成如此戏剧性的场面,是时代的无奈。多年后,谌大哥"船到码头上岸"了,在同学欢聚的宴席上,金老兄端起酒杯祝贺,欣羡地说道:"兄弟都上坎了,真正的哥子还要战斗一年,你说谁该负这个责任呢?"

再次提及金泽坤,我为他的前半生深感歎歔。他本该在1965年考进大学的,却被"阶级成分"拒在大学校门外。12年后,他的成绩是遵义地区文科第一名,如此优异的他,读川大该有戏吧?然而……《诗经》上有言:母也,天只!不谅,人只!最终,犹如天神贬下凡尘,与我等成为朋辈。与其本人而言,喜耶,悲耶,幸耶?我想,这三者皆有之吧。

最后说说鸿庥大姐和帆哥。对鸿庥大姐要提的一点就是，她在毕业留校后的第二年，就考上了研究生，继续深造去了，她是我们班的荣耀，也是母校的骄傲。当时毕业留校，我班一共是六人，他们是：刘鸿庥、周帆、谌世昌、陈方平、郑华勇、周泽军。周帆是继刘鸿庥之后第二个考上研究生的，他于1985年秋就学于北师大。对于他来说，最值得勾勒的一笔，就是他这一生与母校有着不解之缘——幼儿时，他是遵义师范的子弟；青年时代，先是遵义师专的学生，而后成为老师；到了知天命之期，他又以遵义师范学院院长身份致仕，为母校发展做出了重要贡献。

走笔至此，就让我感叹几句来做结吧。

雄哉，我77师专，重建母校；伟哉，我师专77，开创新时代；壮哉，我77师专，得益汇川园；丽哉，我师专77，留馨母校。

张思良

朝花夕拾

说是花，其实也就是荒野乡间路边的野菊花或千里香，色不艳，香不浓，果不大。默默开放，自我陶醉，也许自信，也许灿烂。

——题记

四十年过去，当年愣头愣脑的小青年，已经成了老头老太。尽管有些不服气，但看看头上的白发、脸上的皱纹以及身边蹦蹦跳跳的小孙，唯有无声无言。老了，真的有很多话想说。遵义师专四十年同学会为我搭了个平台，机会来了。

先说高考故事。

纯洁稚气的少年梦

1976年8月，我戴着大红花，在欢快的锣鼓声中兴高采烈地去了绥阳县洋川区雅泉公社青山大队第四生产队。

劳动之余，煤油灯下，我也写过一些打油诗或说大话的文章。没有读者没有听众，也达不到当时报刊的发表水平，兴趣自然就淡了。那个年头，找不到书也不知读书何用，脑海里一片茫然。壮志豪情遇到挫折，逐渐开始变得消沉，得过且过。

恍惚间，还是下意识没放弃过写写画画。

社会大学的求学路

在乡下，因为我的语文水平相对同龄人要好，也沾了不少光。一年多的知青生涯，我大半时间在从事劳动之外的"轻松"工作。

刚下乡不久的一天，割完稻谷，筋疲力尽回到木屋，累得饭都不想吃就要睡觉。这时大队小学的张校长来找我，说小学临时需人代课，他考虑了我，叫我第二天就去上课。我一下子就兴奋起来，一天的疲惫消失殆尽。第二天，我从山底爬上山腰，走进了泥巴墙垒光线极差的教室，我的教书生涯从此就开了头。后来，公社帮忙、专项组帮忙，我充分利用我的热情挥洒着青春岁月，学会了坚韧，学到了很多实用的社会知识与为人处世的道理。

我曾经读过高尔基的《我的大学》，我就想，参加各种社会活动和工作，不就是和高尔基一样在读社会大学吗？

奔波的时空里，忽然得到消息：国家要恢复高考。

稀里糊涂的备考期

听到消息，我和分散各处的高中同学们当然欣喜若狂。我们这些人自认为是当年绥阳中学的佼佼者，怎会放过这个机会呢？大家都开始准备。可是问题来了，听说分文理两科，两科区别在哪里，当时根本没人说得清楚。我毫不犹豫选择了文科，以为文科是培养作家的。至于文科要考哪些学科，也没人说得清楚。我最担心的是文科要不要考数学，因为读书时我没认真听过数学老师讲课。去问熟识的教育局领导，他说："文科考哪样数学嘛。"我如获至宝，也如释重负，放心大胆去干公社专案组的工作了。

决定考理科的同学都离开乡下回城，然后有条不紊地复习。或到母校问老师，或在家做数理化练习题。而我不知道文科该从哪里复习，语文书不想多看，历史地理政治找不到书，当时又没有复习资料，只好胡乱找书看。临近高考两个月时开始有些紧张了，看到同学们都是脱产复习，我就向专案组请假。专案组领导是曾经被开除工作十几年又平反恢复的，脾气古怪。他不准假，说专案组人手不够。好不容易找人给他说情，到临近高考半个月时他才同意放人。谁知回到家脚趾无缘无故痛得钻心，用药也不起作用，拖了一个星期方才痊愈。高考真的临近了，考试科目出来吓了一跳：文科照样要考数学！生活弄人，徒唤奈何。

1977年的高考是在寒冷的12月份。据报载，是国家觉得虽仓促却总比荒废一年人才合算。因此，第一年很多招生宣传和准备工作都没做好，但依然得到全国人民的理解、赞扬和支持。不到20岁的我稀里糊涂备考，稀里糊涂走进考场，现在看来可笑，其实也是时代的必然。

我意外考上了。

不填师范的志愿书

高考过后不久，预选通知出来了。绥阳县城当年最热闹的地方是大十字，大十字的中心是新华书店，书店门外的水泥墙上常常有重要的广告张贴。第一届高考预选通知就张贴在那墙上：理科预选上百人，文科只有15人，可喜的是有我的名字！我当然高兴，但没有范进中举时的那种狂喜和发疯。因为很多年都没有过正规高考，大学为何物大家并不明确，吸引力并不大，只觉得是解决了工作问题。而我又认为自己有本事有能力，找个工作并不是什么难事。更何况当时一直想的是当兵，认为部队是培养人才的摇篮。知青需锻炼两年以上才有资格参军，我下乡还没到两年。

考上大学也不错，最起码饭碗问题解决了。一个有远大理想的热血青年，现在成了一个为衣食忧虑的俗人，心里其实还有几多酸楚。

接下来就是填志愿，文科志愿可选的学校少得可怜：很多大学都没恢复。十年动乱，百废待兴。那时候很多人都看不起老师，没人想当老师。在街上若是一个老师和人争执起来，对方知道了你是老师，肯定就会恶狠狠地吐出一句话：枉自是人民教师！其实受委屈又有理的恰好是老师。潜意识里，老师只有夹着尾巴做人。我这种浅薄又执拗的性格岂能受这种气，表示坚决不当老师。除了老师，什么专业都可以。但老天偏和我开了一个大玩笑，录取时的结果是：师范！别人兴高采烈领取录取通知书，我垂头丧气地从教育局拿回那张纸，不知怎么办。亲朋好友都劝，我也想到家里姊妹多，父母工资不高负担重，还是不要充什么英雄吧。

19岁的我，终于走进了遵义师范专科学校。

师专毕业，我当上了一名乡村教师，从二十余岁干到年近花甲，似乎越干越有兴趣。退休后又走进私立学校，其动力来自国家对教育的高度重视和全社会对教师的爱护尊重。时过境迁，倘若让我再填一次高考志愿，我一定会高高兴兴地写上两个字——师范！

张思良

湘江水流长

　　我又漫步在温柔多情如娴静少女的遵义湘江边。经过人工精心装点的沿江漫道、自然美观宜于散步的湘滨公园、荡漾在流金溢彩的水波上的江中游船，在这春深似海的季节，更为美丽可爱的湘江增添了姿色，也使我这个游子如扑进母怀，心旷神怡，浮想联翩。

　　十余年前，我结束了知青生活，来到名城遵义湘江边的遵义师专读书。那时候的遵义城和全国一样，像大病之后刚开始复苏，各行各业呈现出一种向上的生机，很贴合第一年的高考作文题目：大治之年气象新。

　　刚恢复的遵义师专，在一片废墟中冒出，连门牌都没有来得及挂上。我们这群小到十七八岁的应届中学毕业生和大到孩子已读中学的"老三届"大哥大姐们，便不顾一切地从四方八面涌了进来，湘江成了我们亲密的朋友。

　　每当朝霞辉映凤凰山或夕照装点湘江水的时候，年龄参差不齐、阅历深浅各异的同窗，总是三三两两地来到湘江边读书。或坐江中石上，赤脚没入水中；或倚江边树下，忘情沉醉书里；或卧岸边草丛，背诵名篇佳句，其用心之专一，神情之悠闲，自然是与秀丽多情的江水分不开的。古人有"红袖添香夜读书"之说，但比起我们伴着淙淙流水朝诵夜读，融美好希望于胸中、汇自然奇景于书内的情景，恐怕也略输一筹吧！那时候的湘江当然还不算很美，江岸边没有修整，乱石、杂草、垃圾较多，河水浑且浅。但是，我们却充满希望，相信湘江和整个名城一样，一定会逐渐被遵义人民治理好。就像冬去春来，五颜六色的山花必将怒放一样，不容置疑。

十余年过去了，遵义变得美丽多姿、整洁可爱了，湘江也变得色彩鲜艳、俏丽壮观了。沿着江岸漫步，看到充满生机的一草一木，看着孩子们嬉戏江中激起的水花，看着奔流不息流向远方的江水，我更坚信：融着我的情爱的湘江水，如少女温柔静美的湘江水，流去的只有伤感和悲哀，留下的却是催人奋进、令人鼓舞的力量和希望！

我爱名城遵义，我爱流水长长的湘江，我爱我的母校——遵义师专！

王培安

享受秋之静美

秋天最适合怀念。在北方周日秋意深浓的午后，伫立窗前，遥望奥森公园洋洋洒洒飘落的秋叶，思绪被带回到50多年前。

我从小在农村长大，到了上学的年龄，先后在公社小学和鸭溪镇小学辗转，混沌未开，直到小学毕业也没觉得学了什么。外祖母和家里商量，这样的学不上也罢，还不如学点技术长点本事，以后也可以混口饭吃。12岁的我就这样来到偏远的山村学做陶瓷，干了半年，又到国防企业的建筑工地上做了半年小工。1971年后，回到鸭溪中学继续读初中、高中。日子就这样不紧不慢地到了1975年，高中毕业，我响应号召来到遵义县乐山公社民兴大队白果树生产队，在那里一待就是3年。空了也常想自己今后的路怎么走，内心深处还是渴望求学读书。

正在这时，城里回来的一位同学带来了恢复高考的喜讯。一时兴奋过后，内心又多有忐忑。一方面想去试试，想走出这座大山看看外面的世界；另一方面也怕，怕万一考不上又耽误了生产劳动，鸡飞蛋打……最终还是在规定时间内不声不响报了名。因为不敢张扬，也就没有拿出整块的时间复习，只能白天夜里想方设法见缝插针地看书。

临近高考前老支书看出了我的心思，对我说："年轻人，好好复习，别想太多，考上了就安心去上学，闯出一片新天地。考不好再回来。"他还悄悄告诉我，组织上正在积极培养我当他的接班人。有了老支书的鼓励和支持，我离开生产队回到鸭溪镇，在考试前的20天集中复习，日夜看书、背题，主要时间用来做数学题。因我数学基础不是很好，那些日子经常到何旭初老师家里补习。何老师曾在南白中学教高中数学，几何教得特别好，在当地很有名，但造化弄人来到鸭溪镇卫生所坐诊。他白天要上班，我就晚上跑过去向他请教一些问题，他总是很耐心，而且讲得清晰、容易理解，不仅教我解题的方法，还强调要多做题，学会举一反三，熟能生巧。大约半个月时间里，我经常在何老师家里解题到深夜一两点钟。经过一番努力，我的数学水平有明显提高，高考成绩不错，也成为我在文科班立足的优势之一。但我还是偏爱文科，从小愿意学语文，所以高考时选择了文科。

小时候家里可看的书不多，记忆中似乎只有两本：《说岳全传》和《水浒传》。我闲来无事就翻看，一遍又一遍，致使书的头尾都磨破了好多页，其中岳母刺字、精忠报国的场景至今印象深刻；梁山好汉的忠义豪气、惩恶扬善的行为常常使我荡气回肠，甚至有些章节当时都能背诵下来。高考前几乎没有复习语文，凭着基础还考了个不错的成绩。

当时的高考不公布分数，一位在贵阳师范学院工作的远房亲戚，打听到我的成绩不错，已经超过了大学的录取分数线，说如果我愿意可以帮忙把我录取到贵阳师院。但随后他得知我已被遵义大专班（入学后不久更名为遵义师范高等专科学校）录取，而且遵义师专不愿意将我的档案退回。入校后中文科郁行书记专门告诉我，贵阳师院来调我的档案，学校没放，还问我是否有点遗憾？说实话，当时的我还真有一些，但父母和中学老师都劝我，在遵义读书离家近，上学不交学费，还有生活补助，毕业还好就业……后来才知，恢复高考的第一年一些制度还不完善，贵州就不是省里统一管档案，而由地（州、市）管。因此遵义师专近水楼台，在其他院校之前录取了大批考试成绩可以上重点院校的考生。入学后校领导还在大会上说过，七七级遵义师专录取考生的平均分数比贵州八大院校都高。我的高考志愿填的是贵阳和省外的大学，根本就没有填遵义的学校。当年全国有570万考生报考，录取了24.8万。我所在的鸭溪中学高中1975级三个班近200人，只有我一人被录取（后来第二年、第三年陆续有同学被录取，一些同学还考上了省外重点大学）。当时我的确还是有一些不太情愿，感到很失落，最后下决心背着行李来遵义上学时，好像已经是最后一个来报到的。其他同学都已经到寝室入住了，只剩下紧挨窗边的一个上铺给我。

如今想来，是缘分让我们从各地走来，汇聚在地处汇川坝的遵义师专。尽管那时的校园校舍陈旧、设施简陋，却给我们留下了美好的回忆。美好源于这一群无私奉献、呕心沥血、教书育人的好老师，源于这一批做人做事堪称一流、品学兼优、终生难忘的好同学，也源于我们自己对知识的渴求，来源于对改变生活、改变命运的无限憧憬。

那一年多的时间，我们废寝忘食只争朝夕，读书背诵，博闻强记，大家的口头语就是"把失去的时间夺回来"。图书馆里可看的书都被借光了、翻烂了，教室里的灯光经常彻夜通明，回到寝室也都在床铺上秉烛夜读。仅有的一次春游，大家还一边踏青一边互相出题，争相吟诵春天的词句。我现在还能背诵一些古典诗词和较多的毛主席诗词，这都是当时打下的基础。同学们学习都很刻苦，像刘鸿庥、姜华修等同学，都是争分夺秒、手不释卷。寒窗苦读的扎实积累，为我们今后工作的发展奠定了良好基础。

在当时教我们的老师中，有几位印象特别深，刘耕阳老师就是其中一位。先生字庚扬，国学造诣深厚，尤擅古典诗词。先生教我们的时候已逾古稀之年，但治学严谨、学养深厚、一丝不苟。记得他在讲古代文学的时候，讲《春秋左氏传》《诗经》和诸子百家，不仅讲文学还讲历史背景、地理环境，回身随手用粉笔在黑板上勾勒出主要事件、重要人物当时所处的地理环境，配合着抑扬顿挫的讲解，让我们对历史事件如临其境、记忆深刻。

庚扬先生精通书画，是中国书法家协会的资深会员，他的书画作品已是藏界珍品，一幅难求。记得1984年，我去家里探望已79岁高龄的先生，向他汇报我毕业后的工作和生活。先生慢声细语地跟我聊了好久，引经据典，娓娓道来，主要谈的是如何做人、做事。这次谈话对我的影响很大，三十余年一直铭记心头，提醒自己不忘初心。谈话后不久，先生托友人送我一幅专门为我创作的小楷书法《岳阳楼记》。先生如此高龄还能心静手稳完成这样一幅高水平作品，着实令我非常感动和钦佩。作品中的"先天下之忧而忧，后天下之乐而乐"词句，充分表达了先生对我的要求和期望，我将它挂于家里醒目之处，时刻提醒自己虽不居庙堂之高，也不处江湖之远，但要紧的是要摆正自己的位置，时刻将先生的嘱托作为对自己的警示和鞭策。

也是基于这次先生与我谈话的内容鞭策，我调到国家人口计生委工作后，机关工会组织全体公务员编写了一本《我的2008》作品集，请我作序。我将先生与我谈话的思考进行了提炼和总结，以"关于做人的几点思考"为题，与大家探讨了怎么做人和做一个什么样的人的问题。我写道，做一个不忘本的人，这是做人的基点、立身的根本。首先，不能忘记家乡人民。我是从大山里走出来的农村孩子，大山的伟岸、大山的坚韧、大山的宽厚滋养和抚育了我，我深知山里贫困生活的艰辛，更难以忘记家乡父老、众位师长的养育之恩。第二，不能忘记党和国家的培养。从山中顽童到国家公务员，从基层岗位到党的高级领导干部，我成长的每一步都离不开党和国家的教导培养。第三，不能忘记关心、帮助和引领我成长的老师、领导和同志们。回想我的每一次进步，都融入了他们的心血与真情。我感恩曾引领过我、帮助过我的老师、领导和同志们，他们使我善良和高尚；也感谢曾让我受到伤害、感到挫折的人们，他们使我坚韧和刚强。做一个老老实实的人，这既是一种人生态度，也是对一名党员干部最基本的要求，要讲老实话，办老实事，做老实人，要修身正己，淡泊明志。做一个有益于国家和人民的人，这既是国家和人民的需要，也是人生意义和价值的体现。要以发展的眼光提高认识，要用以人为本的理念谋划工作，要用创新的思维推动发展。

"老夫喜作黄昏颂，满目青山夕照明。"望着窗外无边的秋色，想到我们这一班同学也走到了人生的秋季，从当年的风华正茂、书生意气到如今的秋叶静美、红衰绿减，每片落叶上都镌刻着我们共同经历的风景和往事。深秋的阳光里我们曾一起遥想"落霞与孤鹜齐飞，秋水共长天一色"的壮阔，一起体验"湖光秋月两相和，潭面无风镜未磨"的静谧，也曾一起探讨"春山何似秋山好"的境界……

　　人生如四季,我们终归要从春夏走到秋冬。但即使暮年,仍能"万类霜天竞自由"。健康对于我们尤为重要。世界卫生组织提出,合理膳食、戒烟限酒、适量运动、心理平衡是健康的四大基石。我们是经受磨练的一代,深感自豪,更要加倍珍惜我们的晚年。能够生活在今天这样一个清明、激扬、幸福、奋进、伟大的时代,要积极认识衰老,在关注生命长度的同时,更加关注生命的厚度和温度,乐于感恩接纳,拥有沉静从容。删繁就简,去伪存真,坚持运动,膳食平衡,保持健康的身体和积极的心态,继续扬起生命之帆,过好后半生。

　　借此机会,以文会友。在秋日里,拾几片红叶,与我们的白发、夕阳相映成趣。回归生命的本源,怀念过往,不忘初心,珍惜眼前,不畏将来。相信我们七七级这一批有着特殊经历的人,在生命之秋仍能继续绽放,呈现出"霜叶红于二月花"的精彩。

　　　　　写于七七级遵义师专中文科同学纪念高考恢复四十周年之际

邹书贵

万岁1977

1977年的冬天，中国关闭了11年的高考大门终于再次开启，570万考生如万马奔腾般涌向考场。40年来，这场考试深刻影响了太多人的命运，也在一定程度上影响了国家的命运。这并不只是简单恢复了一个入学考试，更是社会公平与公正的重建，让全社会重新树立起尊重知识、尊重人才的观念。我有幸赶上了这趟划时代的列车，其间有道不尽的苦辣酸甜。

就是这一年的八月中旬，务川一中辞退了已经代了两年教师工作的我，理由是拿不出代课经费了。这消息如晴天炸雷，给我当头一棒。这意味着原本一份钟爱和珍惜的事干不成了，原本赖以生存的饭碗被端掉了，一家老小的生活支柱坍塌了。后来好心的人告诉我："叫你代课就代课，去写哪样歌排哪样节目嘛，你得罪人喽。"我就彻底明白了。当时我和同事三人怀着对周恩来总理的无比敬仰，全新创作和组织学生排练了《怀念周总理》歌伴舞节目。初次演出就深深地打动了观众，一时风靡全县，风头无两。后来进入了县委县政府的视野，被定为全县会演的重点节目。殊不知这却无意中得罪了个别人，风言四起，说一个代课老师不务正业，忙着拉帮结派"伙起"学生唱歌……加上学校一位资深音乐老师指导排练的节目落选了，我更算是"影响了团结"，成为

"不安定因素",就"不宜"做代课教师了。

20世纪50年代出生的人也算是多磨难,经历过一番番铭心刻骨的蹂躏。我饿起肚皮读完了小学。到了1966年,全班40多个同学考上一中的不过十来人,我便名列其中。这里头有一半得益于我父亲:一个大字不识的文盲,起早贪黑地劳累,欠钱借米,口不吃舌不吞,坚定不移地供我上学。有人问过:"华大爷,饭都吃不起还送你家娃儿读啷个书嘛?"他略带几分幽默地说:"自从读书当大丘,不耕不种都有收,白天不怕黄鹰打,夜晚不怕贼来偷。"老爹早些年走过大码头,见过不少世面,坚信人只有读书才有出息,也不知在哪儿搬来这千古一理的朴实句子。好在我自打上学读书就争气,邻居都说"华大爷家娃儿不长个子就长心,读书很得行"。

个人命运总是和国家命运紧密相连的。1966年我一进初中就遇上那特殊的时代,一晃便是三年。虚度时光的时候,偶然的机会我"偷"到了一堆没人要的《西游记》《三国演义》《水浒》《石头记》《子夜》《家》《鲁迅文集》……有时候人生的一个偶然际遇,会影响其一生的人生轨迹,还让你痴迷不悟,终身追求也在所不惜。我在辛苦劳动之余硬是把那一背篼的小说、剧本和初中的语文课文逐一读完了。我家隔壁有一老大哥是老高中毕业的书迷,我一有不懂就向他请教。埋头钻进这些小说和课本里,慢慢便知道了罗贯中、施耐庵、鲁迅、郭沫若、茅盾、巴金……感受文学的天地广阔、精妙绝伦,作家思想的博大精深和表达的细腻惟妙。至此,文学的种子开始悄悄萌芽。

1970年到1972年我上了两年高中,毕业后到和平生产队当回乡知青。这期间有个小故事,城关公社那秘书连海报都不会写,常常请我代劳。也正因我一向给公社写海报,偶然的机会城关二小校长见我是当时少见的高中毕业生,正好他们学校一位女老师坐月子,便请我去当临时代课老师……我一想,教书总比挑粪轻省,关键是每月还有26.5元的工资,便欣然受了。其实,临时代课是极不稳定的,这碗饭和农村帮人打短工无异。你想,学校的在职老师都是一个萝卜一个坑,只有当有老师告假时,才轮得着你去。因此,一年级的唱歌、三年级的算术、四年级的语文我都上过。这个月上课,下个月又停下,就一编外替补。

父母见我心有不甘，为安我心，在离城20里的乡上给我提亲。为顺双老意，我去了。女方的爹是某公社社长，一心想将姑娘嫁到城里来，何况我还是个高中生，自然是乐意的。哪知我与女方一见面，姑娘羞涩地对我说："我从小没上过一天学，大字黑巴巴，小字巴巴黑，只晓得天亮出工黑来收活路。听说你读过高中，农村人读书没用，以后咱就好好一起做田土。读书的事不是你干的，又当不了干部。"这一句真像针一样扎到我心里去了：这婚事还八字都没一撇，就说读书的事不是我干的，这媳妇怎么娶得？

苦也罢、累也罢、哭也罢、笑也罢，不管你好不好过，日子如流水般不停地淌。直至被取消代课，已是1977年8月了。教书看来是再也干不成了，老老实实地出工吧。九月的一天，我担粪从车站过，正碰见从乡下食品站工作回来出差的申爱初（我此生的良师益友，后来与我一道考入遵义师专，就读物理系）。一番交谈后，他给我介绍了一个到医院照顾病人的活计。我一时犯起了难，一个县里低头抬头见的都是熟人，从老师到帮佣，这脸往哪里放啊！一时间还真让我想起了那个站着喝酒而穿着长衫的人。在生计面前，面子常常狼狈不堪：父母佝偻而疲惫的身影在我眼前闪现，我妈那肺结核早就该吃药打针了，就因没钱一直拖着，我都二十好几的人了，其心何忍啊。窘迫的家境，让我违心地从嘴里挤出两字：行——嘛。照顾无法自理的病人，操心费力、端屎端尿真的无法细说。这活路儿干了差不多十天，病人一点不见好转，可我累得浑身骨头都散了架。这天中午，我刚为病人倒完屎尿从医生值班室经过，正值班的陈大夫在门口碰见我说："邹老师，你看昨天报纸没有？""没有。""快去我办公室，有关你的好消息。""真的？"陈大夫顺手从办公室桌上扯出一张《人民日报》，指着说：改革招生制度，全国实行高考，招生20万！

这消息是真的吗？是真的！《人民日报》刊载的还会有假！一时间，我仿佛一下被搬开了压在心上千斤大石，又仿佛久旱逢甘霖的禾苗那般滋润！管他真的假的，我再也不能错过这千载难逢的天赐良机了，我要翻身！我要一试身手！我要上大学！我要做一个堂堂正正的人民教师！后来几天，满城满街都在议论和传播这一消息，一个个都如沐春风、笑逐颜开、跃跃欲试。邓公啊，感谢您的教育改革，给了满天下渴望读书上进的人一线生机。

距离考试时间只有两个月了，考理工科是不现实的，我觉得过去读的那些书该有用了，考文科吧。语文应该不愁，我就去补习班补数学、史地、政治。那两个月真个是夜以继日加废寝忘食。1977年12月15、16日这两天，全县数百人参加文科考试，最终只有4人考取。当时的成绩迄今未公开，不知怎的我们4人全进了遵义师专中文系成了师兄妹。

当时的遵义师专是在原遵义师范学校的基础上改建的，在全国的大专院校中恐怕连名都排不上，各种教育教学设施都不健全，师资条件自然不难想象。但我在这所学校里，接触到了一大群朝气蓬勃、如饥似渴追求知识的优秀学子。中文共两个班八十多人：有老三届的，孩子都上小学了；有应届生，年龄才十七八岁，最小的同学恐怕称呼最大的为叔叔阿姨都不为过。两个班的同学中在全省高考文科排名前十的居然就有好几位。"叔叔阿姨"们的大学梦想被打断了十多年，突然能有这样一个机会圆他们的大学梦，个个欣喜若狂，"丢家撇小"地兴高采烈地"屈尊"进这所名不见经传的学校。所有人都带着强烈的求知欲望夜以继日学习知识，追赶逝去的青春，比追赶超的学习气氛充溢校园。

夜晚，学校熄灯了。校园内外的路灯下，随处可见读书写字的身影。不需督促，仿佛一群禁锢得太久的骏马，一旦冲出樊篱便是那样地迫不及待、足下生风，在知识的原野上尽情地吮吸着玉液琼浆。对所有人来说，这一天他们期盼得太久、太苦、太累了，荒芜了太多青春，蹉跎了太多岁月，唯有只争朝夕！这样无言的典范引领着所有人争先恐后，不甘示弱，以求不虚此行。事实证明，这群人的功夫没有白费，遵义师专七七级的学子四十年来大都是黔北教育教学领域的精英，全市大大小小的中学不少是他们在担纲做脊柱。数十年来遵义师专的老师常以此为荣，以激励后来的新生。社会上溢美之词四起，居然有人戏称"遵义师专七七级，好比遵义新时期师范教育的黄埔一期"。

毕业后，我被分回到那所曾取消我代课资格的务川中学。那个曾让我梦想破碎的地方，我曾朝思暮想能在那里的讲台拥有立身之地。现在，我是拿着恢复高考第一批师范大学生的毕业证回来的，成为堂堂正正的国家正式分配来的人民教师了。在随后十多年的教书生涯里，我从未懈怠过，我很珍惜这个来之不易的教师身份。我虽未像我们班的一些同学那样被党和人民委以重任，为母校争得不少荣耀，可我没愧对那三尺讲台，也为国家输送过成百上千的优秀学子。还有一件趣事，当年我因写歌被免除代课教师的资格，二十多年后，我受务川中学委托写了务川中学正式校歌——《播种金色的理想》，我可以自豪地告慰我那老人在天之灵，我没有辜负您的期望！

　　细细想来，我们好几代人都该感谢1977年那场考试。是它，改变了几代人的命运，让他们的人生枯木逢春；是它，推进和加速了中华民族强国的进程；是它，让一大批有理想有抱负的人报国有门，促使我国的各项事业有了举世瞩目的迅猛发展。1977年是灿烂精彩的，它牢牢嵌进我们这一代的生命年轮，并永不磨灭。

　　万岁，1977！

吴宇平

历经四十载　再叙师专情

还记得40年前，为了上大学的梦想，历尽艰辛。幸遇1977年高考恢复，我立马在农村报了名！当我站在遵义师专这个新的起点的时候，是那么的激动，前所未有地神往未来。栉风沐雨，我们七七级的同学们一同走过，对于"收获"有了更深刻的理解：大路面前，通过自己的努力去完成一件事情，极其有意义。

大学生活从汇川坝起航，仔细回想起来，就像是一本书，书中有最美丽的彩页，有最美丽的故事。大学生活，每一天都在发现和认识许多新奇的东西。大学生活，最难忘的有当时我们的班长刘鸿庥大姐、学习委员谌世昌大哥、团支部书记王培安同学……同学之间年龄差十余岁，各自情况区别也大，有带薪读书的，也有像我这样靠国家补助生活费读书的。在物资匮乏的计划经济年代，第一次享受大学食堂"饭来张口"的美好生活，暗自提醒自己：良好的待遇，是背后党和人民对我们高高的期望。

难忘师恩。刚进校时我曾一度迷茫，看不清未来。在专科、本科都还没有搞清楚的浑噩时候，我生命中遇到的好老师接踵而来：刘庚扬老先生，给我们讲授"先秦文学"。他那风趣的演讲技艺，以文学为核心，以历史为线索，纵横捭阖、信手拈来。古汉语老师夏琅寅，上课时的板书那才叫神，标准到黑板右下角最后一个字都颇具风韵。给我们上哲学课的敖老师，可以原文背颂艾思奇的《辩证唯物主义与历史唯物主义》。还有风度翩翩的王攻老师、徐刚老师，上文学概论课的李志强老师……当时没有印刷精美的教材，只发用钢板腊纸老师手刻油印出来的简单讲义……每个人都在用不同方式阐释认真和敬业。40年后，这些前辈们留给我们的是一个个无言却高大的身影，他们的师德、师风激励我终生！

努力过后，快乐伴随成功，微笑在每一个青春的季节里。有大海的呼唤，就不能让搏击的勇气在海浪中却步；有蓝天的召唤，就不能让纷飞的翅膀在暗云中退化。记得40年前在迎新晚会上，我和陆昌友同学合作诗朗诵，后来和王培安、蔡琴美等同学一起到遵义医学院学跳青年圆舞曲《年青的朋友来相会》。再过二十年，我们重相聚，举杯赞英雄，光荣属于谁……旋律至今还在耳际回响，也会一直在我们耳边共同回响下去。

同学们都是有梦想有追求的人，无论新三届老三届，不会因为路途艰辛就放弃了前进的脚步。追寻梦想的过程是苦涩的，但经过磨砺的人生才会拥有更多内涵。不要让不安的心被浮躁占据，该学习的时候就要一心驾起灵魂的翅膀

汲取知识，学会求知与做人。放弃很容易，但请坚持。没有度过寒冬不知春的温暖，没有走过沙漠不知水的甘甜，没有经过失败不懂成功的喜悦。年少轻狂时可能会失败，可也正是年轻给了大家勇往直前永不言弃的资本。我一直坚守在教育工作岗位上努力教书育人，这就得益于老师的教诲，也得益于同学们的帮助。特别感谢40年相帮相助的刘大姐、谌大哥、彭一三、陈方平、陈红、姜华修、兰永平、王渝东、雷巧、邱霞、陈亚君等。

大学也是一个充满竞争和挑战的小舞台、小社会。要积极参与社团活动和社会实践。乐观积极而不盲目冲动，大胆率性而不肆意妄为，敢说敢想而不空想坐等，深思探究而不钻牛角尖……把握青春，锻炼自己。在组织活动中留下辛苦的身影，在社团活动中展现最美丽的风采，在志愿活动中奉献一份力量，这样得到的不仅是一种知识，更是一种宝贵财富。恰同学少年，风华正茂，指点江山，激扬文字。生命曾经年轻而精彩，青春因为活力而生辉。

40年前的大学生活，在此刻，不仅仅是我脑中的一个回忆，更是我生活的原动力；心中的理想，是为之奋斗、为之努力、为之拼搏，用尽全力去实现的一个理想。我的大学生活，从遵义师专起航！岁月蹉跎，在汇川河畔曾有我们的歌声与笑声。

涂永强

往事钩沉

1977年是极不平凡的一年,也是令我难以忘怀的一年。那一年的高考是中国乃至世界教育史上规模最宏大的一次高考。它不仅恢复了我国荒废了十年的高考制度,恢复了我国570万考生的信心和希望,它也改变和推动了中国教育的改革与发展。恢复高考是一场革命,是一把吹响国家现代化人才建设的号角,是一把拓展我国人才选拔渠道的铁镐。它使压缩了十年的人力资源厚积薄发。

于我,这次高考是人生中的一个转折点,翻开了我个人的崭新一页,也让我对生活有了更高追求。

一

我是生在新中国,长在红旗下的农村孩子,是在毛泽东思想的阳光雨露下茁壮成长起来的青年。从孩提时起,我就孕育着许多许多的梦想:医生、老师、科学家、工人、解放军、新农民。上中学时,老师常常教导我们说:"多学点知识,考上大学,走'又红又专'之路,为国家为人民做贡献。"从那时起,一个"大学梦"便在我心灵深处渐渐变得清晰而神圣。

1977年7月我高中毕业，毫无意外地回到农村，参加了"农田基本建设专业队"。因为我是高中生，有文化，就进了专业队的领导班子，专管会计、伙食、宣传等方面的工作。

二

那年10月下旬的一个傍晚，我下工后回到家里，见父亲正和我的高中语文袁老师聊着家常，气氛和谐。袁老师一直很关爱我。我已经离开学校几个月了，他还来这"特殊专程家访"，不知有何来意。"永强，来，这儿坐，我有话对你说。"袁老师态度严肃而和蔼，"中央已经下文件了，决定今年恢复高考，一个月后将在全国范围内进行选拔人才考试"。信任而充满希望的目光投向我，又说道："我看，这次考大学，你能参加，并有希望考上！"接着他给我分析了全国的高考形势，分析了我平时的学习状况，末了强调："明天起，你来学校，我和其他几位老师帮你补习补习。"我百感交集，一时又茫然无绪。终于分数面前人人平等了。然而，高考会考些什么？难不难？怎么考？带着满脑袋问号我第二天赶到学校，找到袁老师，诚恳求教。袁老师没有直接回答我的问题，而是把早已为我准备好的复习资料放在我面前："根据你的情况，结合其他老师的建议，我主张你报考文科。"翻开他列好的复习计划，他在资料上翻阅着、比画着、指点着。从基础知识到复习重点，从复习技巧到考试难点……随后，给我布置了作业作文，要求我认真按时完成，交给他批改。接着根据他的安排，我也去求教了其他学科的老师。

恩师们不求报酬地为我补习，让我好像有一股用不完的力、使不完的劲。接下来我开始了在工作之余紧张的努力复习与虚心求教之路。

三

1977年12月15日，这是一个令人难忘、令人激动的日子，也是一个改变我人生命运的日子。天气晴朗，空气清新。严冬的季节里，破例有温暖的阳光垂赐。我早早来到我的母校——高坪中学参加高考。高坪中学是遵义县北部五大区设置的唯一考点，人头攒动、熙熙攘攘。来参加高考的有工人、农民、教师、干部、机关工作人员、应届毕业生和社会青年。知青，尤其是老三届的知青最多。学校内外的墙壁上，红色的标语特别醒目，增添了几分喜庆。

第一场考语文。考卷发下来，作文题目是"大治之年气象新"。前几天，袁老师在讲作文的时候，特别强调：我们国家民心思治，国家需治。治什么？怎么治？这就需要一个安定的社会，需要全国人民安定团结、齐心协力地去抓农业生产、抓工业建设、抓科学发展、抓人才培养、抓教育，等等。他从历史上的文景之治、贞观之治一直讲到当前的形势，从"乱"到"治"，再讲到我国各行各业、各条战线上的新气象……"笃、笃、笃"，主考老师在我的桌子上紧敲了几下："同学，还不动笔，还等什么？"猛抬头，一位年近花甲的老师站在我身旁。他头发苍白，向我投来严肃而慈祥的目光。后来知道，他是遵义南白师范的潘显诚老师，是当时遵义地区最有名望的老师之一。我展开卷子，洋洋洒洒地做起作文来。潘老师一会儿在我身边注目观看，一会儿在讲台上颔首示意。我觉得好像有一股无形之力在激励我，助推着我走向未来之路。

两天的高考紧张而顺利地结束了。我觉得考得较满意的要算语文和史地，其他两科却心中没把握。也不知道能否考上，只好回家静待了。

那年的高考，成绩是不公开的。大概是第二年的元月底吧，我先后得到两条消息：一是遵义县组织部电话告知高坪区委说，高坪区有个叫涂永强的农村考生考上了，是高坪区农村考生中唯一上榜的；二是袁老师告诉我父亲，说我是高坪中学唯一考上大学的应届生。两个"唯一"让我多么的高兴呵，尽管不晓得自己的分数，谁也不知道。接下来是填志愿。根据袁老师的建议，我填了贵大、贵师。为了有把握一点，最后填了"五七师大"。1978年的春节过后，全国各地的大专院校已经陆续开学了，可就没有我的消息。就这样等啊、盼啊，仍然杳无音信。我只好放弃了读大学的念头，安心地扎根农村，等待着下次的高考。

大概是3月底吧，也就是农历的早春二月。春日载阳，万物吐绿。农村正忙着种苞谷。一天下午，我和大家一起挑着粪上山，正忙着，刚到半山腰，忽然从公路上传来了邮递员的声音："涂——永——强——，快——来——取——你——的——通——知——书——"这声音，从公路边传到了山上。这

消息，从山下的挑粪者那里一个一个地传递给我。我将粪桶一放、扁担一扔，飞也似的从山上一口气跑到邮递员身边，激动万分地从邮递员手中接过一个牛皮纸信封。信封右下方印着"五七师大"几个红色而醒目的仿宋字。下面落款是用钢笔书写的"贵阳师范学院遵义大专班"。

四

　　4月中旬的一个下午，我告别了父母，告别了众乡亲，告别了生我养我的家乡。来到了我的大学——"五七师大"。学校大门是两边聚合而来的围墙集合点，两面是约两米高的墙磴，一块白底黑字的木质校牌挂在左面的墙磴上，"贵阳师范学院、遵义大专班"的校名很不显眼。中间是一条常有拖拉机进出的通道。走进校门，顺着坑坑洼洼布满梧桐落叶的通道直达校舍。虽说已是阳春三月，可校园内处处落叶飘飘、杂草丛生，一片狼藉。几幢黑瓦青砖的楼房的墙壁上还斑驳地残陈着旧的语录标语，夕阳下，整个校园显得十分荒凉。这是一所具有光荣历史的学校，它历径沧桑巨变，已满目疮痍，破败凌乱，百废待兴。

　　开学了，我们也和全国的大专院校一样开学了。多少人的命运将从此改变，多少莘莘学子将步入学习的殿堂。他们以自己的梦想追求和真才实干跨进高等学府，将迎来新的曙光。开学了，我们的校园也热闹起来了。汇川园仿佛一夜之间复苏，柳绿燕归。

我们七七级中文科学生的年龄参差不齐。最大的是张方杰同学，36岁，已经是两个孩子的父亲，是两个分别就读初中和高中的孩子的父亲了。最小的是杨阳同学，17岁，是应届高中毕业的"青头小伙"。虽有"代沟"之距，但目标同一：刻苦学习，把荒废的岁月抢回来。我们这一级的同学多数经历坎坷，越是经历蹉跎，越是坚强乐观，更加珍惜宝贵的时间，对知识和改变命运的机会也越是渴望和珍惜。

我们学校的前身是"五七师大"，恢复高考后更名贵阳师范学院遵义大专班，再后来经国务院批准正式命名为遵义师范专科学校。当时学校生活条件极差。我们过的是人民公社式的大食堂生活，吃罐罐饭，八人一桌，每次都要人到齐才开饭；桌子上的菜都要自己动手付出劳动方能有吃。记得有几次，因有第四节课，我没去剥花生、剥胡豆，吃饭时就享受不了相应的"待遇"。伙食营养差，我们就常常三五成群地去长征基地各分厂、卫校、化工厂食堂去寻求改善生活的机会。白天上课，常常听到农机所、生产队及学校的大小货车和拖拉机的隆隆的轰鸣声和尖叫的喇叭声。晚上自习课后，我们便回到由教室改制的可容二十多人的大寝室继续学习。没有教材，就用手工油印的讲义资料；没有作业本、作文本及笔记本，就利用过去用过而未用完的纸片重新装订本子。尽管如此，我们的学习气氛仍然非常浓厚。课堂上，每位同学都认真刻苦地学习，专心听课，认真笔记。课间课余，随处可见师生讨论、交流的场景；图书室里，看书的济济一堂，借书的来来往往；寝室里，虽人多但不吵闹，听见更多的是翻书的声响；傍晚的汇川河畔、柳树下、小路边，常有我们看书学习的身影，背诵声、朗读声此起彼伏，相互和鸣。

我们的校风纯正，学风浓郁。在师兄师姐们的带领下，真正做到了"比、学、赶、帮、超"。在那样的氛围里，一种"勤学、缜思、惜时、探究"的习惯和风气逐渐养成。正因为如此，我们才能在极短暂的时间里高效完成了专科两年的课程。另外，我们还有很多学识渊博、敬业尽责的老师：刘耕阳老师的博学、李自强老师的"夹板"、杨大庄老师的温文、徐刚老师的缜密、龚开国老师的诙谐……这些老师的美好形象一直深深地存在我的脑海里,至今清晰。他们是我学业上的恩师,是我学术上的楷范,让我在后面几十年的教书生涯中得心应手。

我们七七级是一个被写进共和国历史的年级。同学们在那个贫困但充满希望的年代,能吃苦、敢担当,吞下了岁月的苦与乐,度过了匆忙、短暂而又充实的大学生涯。我们七七级这个群体,恰似蒲公英的种子,飘撒在黔北大地上,沐浴着时代的风雨春光,为遵义的发展奉献力量。我们七七级中文科的同学,离开学校后,便投入到伟大的改革开放洪流中,或执政为民,或下海经商,更多的是教书育人。经历了人生的风风雨雨,各自在事中尽责敬业,砥砺向前,为遵义的经济腾飞,为黔北的教育崛起谱写出了一曲曲时代的乐章。

江河行地久,日月经天长。时光荏苒,光阴如箭,40年的岁月恰似弹指之间。汇川园的每个角落曾留下我们青春的足迹,遵义师专的一树一木成为我们珍藏的记忆。40年前的欢声笑语还荡漾在耳边,当年的依依惜别之情恰似在昨天。流水不因石而阻,情谊不因远而疏。想当初,我们是"昨日面上桃花色";到如今,我们已"今日耳边雪片浮"。待到相聚之日我们便相约重游汇川园,看看当年我们起航的港湾,看看我们的母校——遵义师专的沧桑巨变。

严大奎

追忆大转折

1977年春末夏初,我脱下穿了四年半的军装,回到家乡的公社学校做了民办教师。虽然心有不甘,但在那时也只有掩埋儿时的梦想,准备扎扎实实当一辈子山区孩子王。半年后,突然听到恢复高考的消息,尽管内心忐忑不安,但更多的还是欣喜不已,决定去挤一挤"招生二十万,全国人民看"的独木桥,报名参加了当年12月的高考。后面如愿于次年春天跨进了遵义师专的大门,开启了我人生的一次大转折。

迎考之前的军旅岁月

1972年我高中毕业。那时山区孩子要跳出"农门",唯一的出路就是入伍当兵。也许是上天的眷顾,同年12月22日,我如愿穿上了令人艳羡的草绿色军装,到35218部队当了一名机关兵,驻扎云南蒙自,吃穿不愁,日子倒也惬意自在。

逢我部进驻云南师范学院和红河州卫校等地,部队每年都要迎来若干批次学生到营房搞军训。闲暇之余与他们接触,畅谈甚欢。他们羡慕我的领章帽徽,我更嫉妒他们的大学生活。深夜独自躺在坚硬平直的小床上,心想:要是够能像他们那样，安静地坐在大学教室里看书学习，为将来谋取一份稳定的工作该多好啊。

遐想就等于瞎想，梦境只能是一枕黄粱。

考试备战的难忘时光

1977年，国家许多方面开始有了转向的迹象。家乡公社学校的校长得知我复员的消息，便邀请我到他们学校去做民办教师。大概是五一劳动节过后，我带着复员时所有的背囊，连家都没回就直接去了学校。12个班20名教师，我刚进校就分到五年级带班上语文课，紧接着随班跟进到初一。学校每天的课都排得满满的，我要上两个班的语文课和一个班的体育课，做将近80名学生的班主任，苦和累就是当时的全部感受。

9月中旬，我被县教育局抽出来采集优秀教师的先进材料，经常来往于分管的乡村学校和教育局之间，10月下旬便得到恢复高考的正式消息。兴奋和激动中，我反复分析过自身的利弊得失：我虽然高中毕业又从军4年，但于学习上基本是虚度时光；当下又处在山区，资料贫乏，求教无望；这么多人同时拥挤在这一座狭窄的独木桥上，我能冲得过去吗？跳出农门的强烈欲望又迫使我坚定地为自己加油打气：克服万难也要上。

11月中旬，我回到上课的学校，找来一套初中数学课本开始备考复习。白天要上课批改作业，只有晚上才有属于自己支配的时间。山区学校没有电，蜡烛也点不起，只有就着昏黄的煤油灯争分抢秒看题、解题。其中的艰辛难以尽说，也一度想过放弃，但好像，自己并没有什么退路。

12月15号走进考点。现在想来，能记得的全部考试科目就是语文、数学、史地、政治四大科，极少考生加试英语。政治考试就是五大题：有解释、有简答、有论述；数学记不清了，但好像大多数是初中内容；语文作文则是一篇叫作"大治之年气象新"的单一命题作文，没有任何要求。从考场出来后，脑子里一片模糊，记不清答题过程，判断不了对与错。耳边听着别人的议论，彷徨、失望、侥幸交织重叠，说不清是喜是忧，是失望还是希望。

匆匆那年。

录取等待的煎熬日子

大约是1978年的春节前夕吧,大队支书带给我一个令人心跳的消息:高考中榜。一时间热闹非常,亲戚朋友们奔走相告。结果元宵的爆竹声都渐渐远去了,还没有我被录取的确切消息。大年过后,我去县城看望一个在教育局工作的远房亲戚,他说应该没有多大问题,但录取过程中的变数谁也把握不准,等通知吧。那段时间,我一有空就跑去邮电所询问,每次都是失望而归。开学了,只好回到学校上课。扼腕叹息的日子一直到4月下旬的一天,我再一次去县城,母校的有位老师说最近好像有一些通知书下来,你不妨再到邮电所去看看。当我向邮电所的值班人员叙述情况后,值班人员惊讶地说:"你怎么现在才来,通知书已经到了好几天了,总是联系不上你。"然后得知好像通知书因为所里的人交接中被弄掉在柜子夹缝里给忘了。幸好都过去了,收到通知书的惊喜使我忘掉了一切,不再管别人怎么叙述,我转身一口气跑回我教书的学校。

展开通知书细读之后,我傻眼了:已经超过报到时间将近一个星期了!怎么办?焦虑之下,只好厚着脸皮再一次求助教育局的那位远房亲戚。亲戚说:"不要紧,到学校说明情况,应该没有问题,你现在必须马上抓紧时间办理粮户迁移手续。"当天下午，从县城跑到我所在的学校，又从学校跑到家里。卖了粮食，到公社提前预支了当月的工资……不知道这算不算好事多磨，考试结束后四个多月：惊喜、激动、兴奋、焦躁、失望、侥幸无一不有，无时不在。当年本专科的录取分数线是多少？不知道；录取过程中的分配学校是何标准？说不明；断了念想？不甘心；下年再来？没勇气。那段时间打探消息，口耳相传，交通不便，两腿当家：从我所在学校到区所在地15公里山路；从区政府到县城，每天仅有一趟班车。几次打探消息和办理粮户手续，有时一天要用双脚丈量五六十公里。好在在办事过程中得到诸多方便：学校校长随时给假，公社书记慷慨批条，粮管所的同志及时办证，教育局的领导热情解答，师专接待的老师充分理解允许报到……都给我留下深深的印象。

校园的苦乐生活

中文一班的宿舍在一栋老筒子楼里头，我们宿舍住着七八个人。不久，学校称这房子要腾给新来的老师，于是又把我们迁到类似油毛毡或者石棉瓦顶的工棚里，一间屋子里面住着二十来人，两三盏昏黄的电灯光若隐若现，一到晚上很难看清书上的文字。学校有一个操场，边上杂草尚未除净。场外有几栋零星的砖房，几乎没有围墙，学生的活动一直可延伸到河边甚至跨过堤埂进到对岸的小树林。教室稍好一点，跟现在的乡村小学差不多；图书馆也好像是教室改建的，书不多，但在书籍缺乏的年代也基本够用。食堂在一个像大礼堂的瓦面砖房里，早餐是粗制坚硬的馒头，中晚餐大家围桌共进。开设的课程有汉语、文艺理论、哲学、古典文学和写作等，基本上没有教材，大家都抱着一摞厚厚的油印讲义；大部分老师是才从各县、市中学选调的优秀骨干，教学方式与中学大同小异，解词释义，诵读讲析。

随着时间的推移，学校办学条件有所改善，食堂取消围桌用餐，馒头好像也变得柔软，油水不够也可以自掏腰包加餐；图书馆已扩大开放，体育课也能开展一些除疯抢篮球或跑步以外的简单项目。1978年秋季或稍后一些，文艺活动范围逐渐放开，一大批被封存或禁止的老电影逐步解禁，到电影院看电影成为中文系学生寻求课外知识补充的另一条途径，更是我们释放紧张学习压力的重要方式。

从1978年春季进校到1979年夏季毕业，前前后后也就一年半不到。一年多要完成两年学制的课程，寒暑假放得很短，课外活动几乎没有。学习任务紧，住宿、伙食等诸多条件十分艰苦，大家的精神却颇为充实。余音远去，但同学们刻苦学习和融洽相处的一些场景至今仍然历历在目。

转折回首的点滴感悟

1977年高考制度的恢复是我个人的一次大转折，也是一代青年命运的大转折，更是国家和民族命运的大转折。赶上这次转折对于个人无疑是一种幸运。如果没有这次转折，我也许就在家乡的那间学校做一个辛勤耕耘的民办教师，经过努力获得转正；也许回到老家，在那块贫瘠的土地上默默躬耕，养儿育女。我抓住了恢复高考转折的契机，毕业以后成为一名正式的国家人民教师。几十年的教育生涯虽然没有什么值得书写的建树，但至少生活平稳、平安，为教育事业做出了应有贡献。

是金子总会发光的，但前提是环境允许他有舞台发光。1977年570多万人参加考试，招生仅有20多万，录取比率不到5%，大言不惭地说，相当于现在研究生的录取比例。那一年录取进校的大学生，毕业后成为各条战线、各个领域的骨干、精英乃至专家。梁启超先生说得好："少年强则国强，少年智则国智。"这次高考制度的恢复，与其说是一代青少年的福音，不如说是一个国家和民族的庆幸。国家没有这次转折，人才匮乏特别是出现断层、后继乏力，持续发展就是空话。

机会永远留给有准备的人。参加1977年高考的绝大多数同学看似临阵磨枪，但被录取者则多靠平日里点点滴滴的积累。有备逢良时，黄金方闪光。我们感谢和庆幸时代给予的机会，衷心为恢复高考讴歌点赞。

高考制度恢复40年了。当年的毛头小子和黄毛丫头，现在都成为两鬓斑白的老人或到了退休的年龄。我们这些人唏嘘感叹中透露出一点点自豪。我想说的是，迄今为止，高考仍然是选拔人才较为公平、公正和公开的形式之一，希望后来者珍惜时光，为人生长远发展做好充分准备。

吕 桂

最忆那两年

1977年,19岁懵懂的我响应号召到离县城60多公里、地处赤桐公路旁边半山腰上的元厚公社高台大队成为一名知青。在那里我举目无亲,常常一脸茫然地驻足高台向下瞭望。看到的只是奔流不息的赤水河、没有尽头的弯曲公路和偶尔来往的汽车或拖拉机,大多数时候静得能听到自己的心跳。

在那里,我在劳动闲暇时不忘翻阅一些英语读本。我自幼算有点语言天赋,进入中学后英语成绩明显高于其他学科。时任赤水一中教导处主任的李绍民老师英语功底深厚,尤以读、写见长,是家父的好友,对我影响较大。

下乡两月有余,收音机里传来恢复高考的消息。原来的中学同学奔走相告或书信表达,参加高考成了我们共同的心愿。当年赤水没有举办任何形式的高考补习班,我在独居农村的那个小屋开始了系统复习,看中学课本,翻阅英语资料。12月中旬开考,我因报考英语专业,在政治、语文、数学、史地考试的基础上多考了一门英语课程。

翌年,好多考生已陆续拿到大学通知书,而我自己一望再望还是没有消息。正在失望时,意外收到贵阳师范学院遵义大专班的入学通知书,细一看,居然被中文科录取?!顿感失落。家父规劝我,要面对现实,服从安排,接受祖国挑选。四月中旬，我便收拾起行囊去遵义报到了。入学后知道，像我这样被"错录"在中文班的英语考生还有十来人，刘鸿麻、周帆便是其中。那年师专没有开设英语专业，我们都莫名其妙地被录取在师专中文科。因为未实现初衷，想讨个说法，常常有些犯傻举动。记忆中曾经参与过几个同学组织的"与吴山校长的对话"行动，和中文科党支部书记郁行老师也有过语言摩擦，要求校方增设英语课；也曾在获悉教育部来人视察时，贴满大字报……后来为满足这"一小拨人"的要求，校方煞费苦心，倾其所能，为我们开了小灶：每周安排两个下午兼学英语。很有意思的是，当年英语老师的配搭也很特殊，有在赤天化担任过翻译刚调入学校的杨明喜老师，有原地区人民银行退休的李老师和刚从泥桥监狱特赦出来的夏神父。接下来的学习生活走向了正轨，我们用了一年半的时间学完了两年制大专班中文专业的全部课程，又兼学了许国璋编写的《大学英语教材》（一、二）。

当年，从县城来到遵义市湘江河畔汇川坝的遵义师专，我既兴奋又陌生。当时学校的学习生活费用全部由国家包。家里间或给我寄来零花钱，我在洛阳铁路局工作的二哥按月寄来5元钱的邮票，我转手就在学校收发室温守先老师处换现，因此经济上略显宽余。学校苞谷饭比较难咽，常常和喻见、陈方平、谌世昌、陈红等相邀去毗邻的长征四厂改善生活。班里我年龄偏小，同学们对我关爱有加，家住市区的同学经常周末把我带到家里打牙祭，喝点小酒。在谌世昌、喻见、彭一三、佘安勇、杨贵平等人的家里，我算是常客。喻见家每每停水，总忘不了拉我和佘安勇去吃饭，顺便帮他担水。还有请我去"家辅"英语的，同学手足之情甚是温暖。只可惜女同学不多且年长，大学恋情这种浪漫的事在我身上发生的概率趋同于零，只能是默默无闻地为喻见向同班女同学传递情爱，当当信使罢了。

毕业后我被分配回到家乡的赤水一中。在那特殊时代背景下，手执中文专业毕业证书的我，接手的却是不具备文凭资格的英语教学。首批教学的学生在后来的高考英语考试中成绩优异，上重点大学多人，包括清华大学一人。随后我边工作边学习，获得了英语大专文凭，并取得中学一级教师资格，1981年秋被县里推荐去北京外语学院进修英语一年。说来很巧，和喻见又在北京邂逅，那年他在北大进修文艺理论。我们几乎月月有聚，时而相约郊游，或在北大旁听"新诗研究"等课，还为他新婚天津之旅全程陪同拍照。进修结束后又回到一中教英语，并以"听、说"领先的教学方法打破传统教学模式，取得优异教学成绩，在县城小有名气。1984年春季任赤水三中副校长，同时兼任一个班的英语教学。1988年调赤水县政府外事办公室，1990年再度北上外交学院学习，结业后调至遵义地区行署外事办公室，之后从事行政工作至今。

  在岁月之城里我们回首往事，1977年高考是人生最重要之新起点。后来的日子时而欢欣鼓舞激情奔跑，时而蹒跚踱步左顾右盼，直到职场生涯结束。朋友圈里人头攒动、进进出出；而同学却永远在圈儿内视线里，或经常想起，或不常相见，或已不能再见，但永远都驻足于心灵的视线。岁月虽不待人，可记忆一直都在！

潘辛毅

Mang 哥往事

  遵义方言有个单音词念Mang，阴平，胖的意思。说Mang而不说胖，多少有点亲近、随意、戏谑的意味。我们遵义师专七七级中文科年长我两岁的同学喻见，因为身材高大，体型较胖，为人又随和，年纪比他小的都叫他Mang哥。

  Mang哥在2005年夏天由于医疗事故已经仙逝，但同学、朋友、同事、学生们聚会时，常常念叨他。Mang哥和我又是同事，他毕业后分到遵义教育学院，我1988年调回师专，后来两校合并升格为遵义师范学院，我俩在中文系共事了多年。中文系的年轻同事也都叫他Mang哥。

  Mang哥在中文系上汉语言文学专业的"文学概论"和"外国文学"课。他专业积累深厚、敏于思考，很有才华，口语和书面表达都堪称一流。他离世那一年已经在中文专业的顶级刊物《文学评论》上发表了专业论文，稳稳当当可以评上教授。可惜天不假年，让他在生命最成熟饱满的时候画上了句号。

  Mang哥生性活泼开朗、爱笑，也爱开玩笑。当时中文系同事里还有一位七七级中文科的同学谌世昌大哥，也是性情豁达、幽默风趣之人，与Mang哥私交很深，两个人开起玩笑来全无顾忌。两位哥子都胖，就彼此以"肥"相称，你叫我"谌肥"，我喊你"喻肥"。有时觉得不过瘾，还以"肥猪"互称，公开场合也不忌讳。中文系每周五下午的例会，如两位哥子都到，那会前的几分钟里"肥猪"称号要在会议室上空乱飞，年长的同事哈哈大笑、年轻的同事忍俊不禁。两位哥子每天如不见面，没事也会在电话里相互问候。这个时候，就会在"肥猪"里加个"死"字相谑：隔着电话，"死肥猪""肥猪死""肥死猪""死猪肥""猪肥死"，彼此一笑，周身舒畅。中文系聚餐，两位哥子必坐一桌，一是因为都好杯中之物，二是因为近距离的"攻讦"更直接，也更有趣。这时候的场合往往就成了两位哥子的双口相声，你揭我的短、我造你的谣，你编排我的童年糗事，我捏造你的尴尬艳遇，汉语口语的表现力被两位发挥到了极致。听众乐不可支，两位主角：谌大哥抿嘴浅笑，努力保持大哥的矜持；Mang哥则笑得两腮绯红，泪水直流。

　　当然，两位也有互相吹捧的时候。谌大哥在中文系上"形式逻辑"课，这门课枯燥、艰深、专业性强，一般老师怕上，也很难上好这门课。智力超群、口才超好的谌大哥对课程内容精熟，上课时教材往讲台一放，基本不打开，内容轻松驾驭而又能引人入胜。Mang哥就送了他一顶"黔北第一逻"的高帽，谌大哥欣然接受。师院升本后，要打开成人教育的局面，和其他高校争生源。学校下放成教招生组的权利给中文系，系里也动员老师们到各县招揽生源。Mang哥就发挥他远交近拉、纵横捭阖的社交手段和豪放不羁、千杯不醉的酒场魅力，招到了成百上千的成教学员。谌大哥就慷慨地封他为"黔北大学校长"，Mang哥也不推却，笑呵呵地应承。两位哥子惺惺相惜，又常常口角相争，颇有点宋代大文人王安石与苏东坡因政见不同而互相攻讦，落魄时又相知相惜，携手同游金陵的意趣。当年送别Mang哥的时候，谌大哥代表亲朋好友致悼词，语不成调，声泪俱下，痛惜之情溢于言表，而之后很长一段时间，谌大哥都寂寞清冷，落落寡合。

　　Mang哥是个快乐主义者，有他的场合总能听到他爽朗的哈哈声。他爱好给同学、同事、朋友奉送绰号。中文系有个简老师，性格豪爽、疾恶如仇，常对有恶习的学生施以拳脚，平时又爱穿一件佐罗式黑色长风衣，Mang哥直呼"简大侠"，这个称号一直用到现在，无论师生。七七级中文科的同学当中也有一个豪爽之士杨贵平，中气很足，说话洪亮如擂鼓，行事率直，说话时唾沫横飞，量大而密集，Mang哥就以"口水鸡"相称，并且编了个场景故事，说杨老师上课时，第一排的学生都要撑开雨伞。当时遵义师院的院长周帆也是我们七七级中文科的同学，平易近人，毫无官架子。有一次同学聚会，见了周帆院长，大的叫周帆，小的喊帆哥，Mang哥则称呼：李维汉。大家听了开始都一头雾水，不知所云，后一细细揣摩，都不禁哑然失笑，觉得有趣。原来周帆的夫人叫李维，周帆确实是李维的汉子啊，当然又有别于历史名人李维汉。七七级中文科还有个在遵义四中任教的同学兰永平，皮肤白皙、头发卷曲，身形、模样、风度都与央视曾走红的主持人李咏极相似。兰永平同学多才多艺、能歌善舞，主持与演唱颇具专业水准，Mang哥就送上了一顶"仓庚"的桂冠，典出《诗经·豳风·七月》。后觉得太书面化，有碍传播，干脆通俗点直接叫"鸟儿"，或冠以姓：兰鸟儿，一下子就在同学圈中叫开了。Mang哥的敏慧、巧思，让人感叹。

  Mang哥的率真性情，还表现在他毫不掩饰对漂亮异性的关注。升格后的师院中文系鲜花盛开，漂亮女教师很多，Mang哥仿佛从草坪进入了花丛，脸上写满了喜悦。他很快就和中文系的每一个年轻女教师都建立了良好而密切的同事关系，时常开些温馨、高雅的玩笑，也时常献些小殷勤。Mang哥和已经成家的年轻女教师的老公们也处得很好，这些中文系的女婿也相跟着叫他Mang哥。

  Mang哥好酒善饮，且酒量很好。他脸色本来就红润，喝了酒更是红中发亮，像红富士。有一次喝得兴起，他非要拉着谌大哥和我，还有一个小兄弟，四个粗壮的男人一起给老师们表演天鹅舞，我们无奈只好陪两位哥子出洋相。在口唇奏出的天鹅舞曲之中，四个男人努力踮起脚尖、翩然起舞，才两三秒钟餐厅里就笑倒了一大片。至今四小天鹅的故事不时还在中文系（现在的人文学院）传扬。

  Mang哥古道热肠、乐于助人。他学生多、朋友多、交际广，找他帮忙办事的人也很多。他能办的事马上就办，有难度的事尽力去办，办不了的事创造条件想方设法办。我们七七级中文科有个彭一三同学在老遵义市教育局普教科

Mang哥往事

任科长，Mang哥私下里称彭一三叫"彭屁股"。这个字面上不雅的绰号其实有雅意，因为一三兄笔头勤快，经常在晚报的第四版（报屁股）发表些豆腐块文章，还汇集出版了文集《生活的圈子》。同学中为亲朋好友读书就学的事情叨扰彭一三最多的肯定是Mang哥。

Mang哥的故事还有很多，有的不大适合形诸文字，如他和谌大哥彼此"攻讦"的许多打油诗，都是极精彩的口头文学，只有在记忆中保存，口耳间传播了。Mang哥离去时，他的老母已年近九十，噩耗不能相告，只好说他出差了。他真像是出差了，言行举止还鲜活地保存在同学、朋友、学生的记忆中。

我们七七级中文科的同学像Mang哥这样殁于意外的还有郑华勇和王志勇。郑华勇是我师专中文系时期的同事，勤于读书、敏于思考，上文艺理论课条分缕析、深入浅出，深受学生欢迎；王志勇毕业后先在钛厂子校任教，后调入老遵义市党史办，他智商极高，棋艺超群，业务能力超强。两位同学和Mang哥一样，都是社会精英、行业翘楚，可惜天妒英才，让他们过早辞世，空留几多遗憾、哀叹！逝者也已，愿他们在天国快乐、吉祥！

王明析

记忆1977

自从步入人生的秋天，很多时间就多是活在记忆中，活在思想里。思念和怀想，都源于消逝的旧时光，我对一无所知的未来其实根本没有什么神往。所以随着我的记忆愈来愈差，反思往事差不多就是我最日常的生活状态。

我是不是一个很怀旧的人？不知道。我还是想努力用文字的方式来凝固一段遥远而又清晰的记忆。

1977年秋末冬初，母校务川一中校园还是那样破破烂烂。建于20世纪50年代的两栋标志性教学楼，有些地方已有清晰可见的断垣残壁模样。墙体上那些充满特殊时代气息的标语显得斑驳陆离，虚虚泛起一缕淡淡的惆怅。一个时代好像结束了，但又分明触手可及。从老校门简易的水泥路走进校园，目睹曾经非常熟悉的母校，我有一种穿越时空的感觉。两年前，我从这里走出学校走进乡村后，根本没有想到有一天还会回来。四年后，甚至将一生中最重要的14年时光又留在这里。

那天阳光和煦。我走到饭厅池塘边的空地时，这里已聚集了将近百余名青年男女。我们很多人都熟识或面熟，因为大多是前后两三届的校友。我们绝大多数人当时的身份都还是知青，恢复高考的消息乍一传来，大家突然都有一种意外的惊喜,我甚至有一种重见天日的感觉。我原以为这辈子最好的出路就是在本县某个小作坊之类的工厂当一个工人就很不错了。没想到竟会重新拥有这样一个机遇,让我们有可能凭借个人的努力走进大学。我很清楚,像我一样对未来充满希望的年轻人太多太多,我可不敢有丝毫的懈怠与侥幸。

那时我们绝大多数人都没有戴手表,手表可算是奢侈品,但我们都无一例外地准时,因为我们谁都不想错过即将到来的每一分钟。我不想用望眼欲穿这样的字眼来形容我们内心的期盼,但事实上我们的内心里秋水早已被穿透。

终于,有我们熟悉的老师走出教学大楼的边门,逐级而下走来了。人群里很快传出一阵轻微的嗡嗡声,有惊喜,也有叹息(因为不是自己需要的学科)。然而,无论惊喜与叹息,我们都对身着中山装,目光亲切有神的老师充满敬意。记忆中,历史和地理老师没有在这样的场所出现过,出现得最多的是语文和数理化老师。1977年高考,无论文理科,政治、语文、数学都是必考科目;此外,文科加考史地,理科加考理化,外语则选考。当时,最受欢迎的是数学老师。在我记忆中,母校当时最有名的老中青三代数学老师,例如蒋传奇、周运达、罗明春老师,都曾在食堂这间临时大教室里为我们这些往届高中毕业生义务补习过文化课。

到今天已经想不起当年讲授的内容了,但那氛围却一直铭刻在我的记忆深处。一百多平方米空旷的大屋里,没有桌凳,无一例外都站着,老师就在临时讲台上开讲。深秋的阳光苍黄而又温暖,笔直的光亮透过残损破败的窗框和玻璃直射进来,那光与影的和谐交织,构成了我此生从未见过的超越经典电影的特写场景。黑压压的一群人,神情专注,不停做笔记,笔记本放在前面一个人的后背上。教室太空旷了,也没有任何扩音设备,但丝毫不影响老师激情飞扬地讲授和板书。老师都是我们熟悉的老师,此时此刻,我们听课的感受却与以往决然不同;因为在我的印象中,我的这些老师好像从未闪耀过如此自信而又激扬的光芒。时光停止了。那时那刻,为我们义务补课的这些老师,显然是充分意识到春天来了,脸上洋溢着春风般的欢欣。

弹指一挥,四十年过去。恩师或已不在,当年那些形如雕塑般伫立在讲台下聆听讲授的青年男女也开始佝偻。但那刻的阳光,应该永远驻足在了各自的心里,照亮了后来的印迹。

彭一三

三代人的师院情结

遵义师专九十周年校庆时编了一本校史资料，其中我父亲彭文藻的名字列入初中四十期学生名单，我的名字列入1977级中文科学生名单。现在我女儿彭维熹在遵义师院任教，一家三代人都是遵义师院百年校史的校友。

父亲1943年高中毕业后就前往金沙教书。这样推算起来，他就读初中的时间当为20世纪30年代末期。父亲后来一直从事教育工作，小学、初中、高中都教过，在后期主要从事高中语文教学。父亲去年去世时86岁，听他生前讲，读中学时还是学得比较扎实的。几十年过去，英语也还略记得一点；数学也并没有全忘记；语文呢，因为吃着这碗饭，凭着以前的底子和后来边教边学，也还过得去；60年代中期我家陋室墙壁上挂满了他老人家先进工作者的奖状。

我属于被特殊年代耽误了读书的一代人。从1961年入学至1966年，我实际才读五年书。中学三学期，几乎没学什么东西就被硬推毕业了。还好，1971年我中学刚毕业就赶上了招工机会，进了银行。六年后遇上了恢复高考。上大学本是我从小就有的梦想，但得到报考消息时，自忖凭我的学习经历已不敢有此奢望。倒是我同事的丈夫邻居"家门"大哥怂恿我："怕什么？你去试试嘛，你可以的。数学差，我帮你补！"一个多月夜以继日拼命努力，主要精力用于补数学，有时向兄弟彭一五请教。他读过高中，基础也可以，可是他因为当年刚从知青招工到"八七"厂，不敢报考，失去了这次机会。我1977年考上了师专。收到的录取通知书是贵阳师院遵义大专班，最初还曾犹豫，后来决心先把书读了再说。兄弟彭一五最后也"步我后尘"，于1981年考上师专，同样是中文专业，而这时候我留校的同学已经成了他的老师了。

师专，学历不高，牌子不响，但我却以它为荣耀。从我后来改行从事教育的经历来看，虽然没有什么辉煌建树与突出成就，但也自认不是碌碌无为。我的学友中有名声有成就有影响者却不少，有的走上领导岗位，声名远播；有的奋斗在教学一线，不是名师也是骨干。我为拥有这样一批学友而骄傲，这是我最宝贵的财富。去年我欣然受邀为母校创作《百年师魂》小品，在小品里我把师院百年校史中的杰出代表黄齐生、蹇先艾、周林请出来串在小品情节当中，以此纪念我的可敬老师们。他们中间，刘耕阳老师博学、李志强老师执着、杨大庄老师深厚、赵世迦老师严谨、龚开国老师言重，等等，还有很多好老师，不一一列举，我心里永远记着他们。

我的女儿承父业进入遵义师院音乐系任教，兢兢业业，已有六年多的教学经历。前几年跟学生排《雷雨》第三幕，只用了几千元的经费就复现了大幕经典，影响良好。她连续两年被全校学生公推为最受欢迎的老师，我很欣慰。

我的父亲，我和女儿，还包括我的兄弟彭一五，或就读于师院，或任教于师院，都从事教育工作，这一家三代人的师院情结我想在师院百年校史上都是少有的吧。我父亲年届八十之时，电视台专门做过教育世家谈教育的节目。据《续遵义府志》记载，我的高祖——我父亲的曾祖父——彭寿贤，光绪十七年辛卯科举人，官定番州（今惠水）学正。我的曾祖父、祖父都曾经教过书，祖辈从事教育，祖孙三代名列师院百年校史，是彭氏家族的荣光，也是遵义师院办学史上的庆幸。我要珍惜，我女儿也要珍惜。

今日的遵义师范学院，环境面貌焕然一新。饮水思源，在这百年校庆之时，难忘母校，难忘师恩，难忘学友情。

我的高考 我的大学
——遵义师专一九七七级中文班高考四十年纪念文集

王明析

学在七十年代

  余生也晚，回想求学生涯，感慨有加。恢复高考至今已四十年，漫忆往事，聊以此小文纪念我苍白温暖的少年时代，感谢特殊年代传授我文化知识的众多老师。没有他们在中学阶段给我的教诲，我肯定不会顺利通过1977年12月的高考，并以"七七级大学生"的光荣身份进入遵义师专中文科学习，欣遇那么多令我感佩的学兄学弟以及众多老师。

  是为小引。

A. 1971年7月：小学五年级

学期评语

  优点：热情积极宣传毛泽东思想，参加集体活动，学习肯动脑筋，作业认真，后半期在各方面进步大。

  缺点：在课堂上有时没精打采，不活跃。

  本期各科成绩：毛泽东思想65，语文90，算术70，军体80，劳动70，革命文艺80，常识100。

假期注意事项
1. 活学活用毛泽东思想，做好人好事。
2. 完成老师布置的假期作业。
3. 注意安全，如游泳、爬树等，不赌博和不做不利革命的事。

这是我最早的一张学习成绩单的主要信息，1971年8月4日由我的小学班主任牟来珍女士填写，当时我小学毕业。务川环城一小就是此前和后来的务川实验小学，当年改名"东方红小学"。

13岁的我优点如此突出，但不料想毛泽东思想（即政治）课只得了65分，心里颇为之不服！当年学校排练文艺节目宣传毛泽东思想，我在《沙家浜》"智斗"一场戏中扮演刁德一，所有唱段没有要文化馆老师哈文校正过一句，而且让这个中央民族学院毕业的大学生惊叹，孰料这门课还是勉强及格！常识课虽然得了100分，但我那时却做了一件很违背常识的事。我想看一看四大发明之一的火药威力究竟有多大，遂将整整两盒火柴的火药全部剥下，集中用纸包好，塞进天主堂下面的墙缝里，想点燃后看它能将墙体炸成什么模样。开始怎么也无法将其点燃，后来我想了一个办法：将钢炭火头抵近火药包，然后用嘴去吹炭火头。瞬间，轰的一声，我脸上一热，一种火辣辣的疼痛感立即像一张强力胶布将我的脸紧紧缠住了，直至眼睛无法睁开。

显然是没有常识！

及长，所犯常识性错误仍不计其数。延至今日，有些错误属"小儿科"级别，明明知道不能违犯，却依然秉性不改，显然是要将其带进棺材的表现。

"不利革命的事"不敢也不愿，相反，我对这类事情警惕性非常高。毗邻的聂家院子有个哑巴，男性，中年人，独身，爱着女装，在县城有超一流的做鞋手艺。因为他神情有些怪异，很长一段时间，我总怀疑他是特务。夜里有时还去他们家悄悄侦察，看他是否在发电报。

B. 1972年1月：初中一年级（上）

学期评语

1. 能自觉学习毛主席著作，参加政治活动。

2. 学习较努力，遵守纪律较好。

3. 能参加校内劳动，但劳动观点不强，表现不主动、不踏实、不肯干。

希今后努力学习毛主席著作，养成热爱劳动的习惯。

本期学习考查成绩：政治优秀，语文70，数学60，外语优秀，地理优秀，农知优秀，文艺良好，军体良好。

寒假要求

1. 学习毛主席著作，适当参加社会活动。

2. 适当复习功课。

3. 适当参加集体生产劳动。

我的初中班主任钱老师是位女性，大学生，近视眼，教数学。1972年元月，钱老师还不到30岁。她没有看到我在劳动中的真实表现，所以在学期评语中，她才会用排比的修辞手法痛斥我"劳动观点不强，表现不主动、不踏实、不肯干"，还希望我"努力学习毛主席著作，养成热爱劳动的习惯"。为此，我被父亲重重地训斥了一顿。

但事实显然不是这样。

我在务川中学读书那几年，劳动特别多，每个星期六下午都是劳动课，主要是"人海战术"挖填操场。那是个体力活，无论挖土还是运土都不轻松。我劳动时并不偷懒，只是不喜欢弄虚作假。钱老师不在场时，该挖土或是运土我绝不含糊。只是有两次她到现场时，恰逢我甩手休息，也没有像别人那样立即起身投入劳动，对她的到来完全视而不见。我好逸恶劳的印象自然就难以避免了。

钱老师对我有这种印象，我是咎由自取，也无怨尤。我当时鄙夷的是她欣赏的某些人：她不在场时，他们偷奸耍滑；只要她一到场，表现就极为积极。后来事实证明，我鄙夷的这种人显然都比我会做人，好像是更懂生活，过得也潇洒；不过，我始终无怨无悔。20年后，我即使做了母校校长，有些老师和同事见我处事太迂，出于善意提醒我"做人不能太老实"，我也依然充耳不闻，自是劣根使然。

还是说说当年学习的事吧！

1971年我进初中时，教学秩序开始慢慢步入正轨。初中两年，给我上过课的语文老师好像有五位，平均下来，一学期换一位还不止。虽不符合"教学规律"，但好歹领略了各种不同的教学方法，对我后来上语文课有一些潜移默化的影响。现在印象最深的是鲁兆邦老师，因为他第一节课就给我们一个下马威。第一次走进教室，鲁老师没带课本，他对我们手中的语文教材好像很有些不屑一顾。面对乱糟糟的课堂秩序，他根本不管，只让我们拿出纸和笔，说要"听写"。那时我们对"听写"已经很有些陌生了，但得知是听写"毛主席语录"后，没有一个人敢继续吵嚷，教室里突然有一种奇怪的安静。鲁老师也没带《毛主席语录》，就用一种怪怪的腔调（后来看动画片《烧苞谷》始知是云南口音）慢悠悠地背诵起大家耳熟能详的一段语录："革命不是请客吃饭，不是做文章，不是绘画绣花，不能那样雅致，那样从容不迫，文质彬彬，那样温良恭俭让。"虽然他已经事先声明写不起的字可用拼音代替，但我们全班几十个同学还是被他这一招儿打得丢盔卸甲人仰马翻。事后，我们的语文课就经常出现了这种固定模式：听写，纠正错别字，再讲解字词句意。当时的我对于这种特殊的教学方式并没有特别的认识，直到许多年后，读阿城《孩子王》，我突然想起鲁老师和王一生所具有的"共性"，极为佩服和感激！

鲁老师是学校的名人之一，与其妻黄静霞老师是大学校友。因为同攻中文专业，故常有人要比较他们夫妻教学水平孰高孰低。我当时读初中，记忆里鲁老师比较随和，黄老师则派头大，穿着比较讲究，像现今某些影视作品中旧式知识女性形象。鲁老师会拉京胡，黄老师有一副清亮的嗓音，夫唱妇随的现实解释。让我对鲁老师留有至深印象的，还有一件事。1976年在农村插队当知青时，我得了一种奇怪的皮肤病，全身上下长满了一种米粒样丘疹，奇痒难耐，苦不堪言，中西医治疗均不见好转。听说鲁老师医术了得，我半信半疑，抱着病急乱投医的心理去母校找他。非常巧的是，那天下午他刚从山上挖药回来，闻知来意，他就在学校操场上让我掀起衣服，看了两眼后沉吟道：我给你开个方子，你先吃两服看看再说吧……现在想起来仍感觉惊奇不已：一服药下去便奇痒无踪，药到病除！今天回忆起此事，仍旧恍然如梦。

鲁老师早已退休，如今改行开诊所成了老中医，也算奇人奇事。

C. 1972年7月：初中一年级（下）

学期评语

该生本学期能积极参加各项政治活动，学习努力，成绩较好，遵守学校纪律较好。在劳动方面比上学期有所进步，认识有一定提高，并能热心参加文体活动。

希今后努力学习毛主席著作，在各方面更加严格要求自己。

本期学习考查成绩：政治95，语文80，数学68，外语78，图画78，地理90，农知95，文艺85，军体75。

寒假要求（各期皆同，略）

从成绩单打分的方式上可以看出，当时教学秩序已明显进入正轨。我在钱老师眼里劳动虽有进步，但还是不能像参加文体活动那样"热心"。这容易给别人造成错觉：这家伙好逸恶劳，却是个花花公子。

真是冤哉枉也！

其实我比较喜欢劳动，了解我的人都知道。我真正不喜欢的恰恰是所谓文艺活动，尤其跳舞之类。后来几十年，多次在一些身不由己的场合遇舞则退，让人狐疑。有两次，从前的学生竟然起兴要现场教我这个老师跳舞，还信誓旦旦保证我肯定一学就会。

我喜欢音乐是实，但不喜欢吵嚷。当年因为跟父亲学过拉二胡，所以但凡有文艺活动便被拉进去滥竽充数，这大约就是我"能热心参加文体活动"的重要依据。事实却全然相反，可见写在纸上的评语是多么靠不住。

整个中学阶段，学校的文体活动繁多，也算是时代特色。直到进入高中，因为想加入共青团，我才在主观上想参加文体活动；但无论怎样卖力，入团的愿望还是成了泡影。由此可见，动机不纯，阳谋也是不能实现的。

这个教训不具备典型性。

D. 1973年1月：初中二年级（上）

学期评语

该生本学期能积极参加各项集体活动，要求进步，学习努力，成绩好，遵守纪律，热爱劳动。

但工作上不够主动，希今后努力学习毛主席著作，争取更大的进步。

本期学习考查成绩：政治83，语文84，数学65，物理98，化学86，历史85，文艺99，军体80。

文艺得99分我印象深刻，因为我中学阶段的这位音乐老师太特别了。

音乐老师姓唐，名尔钟，外地人，长相酷似费翔，连边分的发式也惟妙惟肖，白净的前额经常飘动着一缕秀发，风度翩翩，很是迷人。唐老师身材修长，戴一副浅色镜框的近视眼镜，说的是普通话。唐老师上课很认真，每教我们一首新歌，他都要用整开的白纸将那首歌抄好带到教室做教具。谱用红笔书写，词用墨笔书写，工整秀丽的简谱与汉字一经奇妙搭配，美得简直妙不可言！我们有些同学自然免不了要模仿这种歌曲的抄写方式。唐老师有时也在课堂上简单讲一些音乐知识。我印象很深的是有一次他介绍自己当年学拉小提琴时，因为没有小提琴，为了掌握揉弦技巧的要领，甚至采用过左手视右手腕为琴颈指板来练习的土办法。他当年在课堂上示范的样子很优雅，我至今仍留有深刻印象。看上去文静而有学者风度的唐老师，考试所采用的方法却有些铁面威严。今天在中学，我估计已没有老师再采用他当年的考试方法了。考试内容只有一项：识谱。他预先已在纸上书写好一些简谱，都是课堂上讲简谱知识时他用以举例示范的歌曲曲谱，长约二十小节左右，然后卷成筒，放进一个大笔筒里。考试方法是逐个进行面试：我们任意在笔筒里抽取一份，然后对那曲谱进行现场识别，他则根据我们识别的正确程度现场打分，以此作为本学期考试成绩。因此，我今天仍很自豪14岁读初二时99分的这个音乐成绩。

音乐老师对我们潜移默化的影响还不仅止于课堂。读高中时有天晚上，我们排练文艺节目完毕后从学校回县城，在郊外的马路上，我们几个同学发现音乐老师与他漂亮的妻子正在我们前面约20米远的地方相偎前行。那是个月色撩人的夏夜，我们之所以一下子就辨认出那是音乐老师和他的妻子，是因为我们太熟悉他那身装束了：当时，能将白衬衣扎进裤子的老师，学校就只有他一个。居然敢让妻子挽着自己的手臂在月下漫步！

太资产阶级了！

但我们几个同学却不知出于什么原因，似乎心有灵犀，都将脚步放慢了。我们开始与之保持约15米的等距离，不出声地尾随着音乐老师和他的妻子，静静地走在他们身后，任少年人的思绪在月色撩人的夜晚冉冉飘升……

读初二这年，我好像是班委的一个什么成员，如果不是钱老师说我"工作上不够主动"，我肯定回忆不起这辈子从那时起便开始"步入仕途"。所谓从小看大，钱老师在这个问题上也真算是火眼金睛了！只是，这好像与是否"努力学习毛主席著作"无关。何以言之？我当时不仅能背诵很多毛泽东诗词和老人家的语录，甚至对《毛泽东选集》中很多文章都泛泛有过浏览，个别篇章甚至读过不止一遍，像《星星之火，可以燎原》《中国革命战争的战略问题》《敦促杜聿明投降书》之类。

毛泽东著作我读得非常仔细认真的是注释部分，当时觉得它太有趣了，而且那也几乎就是那个时期最早接触的课外历史文化读本之一。

E. 1973年7月：初中二年级（下）

学期评语

该生能积极参加各项集体活动，要求进步，遵守纪律，在劳动中表现较好，学习努力，成绩有一定提高。

希今后努力学习毛主席著作，严格要求自己，争取更大的进步。

本期学习考查成绩：政治90，语文88，数学90，物理90，化学96，外语80，历史85，文艺90，军体80。

我的数学成绩一下子上来了，而且各科成绩都算不错。那是1973年，早就风传升高中要实行考试了，我不敢再取顺其自然的学习态度，平生第一次在学习上有了紧迫感。从钱老师写学期评语可以看出，她是用数学思维的方式在很严谨地对我进行看似定性实则定量的评价，尤其是我的劳动态度。所以，她上的数学课能得到90分于我而言的确是个大进步。这也说明今天流行的一句话的确非常有道理：有压力才有动力。

　　1973年夏季的那场升学考试很严肃，极少数人竟然真被母校高中拒之于门外。我有个很要好的同学不幸就是其中之一。无奈之下，他只好去了丰乐中学，过渡一个学期后才转学回到母校。

　　1973年出了件挺轰动的事，辽宁省出了一个"张铁生"。当年我进高中后，我的数学老师周运达先生对张铁生极为鄙夷，每逢课堂上有学生调皮捣蛋时，他都要将其与张铁生相提并论加以嘲讽，根本不考虑如是会不会有不妥。我当年的中学老师有很多都是20世纪50年代的大学生，个别老师甚至毕业于西南联大等一流名校，如我的生物（当时叫"农业基础知识"课，简称"农知"）老师熊兰英女士。他们都很有个性，正直而有学养，不少人还留有浓厚的知识分子遗风，今天在学校已很罕见。

F．1974年1月：高中一年级（上）

学期评语

　　能自觉遵守组织纪律，不无故缺旷课。学习努力，成绩较好，劳动一般能按时参加，表现一般。

　　今后应多参加各项活动，关心集体，团结同学，争取进步。

　　本学期学习考查成绩：政治90，语文91，数学90，物理75，化学95，外语97，历史84，军体78。

　　细心的读者可能会发现，我的这张成绩单上没有了"该生"字样。"该生"这个词极为可恨，就像听到"该犯"一样让人郁闷。高中老师写评语一律用无主句，水平显然要高一点，是不是？何况还是上物理的老师！

语文老师自然就十分了得，起码他传授文化知识的方式我今天依然感到佩服。而这也是我后来在母校上14年语文课时，借鉴得最多的一种授课方式。

我的高中语文老师易代权先生当年可能只有37岁左右，那几届高中毕业生都对他赞誉有加，就是课上得好。语文老师上课，口才好是基本功。我常见他在课堂上讲得性起时挽起衣袖奋笔板书关键词句的样子。虽然戴一副近视眼镜，但一双眼睛仍灼灼有神，炽热的目光透过厚厚的镜片，常常将我们撩拨得情绪飞扬。和初中教语文的鲁老师一样，他也不喜欢拎本教材照本宣科，他最爱讲古诗文。当时的语文教材主要由三部分构成：领袖人物的讲话和著作，报刊上的各类时文，儒法两家的"古诗文"。他重点讲授的是古诗文，对前两类课文，他的处理方式也让人叫绝。其时流行文风的特征是华而不实，假大空盛行，为了使自己的文章有气势和靠山，这类流行时文都喜欢引经据典借以吓人，从毛泽东诗词到中国古代诗文，长长短短的句子触目皆是。易老师在讲到这类课文时，无一例外的"舍本逐末"，大讲这些引文的出处与含义。比如，有些文章为了充分说明"国家要独立，民族要解放，人民要革命"的历史潮流不可阻挡，作者往往要引用"沉舟侧畔千帆过，病树前头万木春""无可奈何花落去，似曾相识燕归来"这类诗句。在接触这些诗句时，他往往要完整板书整个作品，然后再讲解这些诗词的意义，作者的逸闻趣事。我已经记不清他用这种非常巧妙的方式在课堂上讲解过多少古典诗词。但印象很深的是，他用这种看似自由散漫的讲课方式，让我们很多同学都对语文课产生了浓厚兴趣。兴趣是最好的老师，我后来爱好文学，与易老师天马行空的教学方法大有关联。

人在年轻时一般都多幻想。喜欢文学的人，做诗人梦是很常见的事。大约是高一下开学不久吧，因为我记得当时田野上金黄的油菜花正弥漫着沁人心脾的芳香。那天上午我在走廊里告诉易老师，我想找他借两本书看。他好像有些惊讶，或者说意外，含笑说了句什么话已经记不起了，反正是没有答应，弄得我十分沮丧和尴尬。中午进学校，我一个人靠在双杠边呆看操场上同学打篮球，易老师突然在我面前出现了。

他问我："王明析，你想看什么书？"

面对他和蔼的微笑，我突然有一种受宠若惊的感觉。我嗫嚅道："诗……"

"诗？"他似乎有些吃惊，"你想读诗歌？"

我那时正悄悄学写着一种分行排列的文字，生怕别人知道后取笑自己，所以便轻轻"嗯"了一声算是回答。

"古诗还是新诗？"

"新诗。"

他好像怔了一下，但还是很快就答应了："你下午放学后到我家里来吧。"

现在回想起来，他当时脸上倏忽即逝的诧异之色很可能是一种欲言又止的反应。因为这天下午我去他寝室后，他给了我两本书：《中国新诗选》和《唐诗小札》。

易老师当时住的一间小木房，地址即今母校民族教学楼。大约一周后，我去他寝室还书，他似乎也没过多问我的读后感——也可能问了我，但我的回答显然很肤浅，要不然他不会推荐我看秦牧的《艺海拾贝》。这天下午，他第一次带我走上了他的小阁楼。在淡黄的光线笼罩下，我看见了许多许多的书，不但桌子上堆得到处都是，床上、地板上也遍放着书。最初那几秒钟，我就像阿里巴巴偶然走进藏满了珍宝的山洞，呆得有些不知所措。他好像浑然不觉，自从走进小阁楼置身书苑，就始终处在一种莫名的兴奋状态。我小心翼翼从地板上拣起一本书，但还没来得及翻看，就听他在招呼我看他手中的另一本书。这天下午，我印象很深的是，他似乎非常想有一个喜爱书的人与他共同分享藏书的乐趣。而我的兴趣仍然在新诗上，我选了本《长河日夜流》，作者好像是梁上泉，又找了本《诗选》，大约是中国作家协会20世纪50年代的年度选本。这时，他突然用思索的眼光望着我说："这本书你可以看一下。"

我当时不知道《艺海拾贝》是本什么书。可能见我翻得有些漫不经心，他便开始用老师口吻告诉我：你不要只读诗歌，其他方面的书也要多看。我当时好像有些充耳不闻，因为内心深处总是对诗歌情有独钟。

那段时间，我已经记不清从易老师那里借过多少书看，印象中除上述书籍外，还有《女神》《艾青诗选》《阅读与欣赏》等。这些书有的是他亲购，有一部分则盖有务川中学图书室印章。数年后我回母校教书（易老师已在此前调回了老家），才知道学校图书室曾有丰富的藏书，惜大部已散失于动荡年代。那时我突然想起易老师的有些藏书，不知何故心里竟生出一种莫名的羡慕。20世纪80年代初，学校图书室曾张贴过一份长近十米的借书清单，至少上千册，详细公布了老师们所借的图书。这份告示最后公布逾期不归还图书的处置方式是：按该书定价三倍在工资中扣款。我记得，当时我们几个年轻老师看着告示中某些久仰其名的书籍，曾深为惋叹地说：五倍都值啊！

G. 1974年7月：高中一年级（下）

学期评语

在××运动中表现较好，能积极发言，写批判文章。

对学校劳动参加较少。

学习较好，但上课不够认真，有时爱与学生打跳。

本学期学习考查成绩：政治89，语文97，数学20，物理94，化学91，外语95，历史80，军体78。

如果这个学期评语是我当年的工作鉴定，今天恐怕就不好要啦！

我没想到，班主任王漾堂老师竟然在成绩单上白纸黑字说我"在这次××运动中表现较好，能积极发言，写批判文章"，我真是服了他啦！

但王老师显然又没有完全冤枉我。

事实是，我当时的确比较恪尽职守，因为谁叫我那时语文成绩好，又能写两笔童体的毛笔字呢？我作为班刊的主笔兼主编，是写（抄）过一些口号式时文。有两次，我还模仿贺敬之《放声歌唱》的"楼梯式"诗歌（当时还不知道马雅诃夫斯基是其鼻祖），写过那种火药味呛人的分行文字。

真真是羞煞人矣！

但我肯定没有"积极发言"，因为性格决定了我不会这样做。举个例，我虽然喜欢音乐，但却不擅长唱歌；我胡涂乱抹几个字还可以，但绝不会登台作振臂高呼状。

　　王老师是个对人很和善的人，20年后，我在母校当校长，他作为副校长，十分支持我的工作，令我这个学生至今仍非常感激。比较而言，我的高中数学老师周运达先生就对我很生气！

　　周老师认为我是可以把数学学好的。他不知道，我高一下的数学成绩何以如此迅速崩盘！从上学期的90分到本期的20分，似乎有些难以置信。所以进入高二后，他在课堂上有时便对我比较留心。有天上课，我依旧走神，自顾在本子上用钢笔练习隶书。不料他已边讲边踱至我课桌前，我却浑然不知。直到他伸手拿我的本子，我只有叫苦不迭。他蹙眉而不失夸张地盯着我的本子足足看了起码10秒钟——于我而言那真是漫长的10秒钟。最后，他终于缓慢开口读出了我写在本子上的一句话：

　　"二胡独奏：《汉宫秋月》！"

　　我那时真是窘得无地自容。好在周老师没有再说我多话，只是用略带戏谑的口吻笑问了我一句："你二胡可能拉得很好吧？"

　　教室里顿时笑声四起。

　　其实，我数学成绩大幅滑坡的主要原因是我不想刻苦学习了。因为没有高考制度，何苦那样卖力呢？我那种顺其自然的学习方法根本不适合周老师的数学课，他要求太严，当时理化老师对教材的处理方式他基本不取。他的原则是，教材上有的内容，就要坚持讲完。整个高中阶段，我现在还能回忆起的数理化概念术语，其实还要数周老师的数学为多，像什么三角函数、指数与对数、象限、抛物线、双曲线、等差数列、等比数列……我之所以印象深刻，还因为周老师有一手平手绘图的绝技。周老师上课从不带备课本，就是一本书和一盒粉笔。但他讲平面解析几何和立体几何时，板书之规范严谨漂亮，我后来在学校的那些年从未再见。今天，不用闭上眼睛，只要我展开想象，依旧能看到他当年在黑板上留下的那些函数曲线图。前两年，从故乡重庆达县某重点中学校长位置退下来的周老师回务川故地重游，我们几个同学请他吃饭，席间我回忆起当年那段往事，年逾古稀的周老师仍兴致勃勃地告诉我，现在他仍能平手画圆，而且所画之圆能等分。

我相信他的话。我骄傲自己曾经有这样的中学老师。

H. 1975年1月：高中二年级（上）

学期评语

一般能遵守纪律，迟到旷课较少，学习较努力，对于布置的工作能按时完成。

参加集体劳动不够主动，对集体活动参加得较少。

本学期学习考查成绩：语文89，化学96，历史80，军体70。

刚进高一那学期，王老师对我的学期评语是"能自觉遵守组织纪律，不无故缺旷课"；到高二本期结束，我的组织纪律性有了微妙的变化。而且参加集体活动的热情锐减。王老师很委婉，只说我"参加集体劳动不够主动，对集体活动参加得较少"。

这完全是事出有因。

我当年不怕做作业，不怕考试，但最怕填表。偏偏那时的各种表格又多，几乎每张表上都有"家庭出身"和"主要亲属及社会关系"这两个栏目。我们家曾是有点"身份"和故事的。我明显是投错了胎，每次总会被撩起难过和伤感。积极入团受阻后，我对集体活动再不那样热心，有时甚至连课也懒得上。这年的学期考试我没有参加，因为奶奶病危，我回遵义去了，成绩单上只有四门课的成绩。这些成绩都有来历，大致说，都是科任老师根据我半期考试和平时成绩所给的分数；其他科任老师未给分，也是他们教学严谨的一种表现。我都很尊敬他们。

先说化学老师吧。老师复姓欧阳，但那时我们都喊的是阳老师，从初中算起他教了我3年化学。阳老师的课当时很吸引我们，给我的分数不算低了，但在他眼中我的理科成绩显然不如文科。1977年的一个冬晚，我因为要参加当年的高考，曾与同学回母校看望过他，没料想他一见面就敛容正告我：王明析，你要去考文科！我当时确实已决定考文科，但他怎么在我未告知的情况下，毅然决定了我的报考方向呢？只有一个解释，我当年的这些老师太厉害了，都拥有一双慧眼。

历史老师张仕传女士是四川人，20世纪50年代毕业于贵阳师范学院，戴一副黑框近视眼睛，讲课有些演讲的味道。站在讲台上，形象气质近似于今天有些电视剧中20世纪30年代知识女性的样子。张老师很喜欢我，常在课堂上对我褒奖有加。她当时上我们75届高中5个班的历史课，我的历史成绩在那届同学中始终名列前茅。这仿佛就像一种宿命，我后半生竟然真的是与文史工作打交道多，也算一件有趣的事。

从小学到高中，我的体育成绩一直是中等水平。读高中时，我身高已有一米七四，但却不喜欢打篮球。为此，喜欢运动的父亲感到遗憾，上我课的老师感到惋惜，都说可惜了这样好的身材。我的高中体育老师杨学荀先生身高至少一米八，正规体院毕业，教学认真，有一次却被我的一个馊主意气得无处发火。那天考试测验100米短跑，我自知跑不出好成绩，便对同组的几个同学说："大家跑慢点儿喽，最好是一起到终点嘛。"都是要好的哥们儿，我一提议，有几个跑得更慢的同学立即赞成。发令枪一响，那场面自然十分怪异，八个同学在奔跑过程中，几乎始终都大致呈一条横线，哄笑与尖叫的声音开始在周围炸升起来。我们当时也实在是太顽皮了，17秒的奔跑之后几乎同时到达了终点，竟然还在嬉笑，全然不顾杨老师阴云密布的瘦长脸。其实，我们那时还很喜欢体育课，尤其是夏天。因为体育课都在下午，我们往往可以上半节课后下河游泳，杨老师还会叮嘱注意安全。完全不像今天，学校一提到安全就谈虎色变，学生体力耐力都普遍较差。

毕业后去插队，那些日子我从未奢望过上大学。可我没有想到1977年的冬天，历史突然就给了我一个很意外的走进高考考场的机会。在知青点获悉我被遵义师专录取的那一刻，除了喜不自禁，我还有一种梦幻的感觉：我居然可以凭借自身的努力离开农村走进大学！

四十年过去了，有时我在想：要是没有四年相对完整的中学求学经历，我能够从5%都不到的高考录取率中脱颖而出吗？所以，相对只有三个学期都不到的师专学习经历，窃以为我的中学经历很值得书写一笔。因为我知道，我的这种经历绝不是个案。

田习龙

在遵义师专九十周年庆典大会上的发言

（1997年10月2日）

各位领导、各位来宾、母校的全体师生、各位校友：

今天，是母校九十周年诞辰的大喜日子，对母校怀有深厚感情的校友们汇聚到母校的怀抱，和母校的全体师生共享欢乐。受校友的委托，首先请允许我代表全体校友向母校九十周年寿辰表示热烈的祝贺！向九十年来辛勤耕耘，培养我们健康成长的母校的全体教育工作者表示深深的谢意！向长期以来关心、支持、帮助母校发展的各级领导表示衷心的感谢！

九十年的风风雨雨，母校经过艰难的跋涉，不断发展，不断完善，为社会主义革命和社会主义建设培养了一代又一代革命者和建设者；为祖国输送了一批又一批思想道德素质和文化素质较高，专业知识和技能较强的基础教育教师队伍。可以自豪地说，我们的校友无论是在国内外，还是在省内外都没有辜负母校的期望，没有辜负老师们的辛勤培养。特别是家乡的校友们已经和正在继续为黔北地区的政治、经济和社会发展做出应有的贡献。

饮水思源，今天我们在座的每一位校友，一定不会忘记当年在母校学习的日日夜夜……敬爱的母校全体教育工作者，我们的成长，离不开你们的关心和培养；我们更不会忘记：是你们的谆谆教诲，使我们树立了正确的人生观、世界观；是你们的辛勤培养，使我们增长了知识、拓宽了视野，掌握了建设祖国的本领分别走上了教育岗位和其他工作岗位。我们的一切，是母校给予的，是老师们培养的结果。滴水之恩当涌泉相报。我们决心在自己的工作岗位上踏实工作，积极进取，取得更优异的成绩，为母校争光。

　　最后，祝愿母校焕发青春，在未来发展的道路上阔步前进。再次祝愿母校的全体教育工作者身体健康！工作顺利！万事如意！

　　谢谢！

　　补记：1997年9月29日下午3：18分，时任遵义师范高等专科学校党委书记、校长李福伟同志给我（我时任遵义市教育委员会主任，撤市设区后改为红花岗区教育委员会任职）打电话，传达遵义师范高等专科学校九十周年校庆筹备委员会的决定，提名我作为校友代表发言，并要求自撰发言稿。李书记陈述了校方推荐的理由：该同志是遵义师范高等专科学校九十年办学地域上的时任教育行政主管部门主要负责人，且为1977年恢复高考后录取的首届遵义师范专科学校毕业生。

张 杰

从高龄高分说起

今年是恢复高考四十年。当年高考我是有些故事的，这里就闲话一下高龄高分吧。

获准报名后，那时的我是颇有些忐忑的。当时我在湄潭县城的一所中学教书。初中语文、初中物理都有教过，特殊的年代就是这样，甚至还带过一个湄潭师范毕业的实习老师。去参加高考，考中一切好说，若考而不中，脸往哪儿搁去？

开榜了，果然不中，灰头土脸了几个月，居然接到录取通知书——遵义师专。后来才知道，这录取后面的猫腻委实太多，也是当时制度不健全，原有的"流恶"也未尽。据说是一些落选生省城上访，我才有幸跟着得到这份关照。这第二批录取的师专生中，高龄高分者不少，我忝列高龄，但入不了高分的围。细数下来，甘雄海、金泽坤……班里当年高考中的翘楚委实不少。也因此，彼时的师专虽然条件简陋，百废待兴，但氛围和谐融洽，学风很正。老师们自编讲义，雄踞讲台而高谈阔论，满脸得天下英才而教之的快意。学生的我们也格外珍惜机会，认真做听课笔记，课间热烈讨论，生怕辜负了这来之不易的大学学涯。

四十年前的往事了，幸也不幸？实在是说不清楚。该不该感谢谁呢？似乎也得有个说法。

　　前些年回广安探亲，在小平同志的铜像前我也深深鞠躬。日子久了，眼角爬满皱纹，心底再无波澜。细想来，知识传承在民族延续中更为重要，所以还更应该感谢当年那些可以尊为"夫子"的先生们。再有，就是当年曾经携手努力过的同学了，他们是奋斗时光的见证。

我的高考 我的大学
——遵义师专一九七七级
中文班高考四十年纪念文集

杨贵平

我的高考，我的大学

（一）

  1974年的4月初，我从遵义四中毕业，扛起背包来到了巷口场岩口生产队。一晃就到了1977年的秋季。国庆过去了好几天，听到人们私下议论，说要恢复高考了……对此我是将信将疑的：心底里渴望其言为真，头脑里又固执地否认其言为真。那天晌午，我正走在去往大队煤厂的路上（我其时担任煤厂会计），身后传来我三弟的叫声："哥，等一下。"我回头看他满头是汗，问他来干哪样，他的回答令人欣喜若狂："可以考大学了，真的！老头儿喊我来接你。"

  传言变成了真事，幻想变成了现实，心情激动得无以言表。真要形容，那就是"漫卷诗书喜欲狂"。当然我那时是没有几本书可以卷的，快速收拾起几件衣物和几本书就往家里赶。走时必定要去请假，大队刘支书爽快准了假，并说这是我改变命运的事，祝我好运（这是他当年表达的大意，我至今依然记得）。

（二）

回家后，复习是每天的头等要务。考些什么、怎么考、重难点在哪里，我是两眼一抹黑。我毫不客气地"赖"上当年的班主任徐廷昭老师及其夫君杨虎老师，请他们指点迷津。他们毫不推诿，尽心指教。要知道，那时是没有什么补课费之类的概念的，完全是"义务劳动"；而且来找或托人来找他们的学生又不止我一个，这份恩情让人感动和温暖至今。有几个细节，我至今犹记。

一是作文。他们诚恳地对我说："恢复高考首次要考些什么和怎样考，我们心中也没底，只能凭经验来讲一讲。"杨老师说："语文，作文少不了，主题、内容、写法、字数，这几方面肯定有明确的要求。"徐老师接上话题说："写一篇结合国家形势和人民心态的叙事说理或抒情议论之类的作文要求的可能性大，如是这样，你那篇被评为校级优秀的、以你初中王振福老师为写作对象的、歌颂老师的主题文章就可以派上用场。"提起王老师，我插嘴说，套用鲁迅的话来说，就是王老师和你，是我的老师之中，最使我感激，给我鼓励的一个。当我拿到试卷，看到作文题目——大治之年气象新——心中窃喜。后来父亲托人查成绩，我的语文52分，在当年算是个较好的成绩了。

二是关于语文知识会考些什么。杨老师说，词语解释、段意分析、主题归纳，该会考吧；给一段古文让你翻译其中某一两句，应该少不了。下次来，你把田井卉老师执笔的复习资料中的"艾子杂说"那两段翻译一下，拿来我检查。到了预定的日子，我拿着翻译的文言文本子交给杨老师，他边看边改，还及时给我解释，诸如某个词为什么错了，这个句式为什么要这样翻译等，使我受益匪浅。后来我常想，要是当年考题中有像如今的文言语句翻译题（分值10分），我恐怕还会多得几分。

三是求教于其他几科老师。白天他们上课时间，我到学校去向他们求教。只要他们有空，就都是耐心细致地给我辅导讲解；更多的时候，我在徐和杨老师的带领下前去登门求教。用两个成语来概括：知无不言，诲人不倦。借此，我以真诚的敬意记下他们的名姓于后——令狐荣辉（地理）、吴敦海（历史）、陈兰舫（政治）、冯小洵（政治）、贺联荪（数学）、吴月朗（数学）、代义生（英语）、周述德（英语）。

（三）

1977年12月15日早上7：30，我早早来到设置于母校遵义四中的高考考场，只见熙熙攘攘都是人。8：00，广播通知考生入场。我进校门没走几步，管学生学籍的李立英老师拦住我，问我是哪类考生，我回答：外兼文。他指引我到理化生实验楼，我顺利在第三考场19号找到了位置。

印象深刻的是第二天上午的数学考试。本人对数学历来不自信，幸得贺老师、吴老师的指点，求极大值的应用题和根式分解化简的代数题做起了，分值各7分；我的数学成绩最后得了16分，可能是我把那道作图求圆的切面积的题的图画正确了，得了两分吧。

那时考试规定开考30分钟后可以交卷离场。考数学时一过30分钟，我所在的考场就有不少人交卷走了，我是过了半场之后才交卷的。走到校门口，几个维持秩序的老师在交谈，说考生走得差不多了。我在一旁既是也不是地自言自语了一句：多乎哉，不多也……几个人笑了起来，我也开心地笑出声，快步离去。

（四）

大概是1978年的4月10日吧，中午时分父亲单位办公室的马孃孃，敲开家门对我说：你的大学通知书到了，祝贺你！我接过一看，牛皮纸信封上用毛笔赫然写着：贵阳师范学院遵义师范大专班。

说起遵义师范，我并不陌生，因为我小学两个同学的父亲是该校的教师，少儿时代也随他们去那学校玩耍过。印象中的师范（含附小）校园宽敞整洁，树木成荫，其间果树也不少。与之相比老城小学虽宽阔但显得凌乱，草木虽有，却孤单不成林，心里不禁产生些许羡情。到了报到的日子，我走到校门口，不，所谓校门就是几根不粗大的木棒搭建的"门"字形物件，右边立柱上挂着一块木牌，白底字迹却鲜红，宋体，名曰：遵义地区"五七"师范大学。门内靠校牌的一边居然是两家农民的房屋及菜园地，这也算一景吧。

当天我吃过午饭就返回家中，带了必需的被褥、衣物和用具返回学校。推开寝室门，正碰上一位室友在我的头顶上铺床，这就是我认识的第一位室友，徐必生。第二天早上，我见到一个前来报到的人，是我高中的同班同学王振山，我对他说："我们两个还真有缘呢。"更令我惊奇的是，下午我在走向饭厅的路上遇见了四中的一位老师，朱俊恭，我们居然成了校友。他是1969年的上海知青，我读初二时他是初二五班的班主任。师生同学，也是另一景。

（五）

说实话，求学于汇川园，我的心情是复杂的：有喜悦，有不甘，更多的是无奈。

喜的是，尘埃落定，有了个读书的地方，今后的饭碗有了着落。说"不甘"，因为我报考的是英语专业，却被分来学中文，还是个专科，又是"家门口"的这间简陋、破败、狭小的学校。谈起无奈，真是无奈。那时候我已22岁，仍然在乡下务农，何时是个头。偶尔回家要抽支烟，还得问父亲索取；不然就上街前厚着脸皮问母亲"借"一元钱，或是5角也行，去充实"门面"。至今想起当时的这种处境，鼻子依然是酸酸的。

无论如何，只有"华山一条路"了，怎样都要抓住这根稻草，让知识改变命运吧。

我的高考 我的大学
——遵义师专一九七七级
中文班高考四十年纪念文集

游锡嘉

望海潮

劫波才偃,重开高考,仓皇踏进师专。
狂雨飓风,蹉跎岁月,几分慨叹欣然。
诧学子参差,看先生忐忑,草创艰难。
笑语书声,更嗟乎绝后空前。
同窗寝宫,床分上下,畅谈夜夜新鲜。
观戏剧连台,找露天电影,兴味缠绵。
四十春秋过去,梦里总蹁跹。

后　记

◎彭一三

今年适逢我国恢复高考40周年。40年来，高考为国选材，推动教育与社会进步，激发一代代青年人的梦想，凝聚着几代青年不同的记忆与情感。遵义师专中文一九七七级在遵义同学于2016年9月提出了"遵义师专中文科40周年同学会暨高考40周年纪念活动"筹划方案，活动内容之一就是约请大家作文纪念。

我们这一级学友，目前绝大多数已年逾花甲甚至古稀，人生经历汇聚成宝贵的财富。"七七级"既是一个时代的符号，也是新时代文化的特殊元素。作为亲历者，提笔回顾"我的高考　我的大学"，感受真切，抒发了珍视历史机遇，珍视人生经历财富，珍视师生情缘，珍视同学友情的情怀……种种感慨汇集成本文集，可以让当年的同窗进一步沟通了解与增进交流，让更多的人了解恢复高考后的我们这一级当年的付出和担当。我们认为，这本书具有一定的史料价值，有利于促使大家更好地珍惜今天的阳光生活。

本文集除了大庄老师的序外，共50篇文章，41位作者，参与撰写者占健在同学比例50%以上。文集虽定名为"我的高考　我的大学"，其实同学们可以发挥的空间很大。总的来说，文章的基调都是积极向上的，凸显出满满的正能量。收录的文章大多以高考前后经历为主，也有顺便写毕业后几十年生活经历的，风格题材多样。比如谌世昌的《成为同学四十年》，回忆校园生活与同学交往的乐趣，勾勒同学40年交往的友情，情真意切。金泽坤的《润物细无声》较详细地对当年的任课老师进行梳理赞美。潘辛毅的《我们这一级》是全景式的概述文章，信息量大；《Mang哥往事》作为回忆同学经历的特写，文字也特别精彩。杨承毅的《那两年的文艺生活》视角独特，别开生面。彭一三怀念刘耕阳、赵世迦的文章，还有《三代人的师院情结》虽是旧文，因为符合征文内容要求，也被推荐收入。

  同学们的写作热情很高，很认真，写作态度也很谦虚，大家客气地请同学相互指点与修改文稿。谌世昌大哥抱病写作之后感慨，同学们的文章都写得很好，写自己的亲身经历，都是真情实感。我们是纪念集子，不是征文比赛，不注重写作水平高低。说到这里，我想到两个遗憾：一是撰文参与面本应扩大些，一些同学因为联系不上未得参与，一些同学因为这样那样的原因不愿写，非不能写；二是由于各种原因，有些文字被忍痛割爱。总之，纪念活动虽然筹划得早，最后实施却晚。时间紧，出版社为我们成书付出了辛劳，在此我们表示诚挚感谢。同时我们还要特别感谢大庄老师给我们认真作序。老师对我们这一级同学在校学习、成就事业给予了很高的评价，言辞恳切，情深义重。感谢同学们的热情参与和对编委会工作的大力支持，让文集得以顺利完成。感谢遵义师院文学与传媒学院、遵义报业集团对本文集出版的鼎力支持。

  由于时间原因，书中疏漏难免，敬请阅读者雅正。

2017年12月1日